Le Livre de Poche
Jeunesse

Samuel Langhorne Clemens, qui signera Mark Twain, naît en 1835 dans le Missouri. A douze ans, après la mort de son père, il devient apprenti typographe ; à dix-sept ans, il est pilote de bateau à vapeur sur le Mississippi. Il publie ses premiers articles, puis un conte dans un journal de New York et c'est le succès. Désormais, reportages, tour du monde et conférences, récits de voyage, romans font sa gloire et sa fortune ; ils paient aussi ses dettes quand il se ruine en prodigalités. Attristé par les soucis et les deuils, Mark Twain meurt en 1910. Trois ans plus tôt il avait été reçu docteur à l'université d'Oxford, en même temps que Kipling.

Les aventures de Tom Sawyer

Mark Twain

Les aventures de Tom Sawyer

Traduction de P. F. Caille
revu et corrigé par Y. Dubois-Mauvais

Couverture et illustrations de
Rozier-Gaudriault

Hachette

Préface

La plupart des aventures racontées dans ce livre ont réellement eu lieu. J'en ai vécu une ou deux ; je dois les autres à mes camarades d'école. Huck Finn est un personnage réel ; Tom Saywer également, mais lui est un mélange de trois garçons que j'ai bien connus. Il est, en quelque sorte, le résultat d'un travail d'architecte.

Les étranges superstitions que j'évoque étaient très répandues chez les enfants et les esclaves dans l'Ouest, à cette époque-là, c'est-à-dire il y a trente ou quarante ans.

Bien que mon livre soit surtout écrit pour distraire les garçons et les filles, je ne voudrais pas que, sous ce prétexte, les adultes s'en détournent. Je tiens, en effet, à leur rappeler ce qu'ils ont été, la façon qu'ils avaient de réagir, de penser et de parler, et les bizarres aventures dans lesquelles ils se lançaient.

L'AUTEUR

Hartford, 1876.

1

« Tom ! »

Pas de réponse.

« Tom ! »

Pas de réponse.

« Je me demande où a bien pu passer ce garçon... Allons, Tom, viens ici ! »

La vieille dame abaissa ses lunettes sur son nez et lança un coup d'œil tout autour de la pièce, puis elle les remonta sur son front et regarda de nouveau. Il ne lui arrivait pratiquement jamais de se servir de ses lunettes pour chercher un objet aussi négligeable qu'un jeune garçon. D'ailleurs, elle ne portait ces lunettes-là que pour la parade et les verres en étaient si peu efficaces que deux ronds de fourneau les eussent avantageusement remplacés, mais elle en était très fière. La vieille dame demeura un instant fort perplexe et finit par reprendre d'une voix plus calme, mais assez haut cependant pour se faire entendre de tous les meubles :

« Si je mets la main sur toi, je te jure que... »

Elle en resta là, car, courbée en deux, elle administrait maintenant de furieux coups de balai sous le lit et avait besoin de tout son souffle. Malgré ses efforts, elle ne réussit qu'à déloger le chat.

« Je n'ai jamais vu un garnement pareil ! »

La porte était ouverte. La vieille dame alla se poster sur le seuil et se mit à inspecter les rangs de tomates et les mauvaises herbes qui constituaient tout le jardin. Pas de Tom.

« Hé ! Tom », lança-t-elle, assez fort cette fois pour que sa voix portât au loin.

Elle entendit un léger bruit derrière elle et se retourna juste à temps pour attraper par le revers de sa veste un jeune garçon qu'elle arrêta net dans sa fuite.

« Je te tiens ! J'aurais bien dû penser à ce placard. Que faisais-tu là-dedans ?

— Rien.

— Rien ? Regarde-moi tes mains, regarde-moi ta bouche. Que signifie tout ce barbouillage ?

— Je ne sais pas, ma tante.

— Eh bien, moi je sais. C'est de la confiture. Je t'ai répété sur tous les tons que si tu ne laissais pas ces confitures tranquilles, tu recevrais une belle correction. Donne-moi cette badine. »

La badine tournoya dans l'air. L'instant était critique.

La vieille dame abaissa ses lunettes...

« Oh ! mon Dieu ! Attention derrière toi, ma tante ! »

La vieille dame fit brusquement demi-tour en serrant ses jupes contre elle pour parer à tout danger. Le gaillard, en profitant, décampa, escalada la clôture en planches du jardin et disparut par le chemin. Dès qu'elle fut revenue de sa surprise, tante Polly éclata de rire.

« Maudit garçon ! Je me laisserai donc toujours prendre ! J'aurais pourtant dû me méfier. Il m'a joué assez de tours pendables comme cela. Mais plus on vieillit, plus on devient bête. Et l'on prétend que l'on n'apprend pas aux vieux singes à faire la grimace ! Seulement, voilà le malheur, il ne recommence pas deux fois le même tour et avec lui on ne sait jamais ce qui va arriver. Il sait pertinemment jusqu'où il peut aller avant que je me fâche, mais si je me fâche tout de même, il

11

s'arrange si bien pour détourner mon attention ou me faire rire que ma colère tombe et que je n'ai plus aucune envie de lui taper dessus. Je manque à tous mes devoirs avec ce garçon-là. Qui aime bien, châtie bien, dit la Bible, et elle n'a pas tort. Je nous prépare à tous deux un avenir de souffrance et de péché : Tom a le diable au corps, mais c'est le fils de ma pauvre sœur et je n'ai pas le courage de le battre. Chaque fois que je lui pardonne, ma conscience m'adresse d'amers reproches et chaque fois que je lève la main sur lui, mon vieux cœur saigne. Enfin, l'homme né de la femme n'a que peu de jours à vivre et il doit les vivre dans la peine, c'est encore la Bible qui le dit. Rien n'est plus vrai. Il va de nouveau faire l'école buissonnière tantôt et je serai forcée de le faire travailler demain pour le punir. C'est pourtant rudement dur de le faire travailler le samedi lorsque tous ses camarades ont congé, lui qui a une telle horreur du travail ! Il n'y a pas à dire, il faut que je fasse mon devoir, sans quoi ce sera la perte de cet enfant. »

Tom fit l'école buissonnière et s'amusa beaucoup. Il rentra juste à temps afin d'aider Jim, le négrillon, à scier la provision de bois pour le lendemain et à casser du petit bois en vue du dîner. Plus exactement, il rentra assez tôt pour raconter ses exploits à Jim tandis que celui-ci abattait les trois quarts de la besogne. Sidney, le demi-frère de Tom, avait déjà, quant à lui, ramassé les copeaux : c'était un garçon calme qui n'avait point le goût des aventures.

Au dîner, pendant que Tom mangeait et profitait de la moindre occasion pour dérober du sucre, tante Polly posa à son neveu une série de questions aussi insidieuses que pénétrantes dans l'intention bien arrêtée de l'amener à se trahir. Pareille à tant d'autres âmes candides, elle croyait avoir le don de la diplomatie et considérait ses ruses les plus cousues de fil blanc comme des merveilles d'ingéniosité.

« Tom, dit-elle, il devait faire bien chaud à l'école aujourd'hui, n'est-ce pas ?

— Oui, ma tante.

— Il devait même faire une chaleur étouffante ?

— Oui, ma tante.

— Tu n'as pas eu envie d'aller nager ? »

Un peu inquiet, Tom commençait à ne plus se sentir très à son aise.

Il leva les yeux sur sa tante, dont le visage était impénétrable.

« Non, répondit-il... enfin, pas tellement. »

La vieille dame allongea la main et tâta la chemise de Tom.

« En tout cas, tu n'as pas trop chaud, maintenant. »

Et elle se flatta d'avoir découvert que la chemise était parfaitement sèche, sans que personne pût deviner où elle voulait en venir. Mais Tom savait désormais de quel côté soufflait le vent et il se mit en mesure de résister à une nouvelle attaque en prenant l'offensive.

« Il y a des camarades qui se sont amusés à

nous faire gicler de l'eau sur la tête... J'ai encore les cheveux tout mouillés. Tu vois ? »

Tante Polly fut vexée de s'être laissé battre sur son propre terrain. Alors, une autre idée lui vint.

« Tom, tu n'as pas eu à découdre le col que j'avais cousu à ta chemise pour te faire asperger la tête, n'est-ce pas ? Déboutonne ta veste. »

Les traits de Tom se détendirent. Le garçon ouvrit sa veste. Son col de chemise était solidement cousu.

« Allons, c'est bon. J'étais persuadée que tu avais fait l'école buissonnière et que tu t'étais baigné. Je te pardonne, Tom. Du reste, chat échaudé craint l'eau froide, comme on dit, et tu as dû te méfier, cette fois-ci. »

Tante Polly était à moitié fâchée que sa sagacité eût été prise en défaut et à moitié satisfaite que l'on se fût montré obéissant, pour une fois.

Mais Sidney intervint.

« Tiens, fit-il, j'en aurais mis ma main au feu. Je croyais que ce matin tu avais cousu son col avec du fil blanc, or ce soir le fil est noir.

— Mais c'est évident, je l'ai cousu avec du fil blanc ! Tom ! »

Tom n'attendit pas son reste. Il fila comme une flèche et, avant de passer la porte, il cria :

« Sid, tu me paieras ça ! »

Une fois en lieu sûr, Tom examina deux longues aiguilles piquées dans le revers de sa veste et enfilées l'une avec du fil blanc, l'autre avec du fil noir.

« Sans ce maudit Sid, elle n'y aurait rien vu,

pensa-t-il. Tantôt elle se sert de fil blanc, tantôt de fil noir. Je voudrais tout de même bien qu'elle se décide à employer soit l'un soit l'autre. Moi je m'y perds. En attendant, Sid va recevoir une bonne raclée. Ça lui apprendra. »

Tom n'était pas le garçon modèle du village, d'ailleurs il connaissait fort bien le garçon modèle et l'avait en horreur.

Deux minutes à peine suffirent à Tom pour oublier ses soucis, non pas qu'ils fussent moins lourds à porter que ceux des autres hommes, mais ils pâlissaient devant de nouvelles préoccupations d'un intérêt puissant, tout comme les malheurs s'effacent de l'esprit sous l'influence de cette fièvre qu'engendre toujours une nouvelle forme d'activité. Un nègre venait de lui apprendre une manière inédite de siffler et il mourait d'envie de la mettre en pratique. Cela consistait à imiter les trilles des oiseaux, à reproduire une sorte de gazouillement liquide en appliquant à intervalles rapprochés la langue contre le palais. Si jamais le lecteur a été un petit garçon, il se rappellera comment il faut s'y prendre. A force de zèle et d'application, Tom ne tarda pas à mettre la méthode au point et, la bouche toute remplie d'harmonies, l'âme débordante de gratitude, il commença à déambuler dans la rue du village. Il se sentait dans un état voisin de celui qu'éprouve un astronome ayant découvert une nouvelle planète et, sans aucun doute, d'ailleurs, sa jubilation était encore plus grande.

Les soirées d'été étaient longues. Il ne faisait

pas encore nuit. Bientôt, Tom s'arrêta de siffler. Un inconnu lui faisait face, un garçon guère plus grand que lui. Dans le pauvre petit village de Saint-Petersburg, tout visage nouveau excitait une profonde curiosité. De plus, ce garçon était bien habillé, très bien habillé même pour un jour de semaine.

C'était tout bonnement ahurissant. Sa casquette était des plus élégantes et sa veste bleue, bien boutonnée, était aussi neuve que distinguée. Il en allait de même pour son pantalon. L'inconnu portait des souliers et une cravate de teinte vive. Il était si bien mis, il avait tellement l'air d'un citadin que Tom en éprouva comme un coup au creux de l'estomac. Plus Tom considérait cette merveille de l'art, plus il regardait de haut un pareil étalage de luxe, plus il avait conscience d'être lui-même habillé comme un chiffonnier. Les deux garçons restaient muets. Si l'un faisait un mouvement, l'autre l'imitait aussitôt, mais ils s'arrangeaient pour tourner l'un autour de l'autre sans cesser de se dévisager et de se regarder dans le blanc des yeux. Enfin Tom prit la parole.

« J'ai bonne envie de te flanquer une volée, dit-il.

— Essaie un peu.

— Ça ne serait pas difficile.

— Tu dis ça, mais tu n'en es pas capable.

— Pas capable ?

— Non, tu n'oseras pas.

— Si !

— Non ! »

Un moment de silence pénible, puis Tom
reprit :

« Comment t'appelles-tu ?

— Ça ne te regarde pas.

— Si tu le prends sur ce ton, gare à toi.

— Viens-y donc.

— Encore un mot et tu vas voir.

— Un mot... un mot... tiens, ça en fait des tas
tout ça. Eh bien, vas-y !

— Oh ! tu te crois malin, hein ? Tu ne sais pas
que je pourrais te flanquer par terre d'une seule
main si je le voulais.

— Qu'est-ce que tu attends ?

— Ça ne va pas tarder si tu continues.

— Je connais la chanson... Il y a des gens qui
sont restés comme ça pendant cent sept ans avant
de se décider.

— Dégourdi, va ! Tu te prends pour quelqu'un, hein ? Oh ! en voilà un chapeau !

— Tu n'as qu'à pas le regarder, ce chapeau,
s'il ne te plaît pas. Seulement, ne t'avise pas d'y
toucher, le premier qui y touchera ira mordre la
poussière.

— Menteur !

— Toi-même !

— Tu crânes, mais tu n'as pas le courage
d'aller jusqu'au bout !

— Va voir là-bas si j'y suis.

— Dis donc, tu vas de taire, sans ça je t'as-
somme.

— J'y compte bien.

— Attends un peu.

— Mais alors, décide-toi. Tu dis tout le temps que tu vas me sauter dessus, pourquoi ne le fais-tu pas ? C'est que tu as peur.

— Je n'ai pas peur.

— Si.

— Non.

— Si. »

Nouveau silence, nouveaux regards furibonds et nouveau manège des deux garçons dont les épaules finirent par se toucher.

« Allez, file, déclara Tom.

— Débarrasse donc le plancher toi-même.

— Non.

— Eh bien, moi non plus. »

Pied contre pied, les deux garçons arc-boutés cherchèrent chacun à faire reculer l'adversaire. L'œil allumé par la haine, ni l'un ni l'autre ne put prendre l'avantage. Après avoir lutté ainsi jusqu'à devenir cramoisis, ils relâchèrent leurs efforts tout en s'observant avec prudence.

« Tu es un lâche et un poseur, dit Tom. Je demanderai à mon grand frère de s'occuper de toi. Il t'écrasera d'une chiquenaude.

— Qu'est-ce que tu veux que ça me fasse ? Mon frère est encore plus grand que le tien. Tu verras, il ne sera pas long à l'envoyer valser par-dessus cette haie. »

(Les deux frères étaient aussi imaginaires l'un que l'autre.)

« Tu mens.

— Pas tant que toi. »

Ils se tirèrent par les cheveux...

Tom traça une ligne dans la poussière avec son orteil et dit :

« Si tu dépasses cette ligne, je te tape dessus jusqu'à ce que tu ne puisses plus te relever. »

L'inconnu franchit immédiatement la ligne.

« Maintenant, vas-y un peu.

— N'essaie pas de jouer au plus malin avec moi. Méfie-toi.

— Mais qu'est-ce que tu attends ?

— En voilà assez, pour deux sous, je te casse la figure ! »

Le garçon sortit deux pièces de cuivre de sa poche et les tendit à Tom d'un air narquois. Tom les jeta à terre. Alors, tous deux roulèrent dans la poussière, agrippés l'un à l'autre comme des chats. Pendant une longue minute, ils se tirèrent par les cheveux et par les vêtements, se griffèrent et s'administrèrent force coups de poing sur le nez, se couvrant à la fois de poussière et de gloire. Bientôt, la masse confuse formée par les deux combattants émergea d'un nuage poudreux et Tom apparut à califourchon sur le jeune étranger dont il labourait énergiquement les côtes.

« Tu en as assez ? » fit Tom.

Le garçon se débattit. Il pleurait, mais surtout de rage.

« Tu en as assez ? »

Pas de réponse, et Tom recommença à taper sur l'autre.

Enfin, l'étranger demanda grâce : Tom le laissa se relever.

« J'espère que ça te servira de leçon, fit-il. La prochaine fois, tâche de savoir à qui tu te frottes. »

Le garçon s'en alla en secouant la poussière de ses habits. Il haletait, reniflait, se détournait parfois en relevant le menton et criait à Tom ce qu'il lui réservait pour le jour où il le « repincerait », ce à quoi Tom répondait par des sarcasmes. Fier comme Artaban, il rebroussa chemin. A peine eut-il le dos tourné que son adversaire ramassa une pierre, la lança, l'atteignit entre les deux épaules et prit ses jambes à son cou.

Tom se précipita à la suite du traître et le poursuivit jusqu'à sa demeure, apprenant ainsi où il habitait. Il resta un moment à monter la garde devant la porte.

« Sors donc, si tu oses ! » dit-il à son ennemi, mais l'ennemi, le nez collé à la vitre d'une fenêtre, se contenta de lui répondre par une série de grimaces jusqu'à ce que sa mère arrivât et traitât Tom d'enfant méchant et mal élevé, non sans le prier de prendre le large. Forcé d'abandonner la partie, Tom fit demi-tour en se jurant bien de régler son compte au garçon.

Il rentra chez lui fort tard et, au moment où il se faufilait par la fenêtre, il tomba dans une embuscade. Sa tante l'attendait. Lorsqu'elle vit dans quel état se trouvaient ses vêtements, elle prit la décision irrévocable d'empêcher son neveu de sortir le lendemain, bien que ce fût jour de congé.

2

Le samedi était venu. La nature entière resplendissait de fraîcheur et débordait de vie. Les cœurs étaient en fête et toute la jeunesse avait envie de chanter. Les visages s'épanouissaient, tout le monde marchait d'un pas léger. Les caroubiers en fleur embaumaient l'air. La colline de Cardiff verdoyait à l'extrémité du village et semblait inviter les gens à la promenade et à la rêverie.

Tom sortit de la maison armé d'un baquet de lait de chaux et d'un long pinceau. Il examina la palissade autour du jardin. Toute joie l'abandonna et son âme s'emplit de mélancolie. Trente mètres de planches à badigeonner sur plus d'un mètre et demi de haut ; la vie n'était plus qu'un lourd fardeau. Il poussa un soupir, trempa son pinceau dans le baquet, barbouilla la planche la plus élevée, répéta deux fois la même opération, compara l'insignifiant espace qu'il venait de blanchir à l'immense surface qu'il lui restait à couvrir, puis, découragé, il s'assit sur une souche. A ce moment, Jim s'avança en sautillant, un seau vide à la main et chantant à tue-tête *Les Filles de Buffalo*. Jusque-là, Tom avait toujours considéré comme une odieuse corvée d'aller chercher de l'eau à la pompe du village, mais maintenant, il n'était plus de cet avis. Il se rappelait qu'autour de la pompe, on rencontrait beaucoup de monde. En attendant leur tour, les Blancs, les mulâtres, les nègres, garçons et filles, flânaient, échangeaient des jouets, se querellaient, se battaient ou

Il barbouilla la planche...

se faisaient des niches. Et il se rappelait également que la pompe avait beau n'être qu'à cent cinquante mètres de la maison, Jim mettait au moins une heure pour en revenir avec son seau.

« Hé ! Jim, fit Tom, je vais aller chercher de l'eau pour toi si tu veux donner un coup de pinceau à ma place. »

Jim secoua la tête.

« J'peux pas, missié Tom. Ma maîtresse elle m'a dit d'y aller et de ne pas m'arrêter en route. Elle m'a dit que missié Tom il me demanderait de repeindre la clôture et qu'il fallait pas que je l'écoute. Elle a dit qu'elle surveillerait elle-même le travail.

— Ne t'occupe donc pas de ce qu'elle dit, Jim. Tu sais bien qu'elle parle toujours comme ça. Passe-moi le seau. J'en ai pour une minute. Elle ne saura même pas que je suis sorti.

— Oh ! non, missié Tom, j'peux pas. Ma maîtresse elle m'arracherait la tête, c'est sûr et certain.

— Elle ! Elle ne donne jamais de correction à personne, à part un bon coup de dé à coudre sur la tête, ce n'est pas bien méchant, non ? Elle dit des choses terribles, mais les paroles, ça ne fait pas de mal, sauf si elle crie un peu trop fort. Je vais te faire un cadeau magnifique. Je vais te donner une bille toute blanche ! »

Jim commençait à se laisser fléchir.

« Oui, Jim, une bille toute blanche.

— Ça, missié Tom, c'est un beau cadeau, mais j'ai peur de ma maîtresse...

24

— D'ailleurs, si tu me passes ton seau, je te montrerai la blessure que j'ai au pied. »

Après tout, Jim n'était qu'une créature humaine... La tentation était trop forte. Il posa son seau à terre et prit la bille. L'instant d'après, Jim déguerpissait à toute allure, le seau à la main et le derrière en feu ; Tom badigeonnait la palissade avec ardeur : tante Polly regagnait la maison, la pantoufle sous le bras et la mine triomphante.

L'énergie de Tom fut de courte durée. Il commença à songer aux distractions qu'il avait projetées pour ce jour-là et sa mauvaise humeur augmenta. Ses camarades n'allaient pas tarder à partir en expédition et ils se moqueraient bien de lui en apprenant qu'il était obligé de travailler un samedi. Cette pensée le mettait au supplice. Il tira de ses poches tous les biens qu'il possédait en ce bas monde : des débris de jouets, des billes, toutes sortes d'objets hétéroclites. Il y avait là de quoi se procurer une besogne moins rude en échange de la sienne, mais certes pas une demi-heure de liberté. Il remit en poche ses maigres richesses et renonça à l'idée d'acheter ses camarades. Soudain, au beau milieu de son désespoir, il eut un trait de génie.

Il reprit son pinceau et s'attaqua de nouveau à la palissade. Ben Rogers, celui dont il redoutait le plus les quolibets, apparaissait à l'horizon. Il grignotait une pomme et, de temps en temps, poussait un long ululement mélodieux, suivi d'un son grave destiné à reproduire le bruit d'une cloche, car Ben s'était transformé en bateau à vapeur. Arrivé non loin de Tom, il réduisit la vitesse, changea de cap et décrivit un cercle majestueux comme il convenait à un navire calant neuf pieds. Il était à la fois *Le Grand Missouri,* son capitaine, les machines et la cloche, et il s'imaginait debout sur sa propre passerelle, en train de donner des ordres et de les exécuter.

« Stop ! Ding, ding ! »

Le navire fila sur son erre et s'avança lentement vers Tom.

« Machine arrière ! Ding, ding ! »

Les bras de Ben se raidirent, collés contre ses flancs.

« Droite la barre ! Tribord un peu ! Ding, ding ! Touf... Touf... Touf... »

Sa main droite se mit à décrire des cercles réguliers car elle représentait l'une des deux roues à aubes du bâtiment.

« En arrière toujours ! La barre à bâbord ! Ding, ding ! Touf... Touf... »

La main gauche cette fois entra en mouvement.

« En avant ! Doucement ! Ding, ding ! Laisse courir ! Touf... Touf... En avant toute ! Ding, ding ! Lance l'amarre ! Embarque la bosse ! Accoste ! Fini pour la machine ! »

Tom continuait de badigeonner sa palissade sans prêter la moindre attention aux évolutions du navire. Ben le regarda bouche bée.

« Ah ! ah ! dit-il enfin, te voilà coincé, hein ? »

Pas de réponse. Tom examina en artiste l'effet produit par son dernier coup de pinceau. Du coin de l'œil, il guignait la pomme de son camarade. L'eau lui en venait à la bouche, mais il demeurait impassible.

« Hé ! bonjour, mon vieux, reprit Ben. Tu es en train de travailler ? »

Tom se retourna brusquement et dit :

« Tiens, c'est toi, Ben !

— Eh... Je vais me baigner. T'as pas envie de venir ? Evidemment, tu aimes mieux travailler.

— Que veux-tu dire par travailler ?

— Mais je parle de ce que tu fais en ce moment.

— Oui, fit Tom en se remettant à badigeonner, on peut appeler ça du travail si l'on veut. En tout cas, je sais que ce truc-là me va tout à fait.

— Allons, allons, ne viens pas me raconter que tu aimes ça.

— Je ne vois vraiment pas pourquoi je n'aimerais pas ça. On n'a pas tous les jours l'occasion de passer une palissade au lait de chaux, à notre âge. »

Cette explication présentait la chose sous un jour nouveau. Ben cessa de grignoter sa pomme. Tom, maniant son pinceau avec beaucoup de désinvolture, reculait parfois pour juger de l'effet, ajoutait une touche de blanc par-ci, une autre par-là. Ben, de plus en plus intéressé, suivait tous ses mouvements.

« Dis donc, Tom, fit-il bientôt, laisse-moi badigeonner un peu. »

Tom réfléchit, parut accepter, puis se ravisa.

« Non, non, Ben, tu ne ferais pas l'affaire. Tu comprends, tante Polly tient beaucoup à ce que sa palissade soit blanchie proprement, surtout de ce côté qui donne sur la rue. Si c'était du côté du jardin, ça aurait moins d'importance. Il faut que ce soit fait très soigneusement. Je suis sûr qu'il n'y a pas un type sur mille, ou même sur deux mille, capable de mener à bien ce travail.

— Vraiment ? Oh ! voyons, Tom, laisse-moi essayer un tout petit peu. Si c'était moi qui badigeonnais, je ne te refuserais pas ça.

— Je ne demanderais pas mieux, Ben, foi d'Indien, mais tante Polly... Jim voulait badigeonner mais elle n'a pas voulu. Elle n'a pas permis à Sid non plus de toucher à sa palissade. Maintenant, tu comprends dans quelle situation je me trouve ? Si jamais il arrivait quelque chose...

— Oh ! sois tranquille. Je ferai attention. Laisse-moi essayer. Dis... je vais te donner la moitié de ma pomme.

— Allons... Eh bien, non, Ben. Je ne suis pas tranquille...

— Je te donnerai toute ma pomme ! »

Tom, la mine contrite mais le cœur ravi, céda son pinceau à Ben. Et tandis que l'ex-steamer, *Le Grand Missouri,* peinait et transpirait en plein soleil, l'ex-artiste, juché à l'ombre sur un tonneau, croquait la pomme à belles dents, balançait les jambes et projetait le massacre de nouveaux innocents. Les victimes ne manquaient point. Les garçons arrivaient les uns après les autres. Venus pour se moquer de Tom, ils restaient pour badigeonner. Avant que Ben s'arrêtât, mort de fatigue, Tom avait déjà réservé son tour à Billy Fisher contre un cerf-volant en excellent état.

Lorsque Billy abandonna la partie, Johnny Miller obtint de le remplacer moyennant paiement d'un rat mort et d'un bout de ficelle pour le balancer. Il en alla ainsi pendant des heures et des heures. Vers le milieu de l'après-midi, Tom qui, le matin encore, était un malheureux garçon sans ressources, roulait littéralement sur l'or. Outre les objets déjà mentionnés, il possédait douze billes, un fragment de verre bleu, une bobine vide, une clef qui n'ouvrait rien du tout, un morceau de craie, un bouchon de carafe, un soldat de plomb, deux têtards, six pétards, un chat borgne, un bouton de porte en cuivre, un collier de chien (mais pas de chien), un manche de canif, quatre pelures d'orange et un vieux châssis de fenêtre tout démantibulé. Il avait en outre passé un moment des plus agréables à ne rien faire, une nombreuse société lui avait tenu compagnie et la palissade était enduite d'une triple couche de chaux. Si Tom n'avait pas fini par manquer de lait de chaux, il aurait ruiné tous les garçons du village.

Tom se dit qu'après tout l'existence n'était pas si mauvaise. Il avait découvert à son insu l'une des grandes lois qui font agir les hommes, à savoir qu'il suffit de leur faire croire qu'une chose est difficile à obtenir pour allumer leur convoitise. Si Tom avait été un philosophe aussi grand et aussi profond que l'auteur de ce livre, il aurait compris une fois pour toutes que travailler c'est faire tout ce qui nous est imposé, et s'amuser exactement l'inverse. Que vous fabriquiez des fleurs artificielles ou que vous soyez rivé à la chaîne, on dira que vous travaillez. Mais jouez aux quilles ou escaladez le mont Blanc, on dira que vous vous amusez. Il y a en Angleterre des messieurs fort riches qui conduisent chaque jour des diligences attelées à quatre chevaux parce que ce privilège leur coûte les yeux de la tête, mais si jamais on leur offrait de les rétribuer, ils considéreraient qu'on veut les faire travailler et ils démissionneraient.

Tom réfléchit un instant aux changements substantiels qui venaient de s'opérer dans son existence, puis il se dirigea vers la maison dans l'intention de rendre compte de son travail à tante Polly.

3

Tom se présenta devant tante Polly, assise auprès de la fenêtre d'une pièce agréable, située sur le derrière de la maison et qui servait à la fois de chambre à coucher, de salle à manger et de bibliothèque. Les parfums de l'été, le calme reposant, le bourdonnement berceur des abeilles avaient accompli leur œuvre et la vieille dame dodelinait de la tête sur son tricot, car elle n'avait pas d'autre compagnon que le chat endormi sur ses genoux. Par mesure de prudence, les branches de ses lunettes étaient piquées dans sa chevelure grise. Persuadée que Tom avait abandonné sa tâche depuis longtemps, elle s'étonna de son air intrépide et de son audace.

« Est-ce que je peux aller jouer maintenant, ma tante ?

— Quoi, déjà ? Où en es-tu de ton travail ?

— J'ai tout fini, ma tante.

— Tom, ne mens pas, j'ai horreur de cela.

— Je ne mens pas, ma tante. Tout est fini. »

Tante Polly ne se fiait guère à des déclarations de ce genre. Elle sortit, afin d'en vérifier l'exactitude par elle-même. Elle se fût d'ailleurs estimée très heureuse de découvrir vingt pour cent de vérité dans les affirmations de Tom. Lorsqu'elle constata que la palissade, entièrement blanchie, avait reçu deux et même trois bonnes couches de badigeon à la chaux, lorsqu'elle s'aperçut qu'une bande blanche courait à même le sol, au pied de la clôture, sa stupeur fut indicible.

« Je n'aurais jamais cru cela ! s'exclama-t-elle. Il n'y a pas à dire, tu sais travailler quand tu veux bien t'y mettre, Tom. Malheureusement, je suis forcée de reconnaître que l'envie ne t'en prend pas souvent, ajouta-t-elle, atténuant du même coup la portée de son compliment. Allons, tu peux aller jouer, mais tâche de rentrer à l'heure, sinon gare à toi. »

La vieille dame, émue par la perfection du travail de Tom, le ramena à la maison, ouvrit un placard, choisit l'une de ses meilleures pommes et la lui offrit en même temps qu'un sermon sur la valeur et la saveur particulières d'un cadeau de ce genre quand il est la récompense de vertueux efforts et non pas le fruit d'un péché. Et, tandis que tante Polly accompagnait la fin de son discours d'un geste impressionnant, Tom « rafla » un beignet à la confiture.

Comme il s'éloignait, il vit Sid s'engager dans l'escalier extérieur qui donnait accès aux chambres du second étage situées derrière la maison. Des mottes de terre se trouvaient à portée de la main de Tom et, en un clin d'œil, l'air en fut rempli. Elle s'abattirent furieusement autour de Sid comme une averse de grêle et, avant que tante Polly eût recouvré sa présence d'esprit et se fût précipitée à la rescousse, six ou sept mottes avaient atteint leur objectif et Tom avait disparu par-dessus la palissade du jardin. Le jardin, en fait, possédait une porte, mais Tom était toujours trop pressé pour s'en servir.

Désormais Tom avait l'âme en paix. Il avait réglé son compte à Sid, lui apprenant ainsi ce qu'il en coûtait d'attirer l'attention sur le fil noir de son col et de lui créer des ennuis.

Il gagna d'un pas allègre la place du village où les garçons du pays, répartis en deux groupes « militarisés », s'étaient donné rendez-vous pour se livrer bataille. Tom était général en chef d'une de ces armées, Joe Harper, son ami intime, commandait l'autre. Ces deux grands capitaines ne condescendaient jamais à payer de leur personne. Ils laissaient ce soin au menu fretin et, assis l'un à côté de l'autre sur une éminence, ils dirigeaient les opérations par le truchement de leurs aides de camp. L'armée de Tom remporta une grande victoire après un combat acharné. Alors, on dénombra les morts, on échangea les prisonniers, on mit au point les conditions de la prochaine querelle et l'on fixa la date de l'indispensable rencontre. Ensuite les deux armées formèrent les rangs et s'éloignèrent, tandis que Tom s'en revenait tout seul chez lui.

En passant devant la demeure de Jeff Thatcher, il aperçut, dans le jardin, une fille qu'il n'avait jamais vue auparavant, une délicieuse petite créature aux yeux bleus. Deux longues nattes blondes lui encadraient le visage. Elle portait une robe d'été blanche et des pantalons brodés.

Le héros paré d'une gloire récente tomba sous le charme sans coup férir. Une certaine Amy Lawrence disparut de son cœur sans même laisser

Une délicieuse petite créature aux yeux bleus.

34

la trace d'un souvenir derrière elle. Il avait cru l'aimer à la folie. Il avait pris sa passion pour de l'adoration ; et voyez un peu : ce n'était qu'une pauvre petite inclination ! Il avait mis des mois à la conquérir. Elle lui avait avoué ses sentiments une semaine plus tôt, et pendant sept jours, il avait été le garçon le plus heureux et le plus fier qui soit au monde ; et voilà qu'en un instant Amy était partie, avait quitté son cœur comme un étranger venu rendre une petite visite de politesse !

Tom adora ce nouvel ange descendu du ciel jusqu'au moment où il se vit découvert. Alors, il feignit de ne pas s'apercevoir de la présence de la fille et, recourant à toutes sortes de gamineries ridicules, se mit à « faire le paon » pour forcer son admiration. Il conserva cette attitude grotesque pendant un certain temps encore, mais, au beau milieu d'un périlleux exercice d'acrobatie, il lança un regard de côté et s'aperçut que la fillette lui tournait le dos et se dirigeait vers la maison. Tom s'approcha de la clôture du jardin et se pencha par-dessus dans l'espoir qu'elle ne rentrerait pas tout de suite. Elle s'arrêta sur les marches du perron, puis se remit à monter ; elle allait franchir le seuil. Tom poussa un gros soupir et son visage s'illumina aussitôt car, avant de disparaître, la petite lui lança une pensée par-dessus la clôture.

Tom courut, s'arrêta à quelques centimètres de la fleur et, les mains en écran devant les yeux, parcourut la route du regard comme s'il avait remarqué quelque chose d'intéressant. Ensuite, il ramassa un long brin de paille, le posa en équilibre sur son nez et, tout en se livrant à ce difficile exercice, il se rapprocha insensiblement de la pensée. Enfin il couvrit la fleur de son pied nu, son orteil souple s'en empara, et Tom se sauva à cloche-pied avec son trésor. Dès qu'il eut échappé aux yeux indiscrets, il enfouit la pensée dans sa veste tout près du cœur à moins que ce ne fût près de son estomac : ses notions d'anatomie n'étaient pas très précises.

Il retourna se pavaner devant la clôture du jardin et s'y attarda jusqu'au crépuscule, mais la fille ne daigna pas se montrer. Pour se consoler, Tom se dit qu'elle était peut-être restée cachée derrière une fenêtre et qu'elle n'avait perdu aucun de ses mouvements. En désespoir de cause, il reprit le chemin du logis, la tête farcie de visions enchanteresses.

Au cours du dîner, il se montra si gai que sa tante se demanda ce qui avait bien pu lui arriver. Il se fit gronder pour avoir lancé des mottes de terre à Sid mais il n'y prit pas garde. Il essaya de voler du sucre sous les yeux mêmes de sa tante, ce qui lui valut une bonne tape sur les doigts.

« Tante, dit-il, tu ne bats pas Sid quand il prend du sucre.

— Sid n'est pas aussi empoisonnant que toi. Si je ne t'avais pas à l'œil, tu mangerais tout le sucre. »

Quelques instants plus tard, la vieille dame se rendit à la cuisine. Fier de son impunité, Sid allongea la main pour prendre le sucrier non sans décocher à Tom un regard conquérant qui exaspéra ce dernier. Mais les doigts de Sid glissèrent. Le sucrier tomba à terre et se cassa en mille morceaux. Cet accident plongea Tom dans un tel ravissement qu'il réussit à tenir sa langue et observa un mutisme absolu. Il se jura de ne rien dire lorsque sa tante arriverait et de ne pas bouger jusqu'à ce qu'elle demandât qui était le coupable. Alors il lui apprendrait la vérité et rien ne serait plus doux que de voir le chouchou de tante Polly, le garçon modèle pris en flagrant délit. Il exultait à tel point qu'il eut bien du mal à se contenir lorsque la vieille dame revint et contempla le désastre, les yeux chargés d'éclairs menaçants. « Ça va y être ! », se dit-il, mais le moment venu il était déjà étalé de tout son long sur le plancher et la main puissante de sa tante se levait pour frapper un nouveau coup quand il s'écria :

« Arrête ! Qu'est-ce que j'ai fait, encore ? C'est Sid qui a cassé le sucrier ! »

Tante Polly demeura perplexe et Tom la regarda d'un air suppliant, mais elle se contenta de déclarer :

« Hum ! ce sera pour les fois où tu n'as pas été puni quand tu le méritais. »

Tante Polly s'en voulut ensuite de son attitude et elle faillit manifester son repentir par quelques mots affectueux. Cependant elle estima que ce serait du même coup reconnaître ses torts, chose que la discipline lui interdisait. Elle prit donc le parti de se taire et, le cœur rempli de doute, continua de vaquer aux soins du ménage. Tom s'en alla bouder dans un coin et donner libre cours à son amertume. Il savait qu'au fond d'elle-même, sa tante regrettait son geste, mais il était fermement décidé à repousser toutes ses avances. Il sentait sur lui de temps en temps un regard suppliant voilé de larmes, mais il restait de marbre. Il se représentait sur son lit de mort. Sa tante, penchée sur lui, implorait un mot de pardon, mais lui, inflexible, se tournait vers le mur et rendait l'âme sans prononcer une parole. Quel effet est-ce que ça lui ferait ?

Puis il imaginait un homme ramenant son cadavre à la maison. On l'avait repêché dans la rivière. Ses boucles étaient collées à son front et ses pauvres mains immobiles pour toujours. Son cœur si meurtri avait cessé de battre. Tante Polly se jetterait sur lui. Ses larmes ruisselleraient comme des gouttes de pluie. Elle demanderait au Seigneur de lui rendre son petit garçon et promettrait de ne plus jamais le punir à tort. Mais il resterait là, raide et froid devant elle... pauvre petit martyr dont les maux avaient pris fin. Son imagination s'échauffait, ses rêves revêtaient un caractère si dramatique, qu'il avait peine à avaler sa salive et qu'il menaçait d'étouffer. Ses yeux s'emplissaient de larmes qui débordaient chaque fois qu'il battait des paupières et coulaient le long de son nez. Il se complaisait dans sa douleur. Elle lui paraissait trop sacrée pour tolérer toute gaieté superficielle, toute joie intempestive. Et bientôt, lorsque sa cousine Mary arriva en dansant de joie

Il sortit la fleur de sa veste.

à l'idée de se retrouver sous le toit maternel après huit jours d'absence, Tom se leva et, toujours enveloppé de nuées sombres, sortit par une porte tandis que Mary entrait par une autre, semblant apporter avec elle le soleil et les chansons.

Il évita les endroits fréquentés par les autres garçons et chercha des lieux désolés en harmonie avec son état d'âme. Un train de bois était amarré au bord de la rivière. Tom alla s'y installer et contempla la morne étendue liquide. Il eût aimé mourir, se noyer mais à condition que lui fussent épargnées les cérémonies auxquelles la nature se livre en pareil cas. Alors, il songea à sa pensée. Il sortit la fleur de sa veste. Elle était toute flétrie, ce qui augmenta considérablement le plaisir qu'il prenait à cette sombre rêverie. Il se demanda si *Elle* le plaindrait, si elle savait. Pleurerait-elle ? Oserait-elle mettre ses bras autour de son cou pour le réconforter ? Ou bien lui tournerait-elle le dos ? Lui témoignerait-elle autant de froideur que le reste du monde ? Ces réflexions lui causèrent tant de joie et tant de douleur qu'il les caressa et les retourna jusqu'à leur en faire perdre toute saveur. Finalement, il se leva, poussa un soupir et s'en alla dans l'obscurité.

Vers les dix heures, il s'engagea dans la rue déserte en bordure de laquelle s'élevait la demeure de la chère inconnue. Il s'arrêta un instant. Nul bruit ne venait frapper son oreille. Une bougie éclairait d'une lueur confuse le rideau d'une fenêtre du second étage. Etait-ce là une manifestation de la présence sacrée ? Tom escalada la clôture du jardin, se glissa en tapinois au milieu des massifs et se posta juste au-dessous de la fenêtre éclairée. Le cœur battant d'émotion, il la contempla un long moment, puis il s'allongea sur le sol, les mains jointes sur la poitrine, sa pauvre fleur flétrie entre les doigts. C'est ainsi qu'il eût voulu mourir, sans toit au-dessus de sa tête, sans ami pour éponger sur son front les gouttes de sueur des agonisants, sans visage aimé pour s'incliner sur lui lorsque aurait commencé la grande épreuve. C'est ainsi qu'elle le verrait le lendemain matin lorsqu'elle se pencherait à la fenêtre pour se faire caresser par le soleil joyeux.

Verserait-elle au moins une seule petite larme sur sa dépouille sans vie ? Pousserait-elle au moins un petit soupir en songeant à l'horreur d'une jeune et brillante existence si brutalement fauchée ?

La fenêtre s'ouvrit. La voix discordante d'une bonne profana le calme sacré de la nuit et un torrent d'eau s'abattit sur les restes du pauvre martyr. A demi noyé sous ce déluge, notre héros bondit en toussant et renâclant. Un projectile siffla dans l'air en même temps que retentissait un juron. On entendit un bruit de verre brisé et une petite silhouette indistincte bondit par-dessus la palissade avant de s'effacer dans les ténèbres.

Peu de temps après, Tom, qui s'était déshabillé pour se coucher, examinait à la lueur d'une chandelle ses vêtements trempés. Sid se réveilla, mais si jamais l'idée lui vint de se livrer à quelques commentaires, il préféra les garder pour lui car dans les yeux de Tom brillait une flamme inquiétante.

Tom se mit au lit sans ajouter à cette journée le désagrément de la prière, et Sid ne manqua pas de noter cette omission.

4

Le soleil se leva sur un monde paisible et
étendit sa bénédiction au calme village. Après le
petit déjeuner eut lieu la prière dominicale. Tante
Polly commença par de solides citations bibliques
assorties de commentaires personnels. Pour
couronner le tout, elle débita, comme du haut du
Sinaï, un chapitre rébarbatif de la loi de Moïse.
Puis Tom s'arma de courage et se mit à
« apprendre ses versets ». Sid, lui, savait sa leçon
depuis plusieurs jours. Tom fit appel à toute son
énergie pour s'enfoncer dans la tête les cinq
versets qu'il avait choisis dans le Sermon sur la
Montagne faute d'avoir pu en trouver de plus
courts. Au bout d'une demi-heure, il avait une
vague idée de sa leçon, sans plus, car sa pensée
n'avait cessé de parcourir le domaine des préoc-

cupations humaines et ses mains de jouer avec ceci ou avec cela. Sa cousine Mary lui prit son livre et lui demanda de réciter ce qu'il avait retenu. Il avait l'impression de marcher au milieu du brouillard.

« Bienheureux les... les... les...

— Les pauvres...

— Oui, les pauvres. Bienheureux les pauvres... en...

— En esprit...

— En esprit. Bienheureux les pauvres en esprit car le... le...

— Le...

— Bienheureux les pauvres en esprit car... le royaume des cieux est à eux. Bienheureux les affligés car ils... ils...

— Se...

— Car ils se... se...

— S.E.R...

— Car ils S.E.R... Oh ! je ne sais plus !

— Seront !

— Ah ! c'est ça ! Car ils seront, ils seront... ils seront affligés... heu... heu... bienheureux ceux qui seront... ceux qui... qui... s'affligeront car ils seront... ils seront quoi ? Pourquoi ne me le dis-tu pas, Mary ? Pourquoi es-tu si méchante ?

— Oh ! Tom ! Espèce de tête de bois ! Ce n'est ni de la méchanceté ni de la taquinerie. Il faut que tu apprennes ta leçon. Allons, ne te décourage pas. Tu y arriveras. Et si tu y arrives, je te donnerai quelque chose de très joli. Allons, sois gentil.

— Si tu veux. Mais qu'est-ce que tu vas me donner, Mary ? Dis-le-moi.

— Ne t'occupe pas de cela pour le moment. Tu sais très bien que si je t'ai dit que ce serait joli c'est que c'est vrai.

— D'accord Mary. Je vais « repiocher ma leçon. »

Tom « repiocha » donc sa leçon et, doublement stimulé par la curiosité et par l'appât du gain possible, il déploya tant de zèle qu'il obtint un résultat éblouissant. Mary lui donna un couteau « Barlow » tout neuf qui valait bien douze *cents,* et la joie qu'il en ressentit l'ébranla jusqu'au tréfonds de son être. Il est vrai que le couteau ne coupait pas, mais c'était un véritable Barlow et il n'en fallait pas plus pour assurer le prestige de son propriétaire. Où donc les gars de l'Ouest ont-ils pris l'idée que les contrefaçons pourraient nuire à la réputation d'une telle arme ? Cela reste, et restera peut-être toujours, un profond mystère. Tom parvint à égratigner le placard avec, et il s'apprêtait à en faire autant sur le secrétaire quand il reçut l'ordre de s'habiller pour se rendre à l'école du dimanche. Mary lui remit une cuvette remplie d'eau et un morceau de savon. Il sortit dans le jardin et posa la cuvette sur un petit banc. Puis il trempa le savon dans l'eau, retroussa ses manches, vida tranquillement le contenu de la cuvette sur le sol, retourna à la cuisine et commença à se frotter le visage avec énergie, à l'aide d'une serviette. Par malheur, Mary s'empara de la serviette.

« Voyons, tu n'as pas honte, Tom ? Il ne faut pas être comme ça. L'eau ne te fera pas de mal. »

Tom se sentit un peu penaud. La cuvette fut remplie de nouveau et cette fois, prenant son courage à deux mains et poussant un gros soupir, Tom fit ses ablutions. Lorsqu'il rentra à la cuisine, il avait les deux yeux fermés ; l'eau et la mousse qui lui couvraient le visage témoignaient de ses efforts. Tâtonnant comme un aveugle, il chercha la serviette. Lorsqu'il se fut essuyé, on vit apparaître sur son visage une espèce de masque blanchâtre qui s'arrêtait à la hauteur des yeux et au niveau du menton. Au-dessus et au-dessous de la ligne ainsi tracée s'étendait tout un territoire sombre, toute une zone non irriguée qui couvrait le front et faisait le tour du cou. Mary se chargea de remédier à cet état de choses, et Tom sortit de ses mains semblable, sous le rapport de la couleur, à tous ses frères de race. Ses cheveux embroussaillés étaient bien peignés et ses mèches bouclées disposées sur son front avec autant de grâce que de symétrie. (En général, Tom se donnait un mal inouï pour aplatir ses ondulations qu'il jugeait trop efféminées et qui faisaient le désespoir de sa vie.)

Ensuite Mary sortit d'une armoire un complet dont il ne se servait que le dimanche depuis deux ans et que l'on appelait simplement « ses autres vêtements », ce qui nous permet de mesurer l'importance de sa garde-robe. Dès qu'il se fut habillé, sa cousine « vérifia » sa tenue, lui boutonna sa veste jusqu'au menton, lui rabattit son large col de chemise sur les épaules, le brossa et le coiffa d'un chapeau. Sa mise s'étant considérablement améliorée, il paraissait maintenant aussi mal à l'aise que possible, et il l'était vraiment car la propreté et les vêtements en bon état lui apparaissaient comme une contrainte exaspérante. Il escompta un moment que Mary oublierait ses souliers, mais ses espérances furent déçues. Elle les enduisit de suif, selon la coutume, et les lui apporta. Il se fâcha, disant qu'on l'obligeait toujours à faire ce qu'il ne voulait pas. Mais Mary prit un ton persuasif :

« S'il te plaît, Tom. C'est bien, tu es un gentil garçon ! »

Et il enfila ses souliers en grognant.

Mary fut bientôt prête et les trois enfants se rendirent à l'école du dimanche, endroit que Tom détestait du plus profond de son cœur alors que Sid et Mary s'y plaisaient beaucoup.

La classe durait de neuf heures à dix heures et demie et était suivie du service religieux. Deux des enfants restaient de leur plein gré pour écouter le sermon, l'autre y était toujours retenu par des raisons plus impératives. L'église, édifice de style très dépouillé, était surmontée d'un simple clocheton en bois de pin et pouvait contenir environ trois cents fidèles qui s'asseyaient sur des bancs sans coussins. A la porte, Tom accosta l'un de ses camarades endimanché comme lui.

« Hé ! dis donc, Bill. Tu as un bon point jaune ?

— Oui.

— Que voudrais-tu en échange ?

« — Qu'est-ce que tu as à me donner ?

— Un bout de réglisse et un hameçon.

— Fais voir. »

Tom s'exécuta. Les deux objets, offrant entière satisfaction, changèrent de mains ainsi que le bon point. Ensuite, Tom troqua une paire de billes blanches contre trois bons points rouges et quelques autres bagatelles contre deux bons points bleus. Son manège dura en tout un bon quart d'heure. Lorsqu'il eut terminé, il entra à l'église en même temps qu'une nuée de garçons et de filles bien lavés et fort bruyants. Il gagna sa place et aussitôt commença à se chamailler avec son voisin. Le maître, un homme grave, d'âge respectable, s'interposa immédiatement, mais Tom s'empressa de tirer les cheveux d'un garçon assis sur le banc voisin dès qu'il lui eut tourné le dos. Quand il fit volte-face, Tom était plongé dans son livre de prières. Non content de cet exploit, il donna alors un coup d'épingle à un autre de ses condisciples pour le plaisir de l'entendre crier « aïe », et s'attira une nouvelle réprimande.

Tous les camarades de Tom, calqués sur le même modèle, étaient aussi remuants, bruyants et insupportables que lui. Lorsqu'on les interrogeait, aucun d'eux ne savait correctement sa leçon et il fallait à chaque instant leur tendre la perche. Néanmoins, ils en venaient à bout cahin-caha et obtenaient une récompense sous la forme d'un bon point bleu, au verso duquel était écrit un passage de la Bible. Chaque bon point bleu représentait deux versets récités par cœur. Dix bons points bleus équivalaient à un rouge et pouvaient être échangés contre lui. Dix bons points rouges donnaient droit à un bon point jaune et pour dix bons points de cette couleur, le directeur de l'école remettait à l'élève une bible qui en ces temps heureux valait quarante *cents*. Combien de mes lecteurs auraient le courage de retenir par cœur deux mille versets, même pour obtenir une bible illustrée par Gustave Doré ?

Pourtant, c'était grâce à ce procédé que Mary avait acquis deux bibles. Cela représentait l'effort de deux années, et l'on citait le cas d'un garçon, d'origine allemande, qui avait gagné ainsi quatre ou cinq livres saints. Un jour, il lui était arrivé de réciter trois mille versets d'affilée, mais un tel abus de ses facultés mentales l'avait rendu à peu près idiot — véritable désastre pour l'école, car dans les grandes occasions le directeur faisait toujours appel à ce garçon pour « parader », ainsi que le disait Tom dans son langage. Seuls les élèves les plus âgés conservaient leurs bons points et s'attelaient à leur besogne monotone assez longtemps pour obtenir une bible. La remise de l'un de ces prix devenait dans ces circonstances un événement rare et important. Le lauréat était si bien mis en vedette que le cœur de ses condisciples brûlait souvent pendant quinze jours d'une ardeur nouvelle. Il est possible que Tom n'ait jamais tenu à la récompense en soi, mais il est incontestable qu'il avait pendant des jours et des jours rêvé à la gloire qui s'attachait au héros de la cérémonie.

Bientôt le directeur vint se placer en face des élèves et réclama leur attention. Il tenait à la main un livre de cantiques entre les pages duquel il avait glissé son index. Lorsque le directeur d'une école du dimanche fait son petit discours rituel, un recueil de cantiques lui est aussi nécessaire que l'inévitable partition au chanteur qui s'avance sur une scène et s'apprête à chanter un solo dans un concert. Il y a là quelque chose de mystérieux car, dans l'un ou l'autre cas, le patient n'a réellement besoin ni du livre ni de la partition.

Le directeur était un homme mince de trente-cinq ans environ. Il portait un bouc blond filasse et ses cheveux coupés court étaient de la même couleur. Son col empesé lui remontait par-derrière jusqu'aux oreilles et se terminait sur le devant par deux pointes acérées qui atteignaient la hauteur de sa bouche. C'était en somme une sorte de carcan qui l'obligeait à regarder toujours droit devant lui ou bien à se retourner tout entier quand il désirait avoir une vue latérale des choses ou des gens. Son menton s'étayait sur une cravate large et longue comme un billet de banque et terminée par des franges. Ses souliers étaient à la mode, en ce sens qu'ils relevaient furieusement du bout, effet obtenu par les élégants en passant des heures les pieds arc-boutés contre un mur. M. Walters était très digne d'aspect et très loyal de caractère. Il avait un tel respect pour tout ce qui touchait à la religion, que le dimanche il prenait, à son insu, une voix qu'il n'avait pas les autres jours.

« Allons, mes enfants, commença-t-il de son ton dominical, je voudrais que vous vous leviez et que vous vous teniez tous bien droits, bien gentiment et que vous m'accordiez votre attention pendant une ou deux minutes. Parfait. Nous y voilà. C'est ainsi que doivent se conduire de bons petits garçons et de bonnes petites filles. Je vois une petite fille qui est en train de regarder par la fenêtre... Je crains qu'elle ne me croie de ce côté-là. Peut-être se figure-t-elle que je suis perché dans un arbre et que je tiens un discours aux petits oiseaux *(murmures approbateurs dans l'assistance)*. Je veux vous dire combien ça me fait plaisir de voir réunis en ce lieu tant de petits visages proprets et clairs, tant d'enfants venus ici pour apprendre à se bien conduire et à être gentil. » Etc. Inutile de reproduire le reste de l'homélie. Ce genre de discours nous étant familier, nous n'insisterons pas.

Le dernier tiers de la harangue fut gâché par la reprise des hostilités entre les fortes têtes, par des bruits de pieds et des chuchotements dont le murmure assourdi déferla comme une vague contre ces rocs de vertu qu'étaient Sid et Mary. Cependant, le tapage cessa dès que M. Walters eut fermé la bouche, et la fin de son discours fut accueillie par une explosion de muette reconnaissance.

L'agitation, d'ailleurs, avait tenu en partie à un événement assez rare : l'arrivée de visiteurs. Accompagné d'un petit vieillard grêle, d'un bel homme entre deux âges, d'une dame distinguée, sans aucun doute l'épouse de ce dernier, maître Thatcher avait fait son entrée à l'église. La dame tenait une petite fille par la main. Depuis le début de la classe, Tom n'avait cessé de se débattre contre sa conscience. La vue d'Amy Lawrence, dont il ne pouvait soutenir le regard affectueux, le mettait au supplice. Cependant, lorsqu'il aperçut la nouvelle venue, il se sentit inondé de bonheur des pieds à la tête. Aussitôt, il commença à « faire le paon », pinça ses camarades, leur tira les cheveux, fit des grimaces ; bref se livra à toutes les facéties susceptibles, selon lui, de séduire une jeune personne. Il n'y avait qu'une ombre au tableau de sa félicité : le souvenir de ce qui s'était passé la veille au soir dans le jardin de l'Inconnue.

Les visiteurs s'assirent aux places d'honneur et, dès que M. Walters eut terminé sa harangue, il les présenta à ses élèves. Le monsieur entre deux âges n'était rien de moins que l'un des juges du comté. Les enfants n'avaient jamais eu l'occasion de voir en chair et en os un personnage aussi considérable et ils le regardaient de tous leurs yeux avec un mélange d'admiration et d'effroi, se demandant de quoi il était fait. C'est tout juste si dans leur excitation, ils ne s'attendaient pas à l'entendre rugir. Il venait de Constantinople, petite ville distante d'une vingtaine de kilomètres, ce qui voulait dire combien il avait voyagé et vu de pays. Et que ses yeux avaient bel et bien contemplé le Tribunal du comté qui, disait-on, avait un toit de tôle ondulée. Il s'agissait du grand juge Thatcher en personne, le propre frère du notaire de l'endroit. Jeff Thatcher quitta les rangs et vint s'entretenir avec lui sous les yeux de ses camarades verts de jalousie.

« Regarde donc, Jim ! Mais regarde donc : il lui serre la main. Sapristi, il en a de la veine, ce Jeff ! »

Tout gonflé de son importance, M. Walters s'agita, donna des ordres à tort et à travers. Le bibliothécaire, les bras chargés de livres, ne voulut pas être en reste et courut de droite et de gauche comme un insecte affairé, en se donnant toute l'autorité dont se délectent les petits chefs. La contagion gagna les jeunes maîtresses. Elles se penchèrent de façon charmante sur des élèves qu'elles avaient giflés l'instant d'avant, et avec un joli geste de la main, rappelèrent à l'ordre les mauvais sujets et caressèrent les cheveux de ceux qui se tenaient bien. Les maîtres distribuèrent des réprimandes et s'efforcèrent de maintenir une stricte discipline. La plupart des professeurs des deux sexes eurent soudain besoin de recourir aux services de la bibliothèque près de l'estrade, et ceci, à maintes reprises, en affichant chaque fois une contrariété apparente. Les petites filles firent tout pour se faire remarquer ; quant aux garçons, ils déployèrent tant d'ardeur à ne point passer inaperçus que l'air s'emplit de boulettes de papier et de murmures divers.

Majestueux, rayonnant, le juge contemplait ce spectacle avec un sourire et se réchauffait au soleil de sa propre importance car lui aussi « paradait ». Une seule chose manquait à M. Walters pour que sa félicité fût complète : pouvoir remettre une bible d'honneur à un jeune prodige. Il eût donné n'importe quoi pour que ce garçon, d'origine germanique, fût en possession de toutes ses facultés mentales et figurât en ce moment au nombre de ses élèves. Certains bambins avaient beau détenir plusieurs bons points jaunes, aucun n'en avait assez pour satisfaire aux conditions requises.

Alors que tout semblait irrémédiablement perdu, Tom Sawyer quitta les rangs, s'avança avec neuf bons points jaunes, neuf bons points rouges, dix bons points bleus et réclama une bible. Coup de tonnerre dans un ciel serein ! M. Walters n'en croyait pas ses yeux. Venant d'un tel sujet, il ne se serait pas attendu à semblable demande avant une dizaine d'années. Mais à quoi bon nier l'évidence ? Appuyées par le nombre réglementaire de bons points, les prétentions de Tom étaient des plus justifiées. En conséquence, Tom fut installé à côté du juge et des puissants du jour. Lorsque M. Walters annonça la nouvelle, ce fut une surprise comme on n'en avait pas connu au village depuis dix ans. Du même coup, Tom se hissa au niveau du juge Thatcher et les élèves abasourdis eurent deux héros à admirer au lieu d'un. Les garçons crevaient de jalousie, mais les plus furieux étaient ceux qui avaient contribué à la gloire de Tom en lui échangeant des bons points contre les richesses qu'il avait amassées la veille devant la palissade de sa tante. Ils s'en voulaient tous d'avoir été la dupe d'un escroc aussi retors, d'un serpent si plein de ruse.

La récompense fut remise à Tom avec toute l'effusion dont le directeur se sentit capable. Néanmoins, ses paroles manquèrent un peu de conviction car le malheureux pensait qu'il y avait là un mystère qu'il valait mieux ne pas approfondir. Que ce garçon-là, parmi tant d'autres, eût emmagasiné deux mille versets de la Bible, dépassait l'entendement car sa capacité normale d'absorption ne devait guère se monter à plus d'une douzaine de ces mêmes versets. Amy Lawrence, heureuse et fière, essayait d'attirer l'attention de Tom, qui évitait de regarder de son côté. Elle en fut d'abord surprise, puis un peu inquiète et finalement, s'étant rendu compte d'où provenait l'indifférence de son ami, elle fut mordue par le serpent de la jalousie. Son cœur se brisa, les

Tom fut présenté au juge.

larmes lui montèrent aux yeux et elle se mit à détester tout le monde en général et Tom en particulier.

Tom fut présenté au juge. Son cœur battait, sa langue était comme paralysée, il pouvait à peine respirer. Cela tenait en partie à l'importance du personnage, mais surtout au fait qu'il était le père de l'Adorée. Le juge caressa les cheveux de Tom, l'appela « mon brave petit » et lui demanda son nom. Le garçon bredouilla, bafouilla et finalement répondit d'une voix mal assurée :

« Tom.

— Oh ! non, pas Tom, voyons...

— Non, Thomas.

— Ah ! c'est bien ce qui me semblait. Tom, c'est un peu court. Mais ce n'est pas tout. Tu as un autre nom.

— Allons, dis ton nom de famille au monsieur, Thomas, intervint M. Walters. Et n'oublie pas de dire « monsieur ». Il ne faut pas que l'émotion t'empêche d'avoir de bonnes manières.

— Thomas Sawyer, monsieur.

— Très bien. C'est un bon petit. Il est très gentil, ce garçon. Un vrai petit homme. Deux mille versets, ça compte... Et tu ne regretteras jamais le mal que tu t'es donné pour les apprendre. Le savoir est la plus belle chose du monde. C'est grâce à la science qu'il y eut et qu'il y a de grands hommes, des hommes dignes de ce nom. Un jour, mon petit Thomas, tu seras un grand homme. Tu te retourneras vers ton passé et tu diras que tu dois ta situation au précieux enseignement de l'école du dimanche, que tu la dois aux chers maîtres qui t'ont montré ce qu'était le savoir, à ton excellent directeur qui t'a encouragé, qui a veillé sur tout, qui t'a donné une belle bible, une bible magnifique, qui sera tienne pour toujours, bref, que tu dois tout à la bonne éducation que tu as reçue, voilà ce que tu diras, mon petit Thomas. D'ailleurs je suis sûr que jamais tu ne pourrais accepter d'argent pour ces deux mille versets. Et maintenant, tu ne refuseras pas de me répéter, ainsi qu'à cette dame, quelques-unes des choses que tu as apprises. Nous aimons beaucoup les jeunes garçons studieux. Voyons, tu sais évidemment les noms des douze apôtres. Veux-tu me dire quels furent les deux premiers ? »

Tom ne cessait de tirailler un bouton de sa veste. Il avait l'air désemparé. Il se mit à rougir et baissa les yeux. Le cœur de M. Walters se serra. « Cet enfant est incapable de répondre à la moindre question, se dit le pauvre homme. Pourquoi le juge l'a-t-il interrogé ? » Cependant, il se crut obligé de tenter quelque chose.

« Allons, Thomas, fit-il, réponds donc à monsieur. N'aie pas peur.

— Vous ne refuserez pas de me répondre à moi, n'est-ce pas, mon petit ? déclara la dame. Les deux premiers disciples s'appelaient... ?

— DAVID ET GOLIATH ! »

La charité nous force à tirer le rideau sur le reste de cette scène.

5

Vers dix heures et demie, la cloche fêlée de la petite église se mit à sonner et les fidèles ne tardèrent pas à affluer. Les enfants qui avaient assisté à l'école du dimanche se dispersèrent et allèrent s'asseoir auprès de leurs parents afin de ne pas échapper à leur surveillance. Tante Polly arriva. Tom, Sid et Mary prirent place à ses côtés, Tom le plus près possible de l'allée centrale afin d'échapper aux séductions de la fenêtre ouverte sur le beau paysage d'été.

La nef était pleine à craquer. On y voyait le maître de poste qui, désormais vieux et besogneux, avait connu des jours meilleurs ; le maire et sa femme, car entre autres choses inutiles, le village possédait un maire ; le juge de paix ; la veuve Douglas, dont la quarantaine belle et élégante, l'âme généreuse et la fortune faisaient la plus hospitalière des hôtesses dans son château à flanc de coteau où les réceptions somptueuses éclipsaient tout ce qu'on pouvait voir de mieux dans ce domaine à Saint-Petersburg ; et aussi le vénérable commandant Ward, tout voûté, avec sa femme ; maître Riverson également, un nouveau venu ; sans oublier la belle du village suivie d'un essaim de bourreaux des cœurs sur leur trente et un; ainsi que tous les commis de Saint-Petersburg, entrés en même temps car ils avaient attendu sous le porche, pommadés et guindés, en suçant le pommeau de leur canne, le passage de la dernière jeune fille ; et, pour finir, Will Mufferson, le garçon modèle du village qui prenait autant de soin de sa mère que si elle eût été en cristal. Il la conduisait toujours à l'église et faisait l'admiration de toutes les dames. Les garçons le détestaient. Il était si gentil et on leur avait tellement rebattu les oreilles de ses perfections ! Comme tous les dimanches, le coin d'un mouchoir bien blanc sortait négligemment de sa poche et Tom, qui ne possédait point de mouchoirs, considérait cela comme de la pose.

Tous les fidèles paraissant assemblés, la cloche tinta une fois de plus à l'intention des retardataires et un profond silence s'abattit sur l'église, troublé seulement par les chuchotements des choristes réunis dans la tribune. Il y eut jadis des choristes qui se tenaient convenablement, mais voilà si longtemps que je ne sais plus très bien où cela se passait, en tout cas, ce ne devait pas être dans notre pays.

Le pasteur lut le cantique que l'assistance allait chanter. On admirait beaucoup sa diction dans la région. Sa voix partait sur une note moyenne, montait régulièrement pour s'enfler sur le mot clef et replonger ensuite vers la fin. Cela donnait à peu près ceci :

Serai-je emporté là-haut sur de molles couches

fleuries

Tandis que d'autres luttent contre les flots meurtriers

pour obtenir le ciel ?

Il était de toutes les réunions de charité où son talent de lecteur faisait les délices de ces dames.

A la fin du poème, leurs mains levées retombaient sans force sur leurs genoux, leurs yeux se fermaient, et elles hochaient la tête comme pour signifier : « Il n'y a pas de mots pour le dire ; c'est trop beau, trop beau pour cette terre. »

Après que l'hymne eut été chantée en chœur, le révérend Sprague fit fonction de « bulletin paroissial » en communiquant une liste interminable d'avis de toutes sortes. En Amérique, malgré le développement considérable de la presse, cette coutume se maintient envers et contre tout, ce qui ne laisse pas d'être assez bizarre et fastidieux. Il en est souvent ainsi des coutumes traditionnelles. Moins elles se justifient, plus il est difficile de s'en débarrasser.

Le bulletin terminé, le révérend Sprague s'attaqua à la prière du jour. Quelle belle et généreuse prière, et si détaillée, si complète ! Le pasteur intercéda en faveur de l'église et de ses petits enfants de la congrégation ; en faveur des autres églises du village ; en faveur du village lui-même, du comité, de l'Etat, des fonctionnaires, des Etats-Unis, des églises des Etats-Unis, du Congrès, du Président, des fonctionnaires du gouvernement, des pauvres marins ballottés par les flots courroucés, en faveur des millions d'êtres opprimés par les monarques européens et les despotes orientaux, de ceux qui avaient des yeux et ne voulaient pas voir, de ceux qui avaient des oreilles et ne voulaient pas entendre, en faveur des païens des îles lointaines. Il acheva sa prière en souhaitant que ses vœux fussent exaucés et que ses paroles tombassent comme des graines sur un sol fertile. Amen.

Aussitôt, les fidèles se rassirent dans un grand frou-frou de robes. Le garçon dont nous racontons l'histoire ne goûtait nullement cette prière. Il ne faisait que la subir, si seulement il y parvenait ! Son humeur rétive ne l'empêchait pas d'en noter inconsciemment tous les détails. Car il connaissait depuis toujours le discours et la manière du révérend. Il réagissait à la moindre nouveauté. Toute addition lui paraissait parfaitement déloyale et scélérate. Le thème général lui en était si familier que, perdu dans une sorte de rêverie, il réagissait seulement si une parole ou une phrase nouvelle frappait son oreille. Au beau milieu de l'oraison, une mouche était venue se poser sur le dossier du banc, en face de Tom. Sans s'inquiéter de ce qui se passait autour de lui, l'insecte commença sa toilette, se frotta vigoureusement la tête avec ses pattes de devant et se fourbit consciencieusement les ailes avec celles de derrière. La tentation était forte, mais Tom n'osait pas bouger car il craignait la vengeance céleste. Cependant, à peine le pasteur eut-il prononcé le mot *amen* que la pauvre mouche était prisonnière. Par malheur, tante Polly s'en aperçut et obligea son neveu à relâcher sa victime.

Après la prière, le pasteur lut son texte, puis s'engagea dans un commentaire si ennuyeux que bien des têtes, bercées par son bourdonnement, se mirent à dodeliner. Et pourtant, il y parlait de foudre, de feu éternel et d'un nombre si réduit de prédestinés que la nécessité du salut ne paraissait plus si évidente. Tom comptait les pages du sermon. En sortant de l'église, il savait toujours en dire le nombre. Mais il pouvait rarement parler de leur contenu. Néanmoins, cette fois-ci, il s'y intéressa réellement pendant un court instant. Le pasteur dressait un tableau grandiose et émouvant de l'assemblée des peuples à la fin des temps, quand le lion et l'agneau reposeraient ensemble, et qu'un petit enfant les conduirait par la main. Mais ni l'enseignement, ni la morale, ni le côté pathétique de ce spectacle impressionnant ne le touchaient. Il ne pensait qu'au rôle éclatant joué par le principal personnage devant le concert des nations. Son visage s'éclaira. Il se dit qu'il aimerait être cet enfant. S'il s'agissait d'un lion apprivoisé, bien sûr. Mais le sermon devenant de plus en plus obscur, son attention se lassa et il tira de sa poche l'un des trésors dont il était le plus fier.

C'était un gros scarabée noir, aux mandibules formidables, qu'il avait baptisé du nom de « hanneton à pinces ». Il ouvrit la petite boîte dans laquelle il l'avait enfermé. Le premier geste de l'animal fut de le pincer au doigt. Tom le lâcha ; le « hanneton » s'échappa et retomba sur le dos au milieu de la nef, tandis que le gamin suçait son doigt meurtri. Incapable de se retourner, le gros insecte battait désespérément l'air de ses pattes. Tom le surveillait du coin de l'œil et aurait bien voulu remettre la main dessus, mais il était trop loin. Certaines personnes, que le sermon n'intéressait pas, profitèrent de cette distraction et suivirent les ébats de l'insecte. Bientôt entra sans hâte un caniche errant. Alangui par la chaleur estivale et le silence, triste et las de sa captivité, il aspirait visiblement à quelque diversion. Il aperçut le scarabée ; sa queue pendante se releva et s'agita dans tous les sens. Il considéra sa trouvaille ; en fit le tour, la flaira de plus près, puis retroussant ses babines, fit une prudente plongée dans sa direction. Son coup de dents la manqua de peu. Un nouvel essai, puis un autre... Il commençait à prendre goût au jeu. Il se mit sur le ventre, la bête entre ses pattes, essayant à nouveau de l'atteindre. Mais il s'en lassa, l'indifférence le gagna, puis la somnolence. Sa tête retomba et, petit à petit, son menton descendit et toucha l'ennemi dont les pinces se refermèrent sur lui. Avec un bref jappement et une secousse de la tête, le caniche envoya promener à deux mètres le scarabée qui se retrouva une fois de plus sur le dos. Les spectateurs proches étouffèrent des rires, le nez dans leur mouchoir ou dans leur éventail. Tom était parfaitement heureux. Le chien avait l'air penaud, mais il était furieux et méditait sa vengeance. Il revint sur l'insecte en tournant autour avec des bonds calculés qui s'arrêtaient net à deux centimètres de lui, et des coups de dents toujours plus proches, la tête virevoltante et l'oreille au vent. Puis il se lassa à nouveau, voulut attraper une mouche qui passait à sa portée, la manqua, se lança le nez au sol à la poursuite d'une fourmi vagabonde, bâilla, soupira et alla s'asseoir juste sur le scarabée qu'il avait complètement oublié! Aussitôt le malheureux poussa un hurlement de douleur et détala comme s'il avait eu tous les diables de l'enfer à ses trousses. Aboyant, gémissant, il remonta la nef, rasa l'autel, redescendit l'aile latérale, passa les portes sans les voir et, toujours hurlant, repartit en ligne droite. Son supplice allait croissant au rythme de sa course, et bientôt il ne fut plus qu'une comète chevelue se déplaçant sur son orbite à la vitesse de la lumière. A la fin, la malheureuse victime fit une embardée et acheva sa course frénétique sur les genoux de son maître qui s'en saisit et la lança par la fenêtre ouverte. Les jappements angoissés diminuèrent peu à peu d'intensité et s'éteignirent au loin.

Les fidèles cramoisis avaient toutes les peines du monde à garder leur sérieux. Le pasteur s'était arrêté. Il tenta de reprendre le fil du discours, mais sans conviction, sentant fort bien qu'il n'arrivait plus à toucher son auditoire, car les paroles les plus graves suscitaient à chaque instant sur quelque prie-Dieu éloigné les éclats de rire mal contenus d'une joie sacrilège, à croire que le malheureux pasteur venait de tenir des propos du plus haut comique. Ce fut un soulagement général quand il prononça la bénédiction.

Tout joyeux, Tom s'en retourna chez lui. Il se disait qu'en somme un service religieux n'est pas une épreuve trop pénible, à condition qu'un élément imprévu vienne en rompre la monotonie. Une seule chose gâchait son plaisir. Il avait été

enchanté que le caniche s'amusât avec son
« hanneton à pinces » mais il lui en voulait de
s'être sauvé en l'emportant.

6

Le lendemain, Tom Sawyer se sentit tout
désemparé. Il en était toujours ainsi le lundi
matin car ce jour-là marquait le prélude d'une
semaine de lentes tortures scolaires. En ces occasions, Tom en arrivait à regretter sa journée de
congé qui rendait encore plus pénible le retour à
l'esclavage.

Tom se mit à réfléchir. Il ne tarda pas à se dire
que s'il se trouvait une bonne petite maladie, ce
serait un excellent moyen de ne pas aller à l'école.
C'était une idée à approfondir. A force de se
creuser la cervelle, il finit par se découvrir quelques symptômes de coliques qu'il chercha à
encourager, mais les symptômes disparurent
d'eux-mêmes et ce fut peine perdue. Au bout
d'un certain temps, il s'aperçut qu'une de ses

dents branlait. Quelle chance ! Il était sur le point d'entamer une série de gémissements bien étudiés quand il se ravisa. S'il se plaignait de sa dent, sa tante ne manquerait pas de vouloir l'arracher et ça lui ferait mal. Il préféra garder sa dent en réserve pour une autre occasion et continua de passer en revue toutes les maladies possibles.

Il se rappela soudain qu'un docteur avait parlé devant lui d'une affection étrange qui obligeait les gens à rester deux ou trois semaines couchés et se traduisait parfois par la perte d'un doigt ou d'un membre. Il souleva vivement son drap et examina l'écorchure qu'il s'était faite au gros orteil. Malheureusement, il ignorait complètement de quelle façon se manifestait cette maladie bizarre. Cela ne l'empêcha pas de pousser incontinent des gémissements à fendre l'âme. Sid dormait du sommeil du juste et ne se réveilla pas. Tom redoubla d'efforts et eut même l'impression que son orteil commençait à lui faire mal. Sid ne bronchait toujours pas.

Tom ne se tint pas pour battu. Il reprit son souffle et gémit de plus belle. Sid continuait à dormir. Tom était exaspéré.

« Sid ! Sid ! » appela-t-il en secouant son frère.

Sid bâilla, s'étira, se souleva sur les coudes et regarda le malade.

« Tom, hé, Tom ! »

Pas de réponse.

« Tom ! Tom ! Que se passe-t-il, Tom ? »

A son tour, Sid secoua son frère et jeta sur lui un regard anxieux.

« Oh ! ne me touche pas, Sid, murmura Tom.

— Mais enfin, qu'as-tu ? Je vais appeler tante Polly.

— Non, ce n'est pas la peine. Ça va aller mieux. Ne dérange personne.

— Mais si, il le faut. Ne crie pas comme ça, Tom. C'est effrayant. Depuis combien de temps souffres-tu ?

— Depuis des heures. Aïe ! Oh ! non, Sid, ne me touche pas. Tu vas me tuer.

— Pourquoi ne m'as-tu pas réveillé plus tôt ? Oh ! tais-toi. Ça me donne la chair de poule de t'entendre. Mais que se passe-t-il ?

— Je te pardonne, Sid *(un gémissement),* je te pardonne tout ce que tu m'as fait. Quand je serai mort...

— Oh ! Tom, tu ne vas pas mourir. Voyons, Tom. Non, non. Peut-être...

— Je pardonne à tout le monde, Sid, *(nouveau gémissement).* Sid, tu donneras mon châssis de fenêtre et mon chat borgne à la petite qui vient d'arriver au village et tu lui diras... »

Mais Sid avait sauté dans ses vêtements et quitté la chambre au triple galop. L'imagination de Tom avait si bien travaillé, ses gémissements avaient été si bien imités que le gamin souffrait désormais pour de bon. Sid dégringola l'escalier.

« Tante Polly ! cria-t-il. Viens vite ! Tom se meurt !

— Il se meurt ?

— Oui. Il n'y a pas une minute à perdre. Viens !

— C'est une blague. Je n'en crois pas un mot. »

Néanmoins, tante Polly grimpa l'escalier quatre à quatre, Sid et Mary sur ses talons. Elle était blême. Ses lèvres tremblaient. Haletante, elle se pencha sur le lit de Tom.

« Tom, Tom, qu'est-ce que tu as ?

— Oh ! ma tante, je...

— Qu'est-ce qu'il se passe, mais voyons, qu'est-ce qu'il se passe, mon petit ?

— Oh ! ma tante, mon gros orteil est tout enflé. »

La vieille dame se laissa tomber sur une chaise, riant et pleurant à la fois.

« Ah ! Tom, fit-elle, tu m'en as donné des émotions. Maintenant, arrête de dire des sottises et sors de ton lit. »

Les gémissements cessèrent comme par enchantement et Tom, qui ne ressentait plus la moindre douleur au pied, se trouva un peu penaud.

« Tante Polly, j'ai eu l'impression que mon orteil était un peu enflé et il me faisait si mal que j'en ai oublié ma dent.

— Ta dent ! qu'est-ce que c'est que cette histoire-là ?

— J'ai une dent qui branle et ça me fait un mal de chien.

— Allons, allons, ne te remets pas à crier. Ouvre la bouche. C'est exact, ta dent remue, mais tu ne vas pas mourir pour ça. Mary, apporte-moi un fil de soie et va chercher un tison à la cuisine.

— Oh ! non, tante ! je t'en prie. Ne m'arrache pas la dent. Elle ne me fait plus mal. Ne l'arrache pas. Je ne veux pas manquer l'école.

— Tiens, tiens, c'était donc cela ! Tu n'avais pas envie d'aller en classe. Tom, mon petit Tom, moi qui t'aime tant, et tu essaies par tous les moyens de me faire de la peine ! »

Comme elle prononçait ces mots, Mary apporta les instruments de chirurgie dentaire. La vieille dame prit le fil de soie, en attacha solidement une des extrémités à la dent de Tom et l'autre au pied du lit, puis elle s'empara du tison et le brandit sous le nez du garçon. Une seconde plus tard, la dent se balançait au bout du fil. Cependant, à quelque chose malheur est bon. Après avoir pris son petit déjeuner, Tom se rendit à l'école et, en chemin, suscita l'envie de ses camarades en crachant d'une manière aussi nouvelle qu'admirable, grâce au trou laissé par sa dent si magistralement arrachée. Il eut bientôt autour de lui une petite cour de garçons intéressés par sa démonstration tandis qu'un autre, qui jusqu'alors avait suscité le respect et l'admiration de tous pour une coupure au doigt, se retrouvait seul et privé de sa gloire. Ulcéré, il prétendit avec dédain que cracher comme Tom Sawyer n'avait rien d'extraordinaire. Mais l'un des garçons lui lança : « Ils sont trop verts », et le héros déchu s'en alla.

En cours de route, Tom rencontra le jeune paria de Saint-Petersburg, Huckleberry Finn, le fils de l'ivrogne du village. Toutes les mères détestaient et redoutaient Huckleberry parce

70

qu'il était méchant, paresseux et mal élevé, et parce que leurs enfants l'admiraient et ne pensaient qu'à jouer avec lui. Tom l'enviait et, bien qu'on le lui défendît, le fréquentait aussi souvent que possible.

Les vêtements de Huckleberry, trop grands pour lui, frémissaient de toutes leurs loques comme un printemps perpétuel rempli d'ailes d'oiseaux. Un large croissant manquait à la bordure de son chapeau qui n'était qu'une vaste ruine, sa veste, lorsqu'il en avait une, lui battait les talons et les boutons de sa martingale lui arri-

Les vêtements de Huckleberry...

vaient très bas dans le dos. Une seule bretelle
retenait son pantalon dont le fond pendait comme
une poche basse et vide, et dont les jambes, tout
effrangées, traînaient dans la poussière, quand
elles n'étaient point roulées à mi-mollet. Huckleberry vivait à sa fantaisie. Quand il faisait beau, il
couchait contre la porte de la première maison
venue ; quand il pleuvait, il dormait dans une
étable. Personne ne le forçait à aller à l'école ou à
l'église. Il n'avait de comptes à rendre à personne.
Il s'en allait pêcher ou nager quand bon lui
semblait et aussi longtemps qu'il voulait.
Personne ne l'empêchait de se battre et il veillait
aussi tard que cela lui plaisait. Au printemps, il
était toujours le premier à quitter ses chaussures,
en automne, toujours le dernier à les remettre.
Personne ne l'obligeait non plus à se laver ou à
endosser des vêtements propres. Il possédait en
outre une merveilleuse collection de jurons ; en un
mot, ce garçon jouissait de tout ce qui rend la vie
digne d'être vécue. C'était bien là l'opinion de
tous les garçons respectables de Saint-Petersburg
tyrannisés par leurs parents.

« Hé ! bonjour, Huckleberry ! lança Tom au
jeune vagabond.

— Bonjour. Tu le trouves joli ?

— Qu'est-ce que tu as là ?

— Un chat mort.

— Montre-le-moi, Huck. Oh ! il est tout raide.
Où l'as-tu déniché ?

— Je l'ai acheté à un gars.

— Qu'est-ce que tu lui as donné pour ça ?

— Un bon point bleu et une vessie que j'ai eue chez le boucher.

— Comment as-tu fait pour avoir un bon point bleu ?

— Je l'avais eu en échange, il y a une quinzaine de jours, contre un bâton de cerceau.

— Dis donc, à quoi est-ce que ça sert, les chats morts, Huck ?

— Ça sert à soigner les verrues.

— Non ! sans blague ? En tout cas, moi je connais quelque chose de meilleur.

— Je parie bien que non. Qu'est-ce que c'est ?

— Eh bien, de l'eau de bois mort.

— De l'eau de bois mort ? Moi, ça ne m'inspirerait pas confiance.

— As-tu jamais essayé ?

— Non, mais Bob Tanner s'en est servi.

— Qui est-ce qui te l'a dit ?

— Il l'a dit à Jeff qui l'a dit à Johnny Baker. Alors Johnny l'a dit à Jim Hollis qui l'a dit à Ben Rogers qui l'a dit à un Nègre et c'est le Nègre qui me l'a dit. Voilà ! tu y es ?

— Qu'est-ce que ça signifie ? Ils sont tous aussi menteurs les uns que les autres. Je ne parle pas de ton Nègre, je ne le connais pas, mais je n'ai jamais vu un Nègre qui ne soit pas menteur. Maintenant, je voudrais bien que tu me racontes comment Bob Tanner s'y est pris.

— Il a mis la main dans une vieille souche pourrie, toute détrempée.

— En plein jour ?

— Bien sûr.

— Il avait le visage tourné du côté de la souche ?

— Oui, je crois.

— Et il a dit quelque chose ?

— Je ne pense pas. Je n'en sais rien.

— Ah ! Ah ! On n'a pas idée de vouloir soigner des verrues en s'y prenant d'une manière aussi grotesque ! On n'obtient aucun résultat comme ça. Il faut aller tout seul dans le bois et se rendre là où il y a un vieux tronc d'arbre ou une souche avec un creux qui retient l'eau de pluie. Quand minuit sonne, on s'appuie le dos à la souche et l'on trempe sa main dedans en disant : « Eau de « pluie, eau de bois mort, grâce à toi ma verrue « sort. »

« Alors on fait onze pas très vite en fermant les yeux puis on tourne trois fois sur place et l'on rentre chez soi sans desserrer les dents. Si l'on a le malheur de parler à quelqu'un, le charme n'opère pas.

— Ça n'a pas l'air d'être une mauvaise méthode, mais ce n'est pas comme ça que Bob Tanner s'y est pris.

— Ça ne m'étonne pas. Il est couvert de verrues. Il n'y en a pas deux comme lui au village. Il n'en aurait pas s'il savait comment s'y prendre avec l'eau de bois mort. Moi, tu comprends, j'attrape tellement de grenouilles que j'ai toujours des verrues. Quelquefois, je les fais partir avec une fève.

— Oui, les fèves, ce n'est pas mauvais. Je m'en suis déjà servi.

— Vraiment ? Comment as-tu fait ?

— Tu coupes une fève en deux, tu fais saigner la verrue, tu enduis de sang une des parties de la fève, tu creuses un trou dans lequel tu l'enfonces à minuit quand la lune est cachée. Seulement, pour cela, il faut choisir le bon endroit. Un croisement de routes par exemple. L'autre moitié de la fève, tu la brûles. Tu comprends, le morceau de fève que tu as enterré cherche par tous les moyens à retrouver l'autre. Ça tire le sang qui tire la verrue et tu vois ta verrue disparaître.

— C'est bien ça, Huck. Pourtant, quand tu enterres le morceau de fève, il vaut mieux dire : « Enfonce-toi, fève, disparais, verrue, ne viens « plus me tourmenter. » Je t'assure, c'est plus efficace. Mais, dis-moi, comment guéris-tu les verrues avec les chats morts ?

— Voilà. Tu prends ton chat et tu vas au cimetière vers minuit quand on vient d'enterrer quelqu'un qui a été méchant. Quand minuit sonne, un diable arrive, ou bien deux, ou bien trois. Tu ne peux pas les voir, mais tu entends quelque chose qui ressemble au bruit du vent. Quelquefois, tu peux les entendre parler. Quand ils emportent le type qu'on a enterré, tu lances ton chat mort à leurs trousses et tu dis : « Diable, suis le cadavre, « chat, suis le diable, verrue, suis le chat, toi et « moi, c'est fini ! » Ça réussit à tous les coups et pour toutes les verrues.

— Je le crois volontiers. As-tu jamais essayé, Huck ?

— Non, mais c'est la vieille mère Hopkins qui m'a appris ça.

— Je comprends tout, maintenant ! On dit que c'est une sorcière !

— On dit ! Eh bien, moi, Tom, je sais que c'en est une. Elle a ensorcelé papa. Il rentrait chez lui un jour et il l'a vue qui lui jetait un sort. Il a ramassé une pierre et il l'aurait touchée si elle n'avait pas paré le coup. Eh bien, ce soir-là, il s'est soûlé, il est tombé et il s'est cassé le bras.

— C'est terrible ! Mais comment savait-il qu'elle était en train de l'ensorceler ?

— Ce n'est pas difficile ! Papa dit que quand ces bonnes femmes-là vous regardent droit dans les yeux, c'est qu'elles ont envie de vous jeter un sort, et surtout quand elles bredouillent quelque chose entre leurs dents, parce qu'à ce moment-là elles sont en train de réciter leur « Notre Père » à l'envers.

— Dis donc, Huck, quand vas-tu faire une expérience avec ton chat ?

— Cette nuit. Je pense que les diables vont venir chercher le vieux Hoss William aujourd'hui.

— Mais on l'a enterré samedi. Ils ne l'ont donc pas encore pris ?

— Impossible. Ils ne peuvent sortir de leur cachette qu'à minuit et, dame, ce jour-là à minuit, c'était dimanche ! Les diables n'aiment pas beaucoup se balader le dimanche, je suppose.

— Je n'avais jamais pensé à cela. Tu me laisses aller avec toi ?

— Bien sûr... si tu n'as pas peur.

— Peur, moi ? Il n'y a pas de danger ! Tu feras miaou ?

— Oui, et tu me répondras en faisant miaou toi aussi, si ça t'est possible. La dernière fois, tu m'as obligé à miauler jusqu'à ce que le père Hays me lance des pierres en criant : « Maudit chat ! » Moi, j'ai riposté en lançant une brique dans ses vitres. Tu ne le diras à personne.

— C'est promis. Cette fois-là, je n'avais pas pu miauler parce que ma tante me guettait, mais ce soir je ferai miaou. Dis donc... qu'est-ce que tu as là ?

— Un grillon.

— Où l'as-tu trouvé ?

— Dans les champs.

— Qu'est-ce que tu accepterais en échange ?

— Je n'en sais rien. Je n'ai pas envie de le vendre.

— Comme tu voudras. Tu sais, il n'est pas très gros.

— On peut toujours se moquer de ce qu'on n'a pas. Moi, il me plaît.

— On en trouve des tas.

— Alors qu'est-ce que tu attends pour aller en chercher ? Tu ne bouges pas parce que tu sais très bien que tu n'en trouverais pas. C'est le premier que je vois cette année.

— Dis, Huck, je te donne ma dent en échange.

— Fais voir. »

Tom sortit sa dent d'un papier où il l'avait soigneusement mise à l'abri. Huckleberry l'examina. La tentation était très forte.

« C'est une vraie dent ? » fit-il enfin.

Tom retroussa sa lèvre et montra la place vide jadis occupée par la dent.

« Allons, marché conclu », déclara Huck.

Tom mit le grillon dans la petite boîte qui avait servi de prison au « hanneton à pinces » et les deux garçons se séparèrent, persuadés l'un et l'autre qu'ils s'étaient enrichis.

Lorsque Tom atteignit le petit bâtiment de l'école, il allongea le pas et entra de l'air d'un bon élève qui n'avait pas perdu une minute en route. Il accrocha son chapeau à une patère et se glissa à sa place. Le maître somnolait dans un grand fauteuil d'osier, bercé par le murmure studieux des enfants. L'arrivée de Tom le tira de sa torpeur.

« Thomas Sawyer ! »

Tom savait par expérience que les choses se gâtaient infailliblement quand on l'appelait par son nom entier.

« Monsieur ?

— Lève-toi. Viens ici. Maintenant veux-tu me dire pourquoi tu es en retard une fois de plus ? »

Tom était sur le point de forger un mensonge rédempteur quand il reconnut deux nattes blondes et s'aperçut que la seule place libre du côté des filles se trouvait précisément près de l'enfant aux beaux cheveux.

« Je me suis arrêté pour causer avec Huckleberry Finn », répondit-il.

Le sang de l'instituteur ne fit qu'un tour. Le murmure cessa aussitôt. Les élèves se demandèrent si Tom n'était pas devenu subitement fou.

« Quoi... Qu'est-ce que tu as fait ?

— Je me suis arrêté pour causer avec Huckleberry Finn.

— Thomas Sawyer, c'est l'aveu le plus impudent que j'aie jamais entendu ! Mon garçon, tu n'en seras pas quitte pour un simple coup de férule. Retire ta veste ! »

Lorsqu'il eut tapé sur Tom jusqu'à en avoir le bras fatigué, le maître déclara :

« Maintenant, va t'asseoir avec les filles et que cela te serve de leçon. »

Les ricanements qui accueillirent ces paroles parurent décontenancer le jeune Tom, mais en réalité son attitude tenait surtout à l'adoration respectueuse que lui inspirait son idole inconnue et au plaisir mêlé de crainte que lui causait sa chance inouïe. Il alla s'asseoir à l'extrémité du banc de bois et la fillette s'écarta de lui, avec un hochement de tête dédaigneux. Les élèves se poussèrent du coude, des clins d'œil, des murmures firent le tour de la salle mais Tom, imperturbable, feignit de se plonger dans la lecture de son livre. Bientôt, on cessa de s'occuper de lui et il commença à lancer des coups d'œil furtifs à sa voisine.

Elle remarqua son manège, lui fit une grimace et regarda de l'autre côté. Quand elle se retourna, une pêche était posée devant elle. Elle la repoussa. Tom la remit en place. Elle la repoussa de nouveau mais avec plus de douceur. Tom insista et la pêche resta finalement là où il l'avait d'abord mise. Ensuite, il gribouilla sur une ardoise : « Prends cette pêche. J'en ai d'autres. » La fillette lut ce qu'il avait écrit et ne broncha pas. Alors le garnement dessina quelque chose sur son ardoise en ayant bien soin de dissimuler ce qu'il faisait à l'aide de sa main gauche. Pendant un certain temps, sa voisine refusa de s'intéresser à son œuvre, mais sa curiosité féminine commença à prendre le dessus, ce qui était visible à de légers indices. Tom continuait de dessiner comme si de rien n'était. La petite s'enhardit et essaya de regarder par-dessus sa main. Tom ignora sa manœuvre. Forcée de s'avouer vaincue, elle murmura d'une voix hésitante :

« Laisse-moi voir. »

Tom retira sa main gauche et découvrit un grossier dessin représentant une maison à pignons dont la cheminée crachait une fumée spiraloïde. La fillette en oublia tout le reste. Lorsque Tom eut mis la dernière touche à sa maison, elle lui glissa :

« C'est très joli... Maintenant, fais un bonhomme. »

Le jeune artiste campa aussitôt un personnage qui ressemblait à une potence. Il était si grand qu'il aurait pu enjamber la maison. Heureusement, la petite n'avait pas un sens critique très développé et, satisfaite de ce monstre, elle déclara :

« Il est très bien ton bonhomme... Maintenant, dessine mon portrait. »

Tom dessina un sablier surmonté d'une pleine

lune et compléta l'ensemble par quatre membres gros comme des brins de paille et un éventail impressionnant.

« C'est ravissant, déclara la fille. J'aimerais tant savoir dessiner !

— C'est facile, répondit Tom à voix basse. Je t'apprendrai.

— Oh ! oui. Quand cela ?

— A midi. Est-ce que tu rentres déjeuner ?

— Je resterai si tu restes.

— Bon, entendu. Comment t'appelles-tu ?

— Becky Thatcher. Et toi ? Ah ! oui, je me rappelle, Thomas Sawyer.

— C'est comme ça qu'on m'appelle quand on veut me gronder, mais c'est Tom, quand je suis sage. Tu m'appelleras Tom, n'est-ce pas ?

— Oui. »

Tom se mit à griffonner quelques mots sur une ardoise en se cachant de sa voisine. Bien entendu, la petite demanda à voir.

« Oh ! ce n'est rien du tout, affirma Tom.

— Mais si.

— Non, non.

— Si, je t'en prie. Montre-moi ce que tu as écrit.

— Tu le répéteras.

— Je te jure que je ne dirai rien.

— Tu ne le diras à personne ? Aussi long-temps que tu vivras ?

— Non, je ne le dirai jamais, à personne. Maintenant fais-moi voir.

— Mais non, ce n'est pas la peine...

— Puisque c'est ainsi, je verrai quand même, Tom, et... »

Becky essaya d'écarter la main de Tom. Le garçon résista pour la forme et bientôt apparurent ces mots tracés sur l'ardoise :

« Je t'aime.

— Oh ! le vilain ! » fit la petite fille qui donna une tape sur les doigts de Tom, mais en même temps rougit et ne parut pas trop mécontente.

A ce moment précis, Tom sentit deux doigts implacables lui serrer lentement l'oreille et l'obliger à se lever. Emprisonné dans cet étau, il traversa toute la classe sous les quolibets de ses camarades et fut conduit à son banc. Pendant quelques instants, qui lui parurent atroces, le maître d'école resta campé devant lui. Finalement, son bourreau l'abandonna sans dire un mot et alla reprendre place sur son estrade. L'oreille de Tom lui faisait mal, mais son cœur jubilait.

Lorsque les élèves se furent calmés, Tom fit un effort méritoire pour étudier, mais toutes ses idées dansaient dans sa tête et, pendant la classe de géographie, il transforma les lacs en montagnes, les montagnes en fleuves, les fleuves en continents, faisant retourner le monde aux temps de la Genèse.

Le cours d'orthographe l'acheva, car il se vit « recalé » pour une suite de simples mots élémentaires. Il se retrouva en queue de classe, et dut rendre la médaille d'étain qu'il avait portée avec ostentation pendant des mois.

7

Plus notre héros cherchait à s'appliquer, plus son esprit vagabondait. Finalement, il poussa un soupir accompagné d'un bâillement et renonça à poursuivre la lecture de son livre. Il lui semblait que la récréation de midi n'arriverait jamais. Il n'y avait pas un souffle d'air. Rarement la chaleur avait plus incité au sommeil. Le murmure des vingt-cinq élèves qui ânonnaient leur leçon engourdissait l'âme comme l'engourdit le bourdonnement des abeilles. Au loin, sous le soleil flamboyant, le coteau de Cardiff dressait ses pentes verdoyantes qu'estompait une buée tremblotante. Des oiseaux passaient en volant à coups d'ailes paresseux. Dans les champs, on n'apercevait aucun être vivant, excepté quelques vaches qui d'ailleurs somnolaient.

Tom eût donné n'importe quoi pour être libre ou pour trouver un passe-temps quelconque. Soudain, son visage s'illumina d'une gratitude qui, sans qu'il le sût, était une prière. Il mit la main à sa poche et en tira la petite boîte dans laquelle était enfermé le grillon. Il souleva le couvercle et posa l'insecte sur son pupitre. Le grillon rayonnait probablement de la même gratitude que Tom, mais il se réjouissait trop tôt, car le garçon, à l'aide d'une épingle, le fit changer de direction.

Joe, le meilleur ami de Tom, était précisément assis à côté de lui et, comme il partageait les souffrances morales de son voisin, il prit aussitôt un vif plaisir à cette distraction inattendue. Tom et Joe Harper avaient beau être ennemis jurés le samedi, ils s'entendaient comme larrons en foire tout le reste de la semaine. Joe s'arma à son tour d'une épingle et entreprit lui aussi le dressage du prisonnier. Du même coup, le jeu devint palpitant. Alors Tom déclara que Joe et lui se gênaient et n'arrivaient pas à tirer du grillon tout le plaisir qu'ils étaient en droit d'espérer. Il posa donc l'ardoise de Joe sur le pupitre et y traça à la craie une ligne qui la divisait en deux.

« Maintenant, dit-il, tant que le grillon sera de ton côté tu en feras ce que tu voudras et moi je n'y toucherai pas. Mais si tu le laisses passer la ligne il sera dans mon camp et tu attendras qu'il revienne chez toi.

— Entendu. Commence... »

Tom ne tarda pas à laisser se sauver le grillon

qui franchit l'équateur. Joe le taquina pendant un certain temps et la bête finit par rallier son point de départ. Ce va-et-vient dura un bon moment. Tandis que l'un des garçons tyrannisait l'insecte avec son épingle, l'autre ne perdait pas un de ses gestes et attendait l'occasion propice pour intervenir. Penchés sur l'ardoise, tête contre tête, ils étaient si absorbés par leur jeu que le monde extérieur paraissait aboli pour eux. Petit à petit, la chance sourit à Joe et la victoire s'installa à demeure dans son camp. Le grillon essayait vainement de s'échapper et finissait par être aussi nerveux que les garçons eux-mêmes. Mais chaque fois qu'il allait franchir la ligne fatidique, Joe le remettait adroitement dans le bon chemin d'un léger coup d'épingle. La tentation était trop forte. N'y tenant plus, Tom avança son épingle hors de la zone permise et voulut attirer la bestiole.

« Tom, laisse-le tranquille, fit Joe furieux.

— Je voulais simplement le chatouiller un peu.

— Non, ce n'est pas le jeu. Laisse-le.

— Mais je t'assure que je ne ferai que le chatouiller un peu.

— Je te dis de le laisser.

— Non.

— Si... D'ailleurs, il est dans mon camp...

— Dis donc, Joe, à qui appartient ce grillon ?

— Ça, ça m'est bien égal... Il est dans mon camp et tu n'y toucheras pas.

— Tu vas voir un peu si je n'y toucherai pas ! »

Un formidable coup de férule s'abattit sur l'épaule de Tom, puis un autre sur celle de Joe.

Au grand divertissement de la classe, la poussière continua à s'élever de leurs deux vestes pendant quelques instants encore. Les champions avaient été trop accaparés par leur jeu pour remarquer le silence qui s'était abattu un instant plus tôt sur la classe lorsque le maître, avançant sur la pointe des pieds, était venu se poster derrière eux. Il avait assisté à une bonne partie de la compétition avant d'y apporter son grain de sel.

A midi, dès qu'il fut libre, Tom rejoignit Becky Thatcher et lui chuchota à l'oreille :

« Mets ton chapeau et fais croire que tu rentres chez toi. Quand tu seras arrivée au tournant, laisse partir tes amies et reviens sur tes pas. Moi, je couperai par le chemin creux et je te retrouverai devant l'école. »

Ce qui fut dit fut fait et, un peu plus tard, lorsque Tom et Becky se furent retrouvés, ils eurent l'école tout entière à leur disposition. Ils s'assirent sur un banc, une ardoise devant eux. Tom donna son crayon à Becky, lui guida la main et créa une seconde maison d'un style surprenant. Après avoir épuisé les émotions artistiques, les deux amis recoururent aux joies de la conversation. Tom nageait dans le bonheur.

« Aimes-tu les rats ? demanda-t-il à Becky.

— Non, je les ai en horreur.

— Moi aussi... quand ils sont vivants. Mais je veux parler des rats morts, de ceux qu'on fait tourner autour de sa tête avec une ficelle.

— Non, morts ou vivants, je n'aime pas les rats. Moi, ce que j'aime, c'est le chewing-gum.

— Moi aussi ! Je voudrais bien en avoir en ce moment.

— C'est vrai ? Moi j'en ai. Je vais t'en donner mais il faudra me le rendre. »

Comme c'était agréable ! Tom et Becky se mirent à mâcher alternativement le même morceau de gomme tout en se dandinant sur leur siège pour mieux manifester leur plaisir.

« Es-tu jamais allée au cirque ? fit Tom.

— Oui, et j'y retournerai avec papa si je suis bien sage.

— Moi, j'y suis allé trois ou quatre fois... des tas de fois. Au cirque, ce n'est pas comme à l'église, il y a toujours quelque chose à regarder. Quand je serai grand, je deviendrai clown.

— Oh ! quelle bonne idée ! Les clowns sont si beaux avec leur costume !

— Je pense bien. Et puis ils gagnent de l'argent gros comme eux. Au moins un dollar par jour d'après ce que m'a raconté Ben Rogers. Dis-moi, Becky, as-tu jamais été fiancée ?

— Qu'est-ce que c'est que ça ?

— Eh bien, as-tu été fiancée pour te marier ?

— Non.

— Ça te plairait ?

— Je crois que oui. Je n'en sais rien. Comment fait-on ?

— Il suffit de dire à un garçon qu'on ne se mariera jamais, jamais qu'avec lui. Alors on s'embrasse et c'est tout. C'est à la portée de tout le monde.

— S'embrasser ? Pourquoi s'embrasser ?

— Parce que, tu sais, c'est pour... euh... tout le monde fait ça.

— Tout le monde ?

— Bien sûr ! Tous ceux qui s'aiment. Tu te rappelles ce que j'ai écrit sur ton ardoise ?

— Heu... oui.

— Qu'est-ce que c'était ?

— Je ne te le dirai pas.

— Faut-il que ce soit moi qui te le dise ?

— Heu... oui... mais une autre fois.

— Non, maintenant.

— Non, pas maintenant... demain.

— Oh ! non, maintenant. Je t'en supplie, Becky. Je te le dirai tout bas. »

Becky hésita. Tom prit son silence pour une acceptation.

Il chuchota doucement à l'oreille de la petite fille ce qu'il voulait dire.

« Et maintenant, c'est à toi à dire la même chose. »

Elle hésita un peu, puis déclara :

« Tourne la tête pour ne pas me voir et je le dirai. Mais il ne faudra en parler à personne. Promis, Tom ?

— Promis ! Alors, Becky ? »

Il tourna la tête. Elle se pencha timidement, si près que son souffle agita un instant les boucles du garçon. Et elle murmura :

« Je t'aime ! »

Alors la petite se leva d'un bond et galopa autour des bancs et des pupitres. Tom se lança à sa poursuite. Finalement, elle alla se réfugier dans un coin et ramena son tablier blanc sur son visage. Tom la prit par les épaules.

« Maintenant, Becky, il ne manque plus que le baiser. N'aie pas peur, ce n'est rien du tout. »

Tout en parlant, Tom lui lâcha les épaules et tira sur son tablier. Becky laissa retomber ses mains. Son visage apparut. La course lui avait donné des joues toutes rouges. Tom l'embrassa.

« Ça y est, Becky, dit-il. Après cela, tu sais, tu n'aimeras plus jamais que moi et tu n'épouseras jamais personne d'autre que moi. C'est promis ?

— Oui, Tom. Je n'aimerai jamais que toi et je n'épouserai jamais que toi, mais toi, tu n'aimeras jamais quelqu'un d'autre, non plus ?

— Evidemment. Evidemment. C'est toujours comme ça. Et quand tu rentreras chez toi ou que tu iras à l'école, tu marcheras toujours à côté de moi, à condition que personne ne puisse nous voir... Et puis dans les réunions, tu me choisiras comme cavalier et moi je te choisirai comme cavalière. C'est toujours comme ça que ça se passe quand on est fiancé.

— Oh! c'est si gentil ! Je n'avais jamais entendu parler de cela.

— Je t'assure qu'on s'amuse bien. Quand moi et Amy Lawrence... »

Les grands yeux de Becky apprirent à Tom qu'il venait de faire une gaffe. Il s'arrêta, tout confus.

« Oh! Tom! Alors je ne suis donc pas ta première fiancée ? »

La petite se mit à pleurer.

« Ne pleure pas, Becky, lui dit Tom. Je n'aime plus Amy.

— Si, si, Tom... Tu sais bien que tu l'aimes... »

Tom essaya de la calmer à l'aide de tendres paroles, mais elle l'envoya promener. Alors l'orgueil du garçon l'emporta. Tom s'éloigna et sortit dans la cour. Il resta là un moment, fort mal à son aise et regardant sans cesse vers la porte dans l'espoir que Becky viendrait à sa recherche. Comme elle n'en fit rien, notre héros commença à se demander s'il n'était pas dans son tort. Quoiqu'il lui en coûtât, il se décida enfin à retourner auprès de son amie. Becky était toujours dans son coin à sangloter, le visage contre le mur. Le cœur de Tom se serra.

Il resta planté là un moment, ne sachant comment s'y prendre. A la fin, il dit en hésitant :

« Becky, je... je n'aime que toi. »

Mais il n'obtint pas d'autre réponse que de nouveaux sanglots.

« Becky, implora Tom, Becky, tu ne veux rien me dire ? »

Il tira de sa poche son joyau le plus précieux, une boule de cuivre qui jadis ornait un chenet. Il avança le bras de façon que Becky puisse l'admirer.

« Tu n'en veux pas, Becky ? Prends-la. Elle est à toi. »

Becky la prit, en effet, mais la jeta à terre. Alors Tom sortit de l'école et, bien décidé à ne plus retourner en classe ce jour-là, il se dirigea vers les coteaux lointains.

Au bout d'un certain temps, Becky s'alarma de son absence. Elle se précipita à la porte. Pas de Tom. Elle fit le tour de la cour, pas de Tom !

« Tom ! Tom, reviens ! » lança-t-elle à pleins poumons.

Elle eut beau écouter de toutes ses oreilles, aucune réponse ne lui parvint. Elle n'avait plus pour compagnon que le silence et la solitude. Alors, elle s'assit sur une marche et recommença à pleurer et à se faire des reproches. Bientôt elle dut cacher sa peine devant les écoliers qui rentraient, et accepter la perspective d'un long après-midi de souffrance et d'ennui, sans personne à qui pouvoir confier son chagrin.

8

Lorsqu'il fut certain de s'être écarté des sentiers ordinairement battus par les écoliers, Tom ralentit le pas et s'abandonna à une sombre rêverie. Il atteignit un ruisseau et le franchit à deux ou trois reprises pour satisfaire à cette superstition enfantine selon laquelle un fugitif dépiste ses poursuivants s'il traverse un cours d'eau. Une demi-heure plus tard, il disparaissait derrière le château de Mme Douglas, situé au sommet du coteau de Cardiff, et là-bas, dans la vallée, l'école s'estompait au point de ne plus être reconnaissable. Tom pénétra à l'intérieur d'un bois touffu et, malgré l'absence de chemins, en gagna facilement le centre. Il s'assit sur la mousse, au pied d'un gros chêne.

Il n'y avait pas un souffle d'air. La chaleur

étouffante de midi avait même imposé silence aux oiseaux. La nature entière paraissait frappée de mort. Seul un pivert faisait entendre, de temps en temps, son martèlement monotone. L'atmosphère du lieu était en harmonie avec les pensées de Tom. De plus en plus mélancolique, le garçon appuya ses deux coudes sur ses genoux et, le menton entre les mains, se laissa emporter par ses méditations. L'existence ne lui disait plus rien et il enviait Jimmy Hodges qui l'avait quittée depuis peu. Comme cela devait être reposant de mourir et de rêver pour l'éternité à l'abri des arbres du cimetière caressés par le vent, sous l'herbe et les fleurettes ! Sommeiller ainsi, ne plus jamais avoir de soucis ! Si seulement il avait pu laisser derrière lui le souvenir d'un bon élève, il serait parti sans regret.

Et cette fille ? Que lui avait-il donc fait ? Rien. Il avait eu les meilleures intentions du monde et elle l'avait traité comme un chien. Elle le regretterait un jour... peut-être lorsqu'il serait trop tard. Ah ! si seulement il pouvait mourir, ne fût-ce que pour quelque temps !

Cependant, les cœurs juvéniles se refusent à supporter trop longtemps le poids du chagrin. Peu à peu, Tom revint à la vie et à des préoccupations plus terre à terre. Que se passerait-il s'il disparaissait mystérieusement ? Que se passerait-il s'il traversait l'Océan et gagnait des terres inconnues pour ne plus jamais revenir ? Qu'en penserait Becky ? Il se souvint alors d'avoir manifesté le désir d'être clown. Pouah ! Quelle horreur ! La vie frivole, les plaisanteries, les costumes pailletés ! Quelle injure pour un esprit qui se mouvait avec tant d'aisance dans l'auguste domaine de l'imagination romanesque. Non, il serait soldat et reviendrait au pays tout couvert de décorations, de cicatrices et de gloire. Non, mieux que cela. Il irait rejoindre les Indiens. Il chasserait le bison avec eux, il ferait la guerre dans les montagnes, il parcourrait les plaines désertes du Far West. Plus tard, il deviendrait un grand chef tout couvert de plumes et de tatouages hideux.

Un jour d'été, alors que tous les élèves somnoleraient, il ferait son entrée, en pleine classe du dimanche, et pousserait un cri de guerre qui glacerait tous les assistants d'épouvante et remplirait d'une folle jalousie les yeux de ses camarades. Mais non, il y avait encore bien

...bien mieux. Il serait pirate.

mieux. Il serait pirate. C'est cela. Pirate. Maintenant son avenir lui apparaissait tout tracé, tout auréolé de hauts faits. Son nom serait connu dans le monde entier et inspirerait aux gens une sainte terreur. Son navire, *L'Esprit des Tempêtes,* labourerait les mers d'une étrave glorieuse tandis que son pavillon noir, cloué à la corne du mât, claquerait fièrement au vent. Alors, à l'apogée de sa gloire, il reviendrait brusquement respirer l'air du pays natal, il entrerait à l'église de sa démarche hardie, le visage basané, tanné par le souffle du large. Il porterait un costume de velours noir, de hautes bottes à revers, une ceinture cramoisie à laquelle seraient passés de longs pistolets. Son coutelas, rouillé à force de crimes, lui battrait la hanche, une plume ornerait son chapeau de feutre, et déjà il entendait avec délices la foule murmurer à voix basse : « C'est Tom Sawyer, le pirate, le pirate noir de la mer des Antilles. »

Oui, c'était décidé. Sa carrière était toute tracée. Il quitterait la maison de sa tante le lendemain matin. Il fallait donc commencer tout de suite ses préparatifs. Il fallait réunir toutes ses ressources. Tom tira de sa poche le couteau offert par Mary et se mit à creuser la terre. Il exhuma bientôt un joli petit coffret de bois et, avant de l'ouvrir, murmura solennellement l'incantation suivante :

« Que ce qui n'est pas venu, vienne ! Que ce qui n'est pas parti, reste ! »

Alors Tom souleva le couvercle. La boîte contenait une seule bille. La surprise de Tom était à son comble. Il se gratta la tête et dit :

« Ça, ça dépasse tout ! »

Furieux, il prit la bille, la lança au loin et se plongea dans de sombres réflexions. Il y avait de quoi. Pour la première fois, une formule magique, jugée infaillible par ses camarades et par lui-même, manquait de produire son effet. Pourtant, lorsqu'on enfouissait une bille dans le sol, après avoir eu soin de prononcer les incantations nécessaires, on était sûr, quinze jours plus tard, de retrouver à côté de cette bille toutes celles que l'on avait perdues au jeu ou en d'autres occasions. Toute la foi de Tom vacillait sur ses bases. Il avait toujours entendu dire que la formule était infaillible. Il oubliait évidemment qu'il s'en était servi plusieurs fois sans résultat. Il est vrai qu'il n'avait pas retrouvé l'endroit où il avait enterré sa bille. A force de chercher une explication à ce phénomène, il finit par décréter qu'une sorcière avait dû lui jouer un tour à sa façon. Il voulut en avoir le cœur net. Il regarda autour de lui et aperçut un petit trou creusé dans le sable. Il s'agenouilla, approcha la bouche de l'orifice et dit tout haut :

« Scarabée, scarabée, dis-moi ce que je veux savoir ! Scarabée, scarabée, dis-moi ce que je veux savoir ! »

Le sable remua. Un scarabée tout noir montra le bout de son nez et, pris de peur, disparut aussitôt au fond de son trou.

« Il ne m'a rien dit ! C'est donc bien une sorcière qui m'a joué ce tour-là. J'en étais sûr ! »

Sachant qu'il était inutile de lutter contre les sorcières, Tom renonça à retrouver ses billes perdues, mais il songea à récupérer celle qu'il avait jetée dans un moment d'humeur. Il eut beau fureter partout, ses recherches demeurèrent vaines.

Alors il retourna auprès de son coffret, tira une bille de sa poche et la lança dans la direction de la première en disant :

« Petite sœur, va retrouver ta sœur ! »

Il se précipita vers l'endroit où était tombée la bille, mais celle-ci avait dû aller trop loin ou pas assez. Sans se décourager, Tom répéta deux fois l'opération et finit par remettre la main sur la première bille. L'autre était à trente centimètres de là.

Au même instant, le son aigrelet d'une petite trompette d'enfant résonna dans les vertes allées de la forêt.

Aussitôt, Tom se débarrassa de sa veste et de son pantalon, déboutonna ses bretelles et s'en fit une ceinture, écarta des broussailles entassées à côté de la souche pourrie, en sortit un arc et une flèche, un sabre de bois et une trompette en ferblanc et, pieds nus, la chemise au vent, détala comme un lièvre. Il s'arrêta bientôt sous un grand orme, souffla dans sa trompette et, dressé sur la pointe des pieds, regarda à droite et à gauche, avec précaution.

« Ne bougez pas, mes braves guerriers ! dit-il à une troupe imaginaire. Restez cachés juqu'à ce que j'embouche ma trompette. »

Alors, Joe Harper fit son apparition. Il était aussi légèrement vêtu et aussi puissamment armé que Tom.

« Arrêtez ! s'écria notre héros. Qui ose pénétrer ainsi dans la forêt de Sherwood sans mon autorisation ?

— Guy de Guisborne n'a pas besoin d'autorisation ! Qui es-tu donc toi qui... qui...

— Qui oses tenir pareil langage, acheva Tom, car les deux garçons s'assenaient les phrases d'un livre qu'ils connaissaient par cœur.

— Oui, toi qui oses tenir pareil langage ?

— Qui je suis ? Eh bien, je suis Robin des Bois ainsi que ta carcasse branlante ne tardera pas à s'en apercevoir.

— Tu es donc ce fameux hors-la-loi ? Me voici enchanté de te disputer le droit de passer dans cette belle forêt. En garde ! »

Tom et Joe saisirent leurs sabres, posèrent leurs autres armes sur le sol, se mirent en garde et, gravement, commencèrent le combat. Après quelques passes prudentes « deux pas en avant, deux pas en arrière », Tom s'écria :

« Bon, si tu as saisi le truc, on y va ! »

Et ils y allèrent ; haletants, inondés de sueur, ils se livrèrent un assaut acharné.

« Tombe ! Mais tombe donc ! s'écria Tom au bout d'un moment. Pourquoi ne tombes-tu pas ?

— Non, je ne tomberai pas. C'est à toi de tomber. Tu as reçu plus de coups que moi.

— Ça n'a pas d'importance. Moi, je ne peux pas tomber. Ce n'est pas dans le livre. Le livre dit : « Alors, d'un revers de son arme, il porte au « pauvre de Guy de Guisborne un coup mortel. » Tu dois te tourner et me laisser porter un « revers ».

Forcé de s'incliner devant l'autorité du livre, Joe se tourna, reçut la botte de son ami et tomba par terre.

« Maintenant, déclara Joe en se relevant, laisse-moi te tuer, comme ça, on sera quittes.

— Mais ce n'est pas dans le livre, protesta Tom.

— Eh bien, tu n'as qu'à être le frère Tuck ou Much, le fils du meunier. Après, tu seras de nouveau Robin des Bois et moi je ferai le shérif de Nottingham. Alors, tu pourras me tuer. »

Cette solution étant des plus satisfaisantes, les deux garçons continuèrent à mimer les aventures de Robin des Bois. Redevenu proscrit, Tom se confia à la nonne qui, par traîtrise, ne soigna pas sa blessure et laissa tout son sang s'échapper. Finalement, Joe, représentant à lui seul toute une tribu de hors-la-loi, s'approcha de Robin des Bois et remit un arc entre ses faibles mains. Alors Tom murmura :

« Là où cette flèche tombera, vous enterrerez le pauvre Robin des Bois. »

Sur ce, il tira la flèche et tomba à la renverse. Il serait mort si dans sa chute il n'avait posé la main sur une touffe d'orties et ne s'était redressé un peu trop vite pour un cadavre.

Les deux garçons se rhabillèrent, dissimulèrent leurs armes sous les broussailles et s'éloignèrent en regrettant amèrement de ne plus être des hors-la-loi et en se demandant ce que la civilisation moderne pourrait bien leur apporter quant à elle. Ils déclarèrent d'un commun accord qu'ils aimeraient mieux être proscrit pendant un an dans la forêt de Sherwood que président des Etats-Unis pour le restant de leur vie.

9

Ce soir-là, comme tous les soirs, tante Polly envoya Tom et Sid se coucher à neuf heures et demie. Les deux frères récitèrent leurs prières et Sid ne tarda pas à s'endormir. Tom n'avait nulle envie de l'imiter. Il bouillait d'impatience. A un moment, il eut l'impression que le jour allait se lever. La pendule le détrompa en sonnant dix coups. Il en fut désespéré. Il aurait aimé faire quelque chose, remuer, mais il avait peur de réveiller Sid et il dut rester immobile sur son lit environné de ténèbres.

Peu à peu, le silence se peupla de faibles bruits. Le tic-tac de la pendule se fit entendre distinctement. Des meubles se mirent à craquer mystérieusement, bientôt imités par les marches de l'escalier. Des esprits rôdaient sûrement dans la maison. Un ronflement étouffé montait de la chambre de tante Polly. Un grillon commença à grincer sans qu'il fût possible de dire où il se trouvait. Ça devenait agaçant, à la fin. Une bête qu'on appelle « horloge-de-la-mort » gratta le mur tout près du lit de Tom qui ne put réprimer un frisson d'angoisse, car cela signifie que vos jours sont comptés. Au loin, un chien aboya, un autre lui répondit faiblement de plus loin encore. Tom était dans les transes. Néanmoins, le sommeil le gagna et il s'assoupit. La pendule sonna onze heures sans le réveiller. Un miaulement mélancolique vint d'abord se mêler à son rêve. Puis une fenêtre qui s'ouvrait troubla son sommeil. Enfin, une voix cria : « Fiche-moi le camp, sale chat », et une bouteille s'écrasa sur le bûcher de sa tante : cette fois il avait les yeux bien ouverts.

Une minute plus tard, habillé de pied en cap, il enjambait l'appui de la fenêtre et se glissait sur le toit d'un appentis. Il miaula avec précaution à deux ou trois reprises et sauta sur le sol. Huckleberry Finn était là, son chat mort à la main. Les deux garçons s'enfoncèrent dans l'obscurité. A onze heures et demie, ils foulaient l'herbe épaisse du cimetière.

C'était un vieux cimetière comme on en rencontre tant en Europe. Il était accroché au flanc d'un coteau à environ deux kilomètres du village. La palissade folle qui l'entourait penchait tantôt en avant, tantôt en arrière, mais n'était jamais droite. Les mauvaises herbes y régnaient en maîtresses incontestées. Les sépultures anciennes étaient toutes effondrées. Il n'y avait pas une seule pierre tombale, mais des stèles de bois arrondies au sommet et dont les planches mangées des vers oscillaient en équilibre instable sur les tombes. « A la chère mémoire de Untel », y lisait-on jadis. Les lettres effacées étaient mainte- nant presque toutes illisibles, même en plein jour.

Le vent gémissait dans les arbres, et Tom, effrayé, pensa que c'était peut-être l'âme des morts qui protestait contre cette intrusion nocturne. Les deux garçons n'échangeaient que quelques mots à voix basse, car l'heure et le lieu les impressionnaient fortement. Ils découvrirent le tertre tout neuf qu'ils cherchaient et se tapirent derrière les troncs de trois grands ormes, à quel- ques centimètres de la tombe de Hoss Williams.

Alors, ils attendirent en silence. Les minutes étaient longues comme des siècles. Le ululement d'un hibou troublait seul le calme angoissant de la nuit. Tom n'en pouvait plus. Il avait besoin de parler pour se changer les idées.

« Dis donc, Hucky, dit-il d'une voix sourde, crois-tu que ça fait plaisir aux morts de nous voir ici ?

— Je n'en sais rien. C'est lugubre ce cime- tière...

— Oui, plutôt. »

Les deux garçons retournèrent cette pensée dans leur tête pendant un long moment, puis Tom murmura :

« Dis donc, Hucky, crois-tu que Hoss Williams nous entend parler ?

— Bien sûr. Enfin... c'est son âme qui nous entend.

— J'aurais dû l'appeler monsieur Williams, alors, déclara Tom. Mais ce n'est pas ma faute, tout le monde l'appelait Hoss.

— Oh ! les morts ne doivent pas faire attention à ces détails. »

La conversation en resta là. Bientôt, Tom serra le bras de son camarade.

« Eh !...

— Qu'est-ce qu'il y a, Tom ? »

Le cœur battant, les deux garçons se blottirent l'un contre l'autre.

« Eh !... Ça recommence. Tu n'as pas entendu ?

— Je...

— Tiens ! Tu l'entends maintenant !

— Oh ! mon Dieu, Tom ! Les voilà qui viennent ! C'est sûr ! Qu'est-ce que nous allons faire ?

— Je ne sais pas. Tu crois qu'ils vont nous voir ?

— Oh ! Tom. Ils voient dans le noir tout comme les chats. Je regrette bien d'être venu.

— N'aie pas peur. Ils ne nous diront rien. Nous ne faisons rien de mal. Si nous restons tranquilles ils ne nous remarqueront peut-être même pas.

— Je vais essayer de ne pas bouger. Mais tu sais, Tom, je tremble de la tête aux pieds.

— Écoute ! »

Les deux garçons baissèrent la tête et retinrent leur souffle. De l'autre extrémité du cimetière leur parvenaient des murmures assourdis.

« Regarde ! Regarde par là ! chuchota Tom. Qu'est-ce que c'est ?

— Un feu follet. Ça vient de l'enfer. Oh ! Tom, c'est affreux ! »

Des silhouettes confuses s'approchèrent. L'une d'elles tenait à la main une vieille lanterne qui criblait le sol de petites taches lumineuses.

« Pour sûr, ce sont les diables, glissa Huckleberry à l'oreille de son compagnon. Il y en a trois. Seigneur, notre compte est bon. Tu sais tes prières ?

— Je vais essayer de les réciter, mais n'aie pas peur, ils ne nous feront pas de mal. Maintenant, je vais faire semblant de dormir. Je...

— Eh !...

— Qu'y a-t-il, Huck ?

— Eh ! Ce sont des êtres humains ! En tout cas, l'un des trois est sûrement un homme. Je reconnais sa voix. C'est le vieux Muff Potter.

— Ce n'est pas possible.

— Si, si, je te jure. Ne bouge pas. Il ne nous verra pas. Il ne nous verra pas si nous restons tranquilles. Il est soûl, comme par hasard... Ah ! l'animal !

— Entendu, je me tiens tranquille. Tiens, les voilà qui s'arrêtent... Non, ils repartent. Ça y est ! Ils s'arrêtent à nouveau. Ils doivent chercher quelque chose. Ils chauffent. Ils gèlent. Ils chauffent encore. Ils brûlent ! Cette fois, je crois qu'ils

y sont. Dis donc, Huck ? J'en reconnais un autre.
C'est Joe l'Indien.

— Il n'y a pas de doute... C'est bien ce satané
métis. J'aimerais encore mieux avoir affaire à un
vrai diable. Mais qu'est-ce qu'ils fabriquent
ici ? »

Les deux garçons se turent car les étranges visiteurs du cimetière avaient atteint la tombe de
Hoss et s'étaient arrêtés près des ormes.

« C'est ici », fit la troisième silhouette en soulevant sa lanterne, si bien que Tom et Huck reconnurent le visage du jeune docteur Robinson.

Potter et Joe l'Indien avaient apporté une sorte
de brouette sans roue et deux pelles. Ils s'emparèrent de celles-ci et se mirent à creuser le tertre.

Le docteur posa la lanterne à la tête de la
tombe et revint s'asseoir, le dos contre l'un des
ormes. Il était si près que les garçons auraient pu
le toucher.

« Pressez-vous ! ordonna le docteur à voix
basse. La lune peut se montrer d'un moment à
l'autre. »

Ils grognèrent une vague réponse puis se remirent à leur long travail monotone. On n'entendit
plus que le raclement des pelles qui déversaient
leur charge de glaise et de gravier. Finalement,
l'une des bêches heurta le cercueil avec un bruit
sourd. Quelques minutes plus tard, les deux
hommes le hissaient à la surface. Ils forcèrent le
couvercle avec leurs pelles, sortirent le corps et le
laissèrent tomber lourdement sur le sol. Le visage
blafard du mort sortit de son linceul sous le

regard de la lune qui venait de se débarrasser d'un nuage. Potter chargea le cadavre sur la brouette, le recouvrit d'une couverture, le ficela et coupa un bout de corde qui pendait à l'aide de son couteau à cran d'arrêt.

« Allons, ça y est, déclara-t-il. Seulement vous allez nous refiler un autre billet de cinq dollars, sans ça votre cadavre reste en panne.

— C'est comme ça, renchérit Joe l'Indien.

— Mais dites donc, qu'est-ce que ça signifie ? interrogea le docteur à qui ce discours s'adressait. Vous m'aviez demandé de payer d'avance et je l'ai fait. Je ne vous dois plus rien.

— Vous ne me devez rien, reprit Joe en s'approchant du docteur, ça se peut, mais il y a des choses qu'on n'oublie pas. Il y a cinq ans, vous m'avez chassé de la cuisine de votre père parce que j'étais venu demander un bout de pain. Et, quand j'ai juré que je me vengerais, votre père m'a fait arrêter pour vagabondage. Vous croyez que j'ai oublié, hein ? Ce n'est pas pour rien que j'ai du sang indien dans les veines. Maintenant je vous tiens et vous allez me payer ça. »

Il brandissait son poing sous le nez du docteur. Celui-ci recula et, d'un crochet magistral, envoya le métis rouler sur le sol. Potter, lâchant son couteau, s'écria :

« Hé ! dites, ne touchez pas à mon copain ! »

Il s'avança et saisit le docteur à bras-le-corps. Les deux hommes basculèrent et engagèrent une lutte farouche. Les yeux brillants, Joe l'Indien se releva, s'empara du couteau de Potter et, tel un

Les deux hommes engagèrent une lutte farouche.

chat aux aguets, se mit à tourner autour des combattants, attendant le moment favorable pour frapper son ennemi. Le docteur ne tarda pas à avoir le dessus. Il se dégagea, empoigna la lourde stèle de bois de Williams et s'en servit pour assommer Potter qui s'abattit sur le sol. Joe profita de l'occasion et planta son couteau dans la poitrine du jeune homme. Le docteur tomba en avant et inonda Potter de son sang. A ce moment, un gros nuage masqua la lune et l'obscurité enveloppa cet atroce spectacle, tandis que les deux garçons épouvantés s'enfuyaient à toutes jambes.

Lorsque la lune réapparut, Joe l'Indien contemplait les deux corps allongés devant lui. Le docteur bredouilla quelques mots, poussa un profond soupir et se tut.

« Notre compte est réglé maintenant », fit le métis entre ses dents.

Il se pencha sur le cadavre, vida le contenu de ses poches, mit l'arme du crime dans la main de Potter et s'assit sur le cercueil de Hoss Williams. Trois, quatre, cinq minutes passèrent. Potter s'agita et laissa échapper une sorte de grognement. Sa main se referma sur le couteau. Il en examina la lame et laissa échapper son arme avec un frisson. Alors, repoussant le corps du docteur, il se dressa sur son séant, regarda autour de lui et aperçut Joe.

« Seigneur ! Qu'est-ce qu'il s'est passé, Joe ? demanda-t-il.

— C'est une vilaine histoire, répondit le métis. Pourquoi as-tu fait ça ?

— Moi ? Mais je n'ai rien fait !

— Ecoute, ce n'est pas en disant que tu es innocent que ça arrangera les choses. »

Potter se mit à trembler et pâlit affreusement.

« Et moi qui me croyais devenu un homme sobre ! Je n'aurais pas dû boire ce soir... Me voilà dans de beaux draps ! Et je ne peux rien me rappeler. Dis-moi, Joe... sois sérieux... Dis-moi, mon vieux... C'est vrai que j'ai fait le coup ? Je te jure que je n'en avais pas l'intention. C'est épouvantable... Un type si jeune, si plein d'avenir.

— Tu lui as sauté dessus. Vous êtes tombés dans l'herbe et vous vous êtes battus. Il s'est dégagé le premier, il a pris la stèle et il t'en a donné un grand coup sur le crâne. Alors, tu t'es relevé en titubant, tu as ramassé ton couteau et tu lui as planté la lame dans la poitrine au moment où il allait te porter un nouveau coup. Maintenant, le voilà raide mort.

— Oh ! je ne savais pas ce que je faisais. Si c'est moi qui ai fait ça, j'aimerais mieux mourir. C'est à cause du whisky et de l'excitation, tout ça. Jamais je ne m'étais servi d'une arme auparavant. Tu sais, Joe, je me suis souvent battu, mais toujours avec mes poings. Tout le monde te le dira. Sois un chic type, Joe, garde cette histoire-là pour toi. Dis, mon vieux, tu n'iras raconter cela à personne. On s'est toujours bien entendu, nous deux, hein ? Dis, Joe, tu ne parleras pas. »

Le malheureux tomba à genoux devant le meurtrier impassible et joignit les mains, implorant.

« Non, je ne dirai rien, Muff Potter. Tu as toujours été très chic avec moi et je ne veux pas te dénoncer. Tu es tranquille, maintenant ?

— Oh ! Joe, tu es un ange ! »

Et Potter se mit à pleurer.

« Allons, allons, fit Joe. En voilà assez. Ce n'est pas le moment de pleurnicher. Tu files par ici, et moi par là. Maintenant, pars et ne laisse pas de traces derrière toi. »

Potter s'éloigna et, une fois sorti du cimetière, se mit à courir.

« S'il est aussi ivre qu'il en a l'air et s'il est aussi abruti par le coup qu'il a reçu, il ne pensera plus à son couteau ou bien, s'il y pense, il n'osera jamais revenir le chercher, murmura Joe. Quelle poule mouillée ! »

Quelques instants plus tard, le corps de la victime, le cadavre de Hoss, le cercueil grand ouvert et la tombe béante n'avaient plus pour témoin que la lune. Le calme régnait de nouveau sur le petit cimetière.

10

Muets d'horreur, Tom et son ami Huck prirent la fuite vers le village au pas de course. De temps en temps, ils regardaient par-dessus leur épaule pour voir si personne ne les suivait. La moindre souche rencontrée prenait pour eux figure humaine et menaçante, aussi retenaient-ils leur souffle. Comme ils atteignaient les quelques maisons isolées aux abords de Saint-Petersburg, les aboiements des chiens de garde arrachés à leur sommeil leur donnèrent des ailes.

« Si seulement nous pouvions arriver à l'ancienne tannerie avant d'être à bout de forces ! Je n'en peux plus », murmura Tom d'une voix entrecoupée.

Seule lui répondit la respiration haletante de Huck, et les deux garçons poursuivirent leur effort les yeux fixés sur leur but. Ils gagnaient régulièrement du terrain et franchirent en même temps la porte de l'usine abandonnée. Soulagés mais épuisés, ils s'allongèrent par terre dans l'obscurité protectrice.

« Dis donc, Huckleberry, fit Tom à voix basse. Comment tout cela va-t-il se terminer ?

— Par une bonne petite pendaison si jamais le docteur n'en réchappe pas.

— Tu crois ?

— J'en suis sûr.

— Oui, mais qui est-ce qui va prévenir la police ? demanda Tom après avoir réfléchi. Nous ?

— Tu n'es pas fou ! s'exclama Huck. Suppose que Joe l'Indien ne soit pas pendu pour une raison ou pour une autre, il finira toujours par nous tuer, aussi sûr que nous sommes couchés là !

— C'est justement ce que je me disais, Huck.

— Si quelqu'un doit parler, il vaut mieux que ce soit Muff Potter. Il est assez ivrogne pour ne pas savoir tenir sa langue. »

Tom se tut et continua de réfléchir.

« Dis donc, Huck, fit-il au bout d'un moment. Muff Potter ne sait rien. Il ne pourra rien dire.

— Pourquoi ne sait-il rien ?

— Parce qu'il avait perdu connaissance quand Joe a fait le coup.

— Sapristi ! C'est pourtant vrai !

— Et puis, il y a autre chose : le docteur l'a peut-être tué avec la stèle...

— Non, je ne pense pas, Tom. Il avait trop bu. C'est plutôt ça. Il boit comme un trou. Tu sais, moi je m'y connais. Quand papa a pris un coup de trop, on pourrait l'assommer avec une cathédrale, ça ne le tuerait pas. C'est lui-même qui le dit. Forcément, c'est la même chose pour Muff Potter. En tout cas, j'avoue que s'il avait été à jeun, un coup de stèle pareil l'aurait tué net.

— Huck, es-tu vraiment sûr de pouvoir tenir ta langue, toi ?

— Nous sommes bien forcés de ne rien dire, Tom. Si jamais la police ne pend pas ce diable de métis et si nous ne gardons pas pour nous ce que nous savons, il nous fichera à l'eau et nous noiera comme deux chats. Maintenant, écoute-moi, Tom. Ce que nous avons de mieux à faire c'est de jurer de nous taire quoi qu'il arrive.

— D'accord. Je crois aussi que c'est ce que nous avons de mieux à faire. Lève la main et dis : je le jure !...

— Non, non. Pour une chose comme celle-là, ça ne suffit pas. C'est bon pour les filles de jurer de cette façon : elles, elles finissent toujours par vous laisser tomber, et dès qu'elles sont en colère contre vous, elles disent tout. Non, non, c'est trop important ! Il faut signer un papier. Signer avec du sang ! »

Tom trouva l'idée sublime. Elle s'accordait à merveille avec l'heure, le lieu et les circonstances. Il vit par terre, grâce au clair de lune, un éclat de pin assez propre, sortit de sa poche un fragment d'ocre rouge et, coinçant la langue entre ses dents à chaque plein, puis relâchant son effort à chaque délié, il profita d'un rayon de lune pour tracer ces mots :

> "Huck Finn and
> Tom Sawyer swears
> they will keep mum
> about this and They
> wish they may Drop
> down dead in their
> Tracks if they ever
> Till and Rot."

(Huck Finn et Tom Sawyer jure (sic) *de tenir leurs langues et souhaitent de tomber raides morts si jamais ils parlent de cette affaire.)*

Huckleberry était rempli d'admiration pour la facilité avec laquelle Tom maniait sa plume improvisée et par l'élégance de son langage. Il prit une épingle, fichée dans le revers de sa veste et allait se piquer le pouce quand Tom l'arrêta.

« Ne fais pas ça ! C'est une épingle en laiton. Elle est peut-être couverte de vert-de-gris.

— Qu'est-ce que c'est que ça, le vert-de-gris ?

— C'est du poison, voyons. Amuse-toi à en avaler un jour et tu verras. »

Tom prit l'une des aiguilles qui lui servaient à recoudre son col, et les deux garçons, après s'être piqué le pouce, en firent jaillir une goutte de sang. Tom se pressa le doigt à plusieurs reprises et réussit à tracer tant bien que mal ses initiales. Ensuite, il montra à Huck comment former un H et un F, et le document fut achevé. A grand renfort d'incantations, les deux amis enterrèrent le morceau de bois tout près du mur.

Cette cérémonie scellait pour eux, désormais, de manière inviolable, les chaînes qui leur liaient la langue.

A l'autre extrémité du bâtiment, une silhouette furtive se glissait dans l'ombre sans éveiller leur attention.

« Tom, murmura Huckleberry, est-ce que cela nous empêchera vraiment de le dire à tout jamais ?

— Bien sûr. Quoi qu'il arrive, nous devons nous taire, tu le sais !

— Oui, je crois qu'il le faut. »

Ils continuèrent de parler à voix basse pendant un certain temps, puis, à un moment donné, un chien poussa un aboiement lugubre à trois mètres d'eux.

Les deux garçons se serrèrent l'un contre l'autre comme ils l'avaient fait au cimetière.

« C'est pour lequel d'entre nous ? souffla Huckleberry.

— Je ne sais pas, regarde par le trou. Vite !

— Non, vas-y, Huck.

— Je t'en prie, Tom. Oh ! il recommence !

— Dieu merci ! soupira Tom. J'ai reconnu sa voix, c'est Bull Harbison*.

— J'aime mieux cela. Je croyais que c'était un chien errant. »

Le chien se remit à hurler. L'espoir des enfants retomba.

« Oh ! mon Dieu, ce n'est pas le chien de Harbison, murmura Huckleberry. Je t'en prie, Tom, va voir ! »

Tremblant de peur, Tom céda et regarda par le trou. Quand il parla, sa voix était à peine audible.

« Oh ! Huck, c'est un *chien errant* !

— Vite, Tom, vite ! C'est pour qui ?

— Ça doit être pour nous deux, Huck, puisqu'on est ensemble.

— Oh ! Tom, je crois qu'on est fichus. Aucun doute en ce qui me concerne. Je sais où je finirai. J'ai été trop mauvais.

— Et moi, donc ! Voilà ce que c'est de faire l'école buissonnière, et de désobéir tout le temps. J'aurais pu être sage, comme Sid, si j'avais essayé — mais bien sûr, je ne voulais pas... Si jamais j'en réchappe cette fois, je jure que je serai toujours fourré à l'école du dimanche. »

Et Tom se mit à renifler.

« Toi, mauvais ! fit Huck en reniflant lui aussi, voyons, Tom Sawyer, tu es un ange à côté de moi.

---

* Si M. Harbison avait possédé un esclave du nom de Bull, Tom aurait parlé du « Bull d'Harbison » mais pour le fils ou le chien de la famille, c'était « Bull Harbison ». (Note de l'éditeur)

Oh ! Seigneur ! Seigneur ! Seigneur ! je voudrais tellement être à ta place ! »

Soudain, Tom manqua s'étouffer :

« Regarde, Hucky, regarde ! Il nous tourne le dos ! »

Hucky, fou de joie, regarda à son tour.

« Mais, bon sang, c'est vrai ! Et la première fois ?

— La première fois aussi. Mais moi, comme un imbécile, je n'y avais pas pensé. C'est merveilleux, non ? Mais alors, pour qui donc est-il venu ? »

L'aboiement s'interrompit. Tom dressa l'oreille.

« Chut ! Tu entends ?

— On dirait... on dirait des cochons qui grognent. Non, c'est quelqu'un qui ronfle, Tom.

— Oui, c'est ça. D'où est-ce que ça vient, Huck ?

— Il me semble que c'est à l'autre bout. Tu sais, papa venait dormir ici quelquefois, avec les cochons. Mais lui quand il ronfle, il soulèverait les montagnes ! Et puis, je crois qu'il est parti pour de bon et qu'il ne reviendra plus jamais au village. »

L'esprit d'aventure reprenait peu à peu ses droits chez les deux garçons.

« Hucky, tu me suis, si je passe le premier ?

— Je n'en ai pas très envie, Tom. Si c'était Joe l'Indien ? »

Tom frissonna. Mais la tentation d'aller voir fut la plus forte. Les garçons commencèrent par s'entendre : ils iraient, mais se sauveraient dare-dare si le ronflement s'arrêtait. Ils se mirent en marche à pas de loup, l'un derrière l'autre. Quand ils furent à cinq pas du dormeur, Tom marcha sur un bâton qui se cassa avec un bruit sec. L'homme gémit, s'agita. Un rayon de lune lui effleura le visage : c'était Muff Potter. Dès qu'il avait bougé, les garçons s'étaient figés. Ils n'en reprenaient pas moins courage. Ils repartirent sur la pointe des pieds, passèrent sous l'auvent brisé,

...c'était Muff Potter.

et s'arrêtèrent un peu plus loin pour se dire au revoir. Le lugubre aboiement reprit. Ils se tournèrent et virent le chien inconnu dressé à quelques pas de Potter, le regard fixé sur lui.

« Mon Dieu, c'est pour lui ! s'exclamèrent les deux garçons dans un souffle.

— Dis donc, Tom, on dit qu'un chien errant est venu hurler sous les fenêtres de Johnny Miller vers minuit, il y a déjà deux semaines, et qu'un engoulevent s'est posé le même soir sur l'appui de sa fenêtre, et qu'il a chanté. Malgré ça, personne n'est mort dans la famille...

— Je sais. Mais Gracie Miller est quand même tombée dans l'âtre et s'est terriblement brûlée le samedi suivant !

— Elle n'est pas morte ; elle va même plutôt mieux.

— Très bien ; mais attends de voir ce qui va se passer. Elle est fichue, aussi sûr que Muff Potter est fichu. C'est ce que disent les nègres, et ils s'y connaissent, Huck, crois-moi. »

Puis ils se séparèrent, absorbés dans de profondes réflexions.

Lorsque Tom regagna sa chambre par la fenêtre, la nuit tirait à sa fin. Notre héros se déshabilla avec d'infinies précautions et s'endormit tout en se félicitant que personne ne se fût aperçu de son escapade. Sid ronflait doucement et son frère ne pouvait pas se douter qu'il était déjà réveillé depuis une heure.

Lorsque Tom s'arracha au sommeil, Sid était parti. Tom eut l'impression qu'il était plus tard qu'il ne pensait et se demanda pourquoi on n'était pas venu, comme tous les matins, le tarabuster pour le sortir du lit. Il s'habilla en un tournemain. L'âme inquiète, il descendit l'escalier et pénétra dans la salle à manger, encore tout engourdi et endolori. Le petit déjeuner était terminé, mais tout le monde était resté à table. Il régnait dans la pièce une atmosphère solennelle impressionnante : aucun reproche, mais tous les regards se détournaient de lui. Il s'assit, essaya de paraître gai, mais c'était aller à contre-courant. Il n'obtint ni sourire ni réponse d'aucune sorte. Il essaya de faire de l'esprit, mais le cœur n'y était pas et ses plaisanteries n'éveillèrent aucun écho. Alors il se tut.

Après le repas, sa tante le prit à part. Tom se réjouit presque à l'idée de recevoir une correction, mais il n'en fut rien. Tante Polly fondit en larmes et lui dit entre deux sanglots que s'il continuait ainsi, elle ne tarderait pas à mourir de chagrin, car tous ses efforts étaient inutiles. C'était pire qu'un millier de coups de fouet. Tom pleura lui aussi, demanda pardon, promit de se corriger, mais ne parvint ni à obtenir rémission complète de ses péchés ni à inspirer confiance en ses promesses.

Trop abattu pour songer à se venger de Sid, il prit tristement le chemin de l'école. En classe, il reçut un certain nombre de coups de férule pour avoir fait, la veille, l'école buissonnière avec Joe Harper. Le châtiment le laissa indifférent et il le supporta de l'air de quelqu'un qui a trop de soucis pour s'arrêter à de pareilles bagatelles. Ensuite, il alla s'asseoir à son banc et là, les coudes à son pupitre, le menton entre les mains, il pensa qu'il avait atteint les limites de la douleur humaine.

Au bout de quelque temps, il sentit contre son coude le contact d'un objet dur. Il changea de position, prit cet objet, qui était enveloppé dans un papier, et défit le paquet. Il poussa un soupir à fendre l'âme. Son cœur se brisa : le papier enveloppait sa boule de cuivre. Ce fut la goutte qui fit déborder la coupe de son amertume.

11

Sur le coup de midi, l'horrible nouvelle se répandit dans le village comme une traînée de poudre. Point besoin de télégraphe, auquel d'ailleurs on ne songeait pas à l'époque où se passe ce récit. Bien entendu, le maître d'école donna congé à ses élèves pour l'après-midi. S'il ne l'avait pas fait, tout le monde l'eût regardé d'un mauvais œil.

On avait retrouvé un couteau ensanglanté auprès du cadavre du docteur, et ce couteau avait été identifié : il appartenait à Muff Potter, disait-on. Circonstance aggravante pour ce dernier, un villageois attardé l'avait surpris vers les deux heures du matin en train de faire ses ablutions au bord d'un ruisseau, chose vraiment extraordinaire pour un gaillard aussi sale, et qui d'ailleurs s'était aussitôt éclipsé. On avait déjà fouillé tout le village, mais sans succès, pour mettre la main sur le « meurtrier » (le public a vite fait, comme on le voit, de faire son choix parmi les témoignages, et d'en tirer ses propres conclusions). Des cavaliers étaient partis à sa recherche dans toutes les directions et le shérif se faisait fort de l'arrêter avant le soir.

Tous les habitants de Saint-Petersburg se dirigèrent vers le cimetière. Oubliant ses peines, Tom se joignit à eux. Une sorte d'horrible curiosité le poussait. Il se faufila au milieu de la foule et aperçut l'effroyable spectacle. Il lui sembla qu'il s'était écoulé un siècle depuis qu'il avait visité ces lieux. Quelqu'un lui pinça le bras. Il se retourna et vit Huckleberry. Les deux garçons échangèrent un long regard. Puis ils eurent peur qu'on ne lût leurs pensées dans leurs yeux et ils se séparèrent. Mais chacun était bien trop occupé à échanger ses réflexions avec son voisin pour leur prêter attention.

« Pauvre garçon ! Pauvre jeune homme ! Ça servira de leçon à ceux qui profanent les tombes !

— Muff Potter n'y coupera pas. Il sera pendu.

— C'est un châtiment envoyé par le Ciel ! » déclara le pasteur.

Tom frissonna de la tête aux pieds. Son regard venait de se poser sur Joe l'Indien. A ce moment, un murmure courut dans la foule.

« Le voilà ! Le voilà ! C'est lui !

— Qui ? Qui ? firent plus de vingt voix.

— Muff Potter.

— Attention, il va s'échapper ! Ne le laissez pas partir !

— Quelle audace diabolique ! remarqua un badaud. Il vient contempler son œuvre. Il ne devait pas s'attendre à trouver tant de monde. »

Les gens s'écartèrent et le shérif apparut poussant devant lui le pauvre Potter. Des quidams juchés dans les arbres au-dessus de Tom firent remarquer qu'il ne cherchait pas à se sauver. Il était seulement indécis et perplexe. Il avait le visage décomposé et ses yeux exprimaient l'épouvante. Lorsqu'il se trouva en présence du cadavre, il se mit à trembler et, se prenant la tête à deux mains, éclata en sanglots.

« Ce n'est pas moi qui ai fait cela, mes amis, dit-il entre deux hoquets. Je vous le jure sur ce que j'ai de plus cher, ce n'est pas moi.

— Qui vous accuse ? » lança une voix.

Le coup parut porter. Potter releva la tête et jeta autour de lui un regard éperdu. Il aperçut Joe l'Indien et s'exclama :

« Oh ! Joe, tu m'avais promis de ne rien...

— C'est bien ton couteau ? » lui demanda le shérif en lui présentant l'arme du crime.

Potter serait tombé si on ne l'avait pas retenu.

« Quelque chose me disait bien que si je ne revenais pas le chercher... » balbutia-t-il.

Alors il fit un geste de la main et se tourna vers le métis.

« Raconte-leur ce qui s'est passé, Joe... Raconte... Maintenant ça ne sert plus à rien de se taire. »

Muets de stupeur, Tom et Huckleberry écoutè-rent le triste personnage raconter à sa manière ce qui s'était passé au cimetière. Ils s'attendaient d'une minute à l'autre à ce que la foudre lui tombât sur la tête pour le punir, mais, voyant qu'il n'en était rien, ils en conclurent que le misé-rable avait vendu son âme au diable et que même en rompant leur serment ils ne pourraient rien contre lui. Du même coup, Joe devint pour eux l'objet le plus intéressant qu'ils eussent jamais contemplé, et ils se proposèrent intérieurement de suivre tous ses faits et gestes, dans la mesure du possible, afin de surprendre le secret de son commerce avec le maître des enfers.

« Pourquoi n'es-tu pas parti ? demanda-t-on à Potter.

— Je ne pouvais pas faire autrement, gémit celui-ci. Je voulais me sauver, mais tout me rame-nait ici. » Et il se remit à sangloter...

Joe l'Indien répéta sous serment sa déclaration précédente, puis il aida à poser le corps de sa victime sur une charrette. On chuchota dans la foule que la blessure s'était rouverte et avait saigné un peu. Les deux garçons espérèrent que cet indice allait aiguiller les soupçons dans la bonne direction mais, encore une fois, il n'en fut rien et quelqu'un remarqua même :

« C'est en passant devant Potter que le cadavre a saigné. »

Pendant une semaine, Tom fut tellement rongé par le remords que son sommeil s'en ressentit et que Sid déclara un matin au petit déjeuner :

« Tom, tu as le sommeil si agité que tu m'empêches de dormir. »

Tom baissa les yeux.

« C'est mauvais signe, remarqua tante Polly. Qu'est-ce que tu peux bien avoir derrière la tête, Tom ?

— Rien, rien du tout, ma tante. »

Pourtant, les mains de Tom tremblaient tellement qu'il renversa son café.

« Et tu rêves tout haut, ajouta Sid. Tu en racontes des choses ! L'autre nuit, tu as dit : « C'est du sang, du sang. Voilà ce que c'est ! » Tu as dit aussi : « Ne me torturez pas comme ça... Je « dirai tout. » Qu'est-ce que tu as donc à dire, hein ? »

Tom se crut perdu, mais tante Polly vint inopinément à son secours.

« Je sais bien ce que c'est, moi, dit-elle. C'est cet horrible crime. J'en rêve toutes les nuits, je rêve même quelquefois que c'est moi qui l'ai commis. »

Mary déclara qu'elle aussi en avait des cauchemars, et Sid parut satisfait.

A la suite de cet incident, Tom se plaignit, pendant une huitaine, de violents maux de dents, et, la nuit, se banda la mâchoire pour ne pas parler. Il ne sut jamais que Sid épiait souvent son sommeil et déplaçait le bandage. Petit à petit, le chagrin de Tom s'estompa. Il abandonna même l'alibi du mal de dents qui devenait gênant. En tout cas, si son frère apprit quelque chose, il le garda soigneusement pour lui. Après l'assassinat du docteur, ce fut la grande mode à l'école de se livrer à une enquête en règle lorsqu'on découvrait un chat mort. Sid remarqua que Tom refusait toujours d'y participer malgré son goût pour les jeux nouveaux. Enfin, les garçons se fatiguèrent de ce genre de distractions et Tom commença à respirer.

Tous les jours, ou tous les deux jours, Tom saisissait une occasion favorable pour se rendre devant la fenêtre grillagée de la prison locale et passer en fraude à l'« assassin » tout ce qu'il pouvait. La prison était une espèce de cahute en brique construite en bordure d'un marais, à l'extrémité du village, et il n'y avait personne pour la garder. En fait, il était rare d'y rencontrer un prisonnier. Ces offrandes soulageaient la conscience de Tom.

Les gens du village avaient bonne envie de faire un mauvais parti à Joe l'Indien pour avoir déterré le cadavre de Hoss Williams, mais il effrayait tout le monde et personne n'osait prendre une initiative quelconque à son égard. D'ailleurs, il avait pris soin de commencer ses deux dépositions par le récit du combat, sans parler du vol de cadavre qui l'avait précédé. On trouva plus sage d'attendre avant de porter le procès devant les tribunaux.

12

Becky Thatcher était malade. Elle ne venait plus à l'école et Tom en eut tant de regrets que ses préoccupations secrètes passèrent au second plan. Après avoir lutté contre son orgueil pendant quelques jours et essayé vainement d'oublier la fillette, il commença à rôder le soir autour de sa maison pour chercher à la voir. Il ne pensait plus qu'à Becky. Et si elle mourait ! La guerre, la piraterie n'avaient plus d'intérêt pour lui. La vie lui paraissait insipide. Il ne touchait plus ni à son cerceau, ni à son cerf-volant.

Tante Polly s'en inquiéta. Elle entreprit de lui faire absorber toutes sortes de médicaments. Elle était de ces gens qui s'entichent de spécialités pharmaceutiques et des dernières méthodes propres à vous faire retrouver votre bonne santé

ou à vous y maintenir. C'était une expérimenta-
trice invétérée en ce domaine. Elle était à l'affût
de toutes les nouveautés et il lui fallait les mettre
tout de suite à l'épreuve. Pas sur elle-même car
elle n'était jamais malade, mais sur tous ceux qui
lui tombaient sous la main. Elle souscrivait à tous
les périodiques médicaux, aidait les charlatans de
la phrénologie, et la solennelle ignorance dont ils
étaient gonflés était pour elle souffle de vie.
Toutes les sottises que ces journaux contenaient
sur la vie au grand air, la manière de se coucher,
de se lever, sur ce qu'il fallait manger, ce qu'il
fallait boire, l'exercice qu'il fallait prendre, les
vêtements qu'il fallait porter, tout cela était à ses
yeux parole d'évangile et elle ne remarquait
jamais que chaque mois, les nouvelles brochures
démolissaient tout ce qu'elles avaient recom-
mandé le mois précédent. C'était un cœur simple
et honnête, donc une victime facile. Elle rassem-
blait ses journaux et ses remèdes de charlatan et
partait comme l'ange de la mort sur son cheval
blanc avec, métaphoriquement parlant, « l'enfer
sur les talons ». Mais jamais elle ne soupçonna
qu'elle n'avait rien d'un ange guérisseur ni du
baume de Galaad personnifié, pour ses voisins
malades.

L'hydrothérapie était fort en vogue à cette
époque et l'abattement de Tom fut une aubaine
pour tante Polly. Elle le faisait se lever tous les
matins de très bonne heure, l'emmenait sous l'appentis, et là, armée d'un seau, le noyait sous des
torrents d'eau glacée. Ensuite, elle le frottait

jusqu'au sang pour le ranimer, avec une serviette qui râpait comme une lime, l'enveloppait dans un drap mouillé, l'allongeait sous des couvertures et le faisait transpirer jusqu'à l'âme ; « pour en faire sortir les taches jaunes », disait Tom.

Le garçon restait triste comme un corbillard. Elle compléta l'hydrothérapie par un frugal régime de bouillie d'avoine et des emplâtres. Elle évaluait la contenance de son malade comme elle l'aurait fait d'un bocal, et le bourrait chaque jour des pires panacées.

Malgré ce traitement, le garçon devint de plus en plus mélancolique, pâle et déprimé. Cette fois, tante Polly eut recours aux bains chauds, aux bains de siège, aux douches brûlantes et aux plongeons glacés.

Tom subissait son martyre avec une indifférence qui finit par alarmer l'excellente dame. Il fallait à tout prix découvrir quelque chose qui tirât le garçon de son apathie. A ce moment, tante Polly entendit parler pour la première fois du Doloricide. Elle en commanda aussitôt une ample provision, y goûta, et son cœur s'emplit de gratitude. Ce n'était ni plus ni moins que du feu sous une forme liquide. Tante Polly renonça à l'hydrothérapie et à tout le reste et plaça toutes ses espérances dans le Doloricide. Elle en donna une cuillerée à Tom et guetta avec anxiété l'effet produit. Ses appréhensions s'évanouirent : l'indifférence de Tom était vaincue. L'enfant n'aurait pas manifesté plus de vitalité si elle avait allumé un brasier sous lui.

Tom estima que le moment était venu de se secouer. Ce genre d'existence commençait à ne plus devenir drôle du tout. Pour commencer, il prétendit raffoler du Doloricide et en demanda si souvent que sa tante, lassée de s'occuper de lui, le pria de se servir lui-même et de ne plus la déranger. Par mesure de précaution, et comme il s'agissait de Tom, elle surveilla la bouteille en cachette et, à sa grande satisfaction, s'aperçut que le contenu en diminuait régulièrement. Il ne lui vint pas une minute à l'idée que le garnement s'en servait pour soigner une latte malade du plancher du salon. Un jour, Tom était précisément en train d'administrer au plancher la dose prescrite quand le chat jaune de sa tante s'approcha de lui et jeta un regard gourmand sur la cuiller de potion.

« N'en demande pas, si tu n'en veux pas, Peter », fit Tom.

Peter fit comprendre qu'il avait bel et bien envie de goûter au breuvage.

« Tu es bien sûr que ça te plaira ? »

Peter dut répondre par l'affirmative.

« Bon, déclara Tom. Je vais t'en donner puisque tu y tiens. Mais, si tu n'aimes pas ça, tu ne t'en prendras qu'à toi-même. »

Peter avait l'air ravi. Tom lui ouvrit la gueule et y versa le Doloricide. Immédiatement le chat fit un bond d'un mètre cinquante, poussa un hurlement sauvage, fila comme une flèche, tourna autour de la pièce, se heurta à tous les meubles, renversa quelques pots de fleurs, bref, causa une véritable catastrophe. Non content de cela, il se dressa sur ses pattes de derrière, caracola autour de la pièce dans un joyeux délire, la tête sur l'épaule et proclamant dans un miaulement triomphant son incomparable bonheur. Puis il repartit comme un fou dans toute la maison, semant le chaos et la désolation sur son chemin. Tante Polly entra juste à temps pour le voir exécuter quelques doubles sauts périlleux, pousser un dernier et puissant hourra, et s'élancer par la fenêtre en emportant avec lui le reste des pots de fleurs. La vieille femme resta pétrifiée, regardant la scène par-dessus ses lunettes.

Tom était allongé sur le plancher, pouffant de rire.

« Tom, vas-tu me dire ce qui est arrivé à ce chat ?

— Je n'en sais rien, ma tante ! haleta le jeune garçon.

— Je ne l'ai jamais vu ainsi. Il est fou. Qu'est-ce qui l'a mis dans cet état ?

— Je ne sais pas. Les chats sont toujours comme ça quand ils s'amusent.

— Ah ! vraiment ? »

Le ton employé par sa tante rendit Tom plus prudent.

« Oui, ma tante. Je crois bien que...

— Ah ! tu crois ?

— Oui, ma... »

Tante Polly se pencha. Tom l'observait avec un intérêt qu'augmentait l'anxiété. Il devina trop tard la signification de son geste. Le manche de la

cuillère indiscrète dépassait de dessous le lit.
Tante Polly s'en saisit et l'éleva au jour.

Le visage de Tom se crispa, il baissa les yeux.
Tante Polly souleva son neveu par la « poignée »
prévue à cet effet : son oreille.

« Et maintenant, Monsieur, fit-elle en adminis-
trant à Tom un coup de dé sur la tête, allez-vous
me dire pourquoi vous avez fait prendre cette
potion au chat ?

— Parce que j'ai eu pitié de lui, il n'avait pas
de tante.

— Pas de tante ! Espèce de nigaud. Qu'est-ce
que cela veut dire ?

— Des tas de choses ! Parce que s'il avait eu
une tante, elle l'aurait brûlé elle-même. Elle lui
aurait rôti les boyaux sans plus de pitié que s'il
avait été un garçon. »

Tante Polly caressa les cheveux de Tom.

Tante Polly se sentit brusquement mordue par le remords. Ce qui était cruel pour un chat l'était peut-être aussi pour un enfant. Elle se radoucit, regrettant son geste. Ses yeux s'embuèrent de larmes. Elle caressa les cheveux de Tom.

« Je voulais te faire du bien, te guérir, mon petit Tom. Et tu sais que cette médecine t'a vraiment réussi.

— Je sais que tu étais remplie de bonnes intentions, répondit Tom avec un regard malicieux. C'est comme moi avec Peter. Je lui ai fait du bien, moi aussi. Je ne l'ai jamais vu aussi gai depuis...

— Allez, décampe, Tom, avant que je ne me remette en colère. Si tu deviens un bon garçon, je ne te ferai plus prendre de remèdes. »

Tom arriva en avance à l'école. Ce phénomène étrange se produisait d'ailleurs fort régulièrement depuis quelques jours. Selon sa nouvelle habitude, il alla se poster près de l'entrée de la cour et refusa de jouer avec ses camarades. Il déclara qu'il était malade, et il en avait l'air. Il essaya de prendre une attitude dégagée, mais ses yeux fixaient obstinément la route. Jeff Thatcher s'approcha et le visage de Tom s'éclaira. Il s'arrangea pour lui demander d'une manière détournée des nouvelles de la cousine Becky, mais l'étourdi ne mordit pas à l'hameçon. Chaque fois qu'une robe apparaissait au loin, le cœur de Tom se mettait à battre, hélas ! chaque fois, il lui fallait déchanter.

Bientôt, plus aucune robe ne se montra et, de guerre lasse, Tom alla s'asseoir dans la classe vide pour y remâcher sa douleur. Alors une autre robe encore franchit la porte de la cour. Tom se sentit inondé de joie. Il se rua dehors. Riant, criant, glapissant comme un Indien, il se précipita sur ses camarades, les bouscula, sauta par-dessus une barrière au risque de se rompre les os, se tint sur les mains, sur la tête, se livra aux fantaisies les plus périlleuses qu'il pût imaginer et ne cessa de regarder du côté de Becky Thatcher pour s'assurer qu'elle le voyait bien. Par malheur, elle semblait ne s'apercevoir de rien. Elle ne lui adressa pas le moindre regard.

Etait-il possible qu'elle n'eût point remarqué sa présence ? Il s'approcha sans cesser de gambader, tournoya autour de la petite en lançant un cri de guerre, s'empara du chapeau d'un élève, le lança sur le toit de l'école, fondit sur un groupe de garçons qu'il envoya promener dans toutes les directions et vint s'étaler de tout son long aux pieds de Becky qu'il faillit même renverser. La petite leva le nez vers le ciel et Tom l'entendit murmurer : « Peuh ! Il y en a qui se croient très malins... Ils sont toujours en train de faire les imbéciles ! »

Les joues en feu, Tom se releva et s'éloigna, anéanti.

13

La décision de Tom était irrévocable. Rongé
par le désespoir, il considérait qu'il n'avait plus
d'amis et que personne ne l'aimait. Un jour, les
gens regretteraient peut-être de l'avoir poussé sur
une voie fatale. Tant pis pour eux ! Tant pis pour
lui ! Il n'avait plus le choix : il allait désormais
mener une vie de criminel.

Il en était là de ses réflexions quand il entendit
tinter au loin la cloche appelant les élèves. Il
étouffa un sanglot. Jamais, jamais plus il n'enten-
drait ce bruit familier. C'était dur, mais il n'y
avait pas moyen de faire autrement. Puisque la
société le rejetait, il devait se soumettre. Mais il
leur pardonnait à tous. Ses sanglots redoublèrent.
Au même moment, Joe Harper, son meilleur ami,

déboucha d'un chemin creux, le regard dur et le cœur plein d'un sombre et vaste dessein. Tom s'essuya les yeux sur sa manche et, toujours pleurant à chaudes larmes, lui annonça sa résolution de fuir les mauvais traitements et l'absence de compréhension des siens pour gagner le vaste monde et ne jamais revenir. Il termina en espérant que Joe ne l'oublierait pas. Or, ce dernier était précisément à la recherche de Tom afin de prendre congé de lui avant de s'en aller tenter l'aventure. Sa mère l'avait fouetté pour le punir d'avoir volé de la crème à laquelle il n'avait pas touché. Il était clair qu'elle en avait assez de son fils et qu'elle ne demandait qu'à le voir partir. Eh bien, puisqu'il en était ainsi, il n'avait qu'à s'incliner devant son désir, en lui souhaitant d'être heureuse et de ne jamais se reprocher d'avoir abandonné son enfant dans cette vallée de larmes.

Tout en marchant, les deux garçons renouvelèrent leur serment d'amitié, jurèrent de se considérer désormais comme des frères et de ne jamais se quitter jusqu'au jour où la mort les délivrerait de leurs tourments. Alors, ils se mirent à étudier des projets d'avenir. Joe songeait à se faire ermite, à vivre de racines d'arbre et d'eau claire au fond d'une grotte et à mourir sous l'effet conjugué du froid, des privations et du chagrin. Cependant, après avoir entendu les arguments de Tom, il reconnut qu'une vie de crimes avait ses avantages, et il accepta de devenir un pirate.

A cinq kilomètres en aval de Saint-Petersburg,

...une île longue et étroite, couverte d'arbres.

à un endroit où le Mississippi a plus d'un kilomètre et demi de large, s'étendait une île longue et étroite, couverte d'arbres. Un banc de sable en rendait l'accès facile et, comme elle était inhabitée, elle constituait un repaire idéal. C'est ainsi que l'île Jackson fut acceptée d'enthousiasme.

Aussitôt, les deux compères se mirent en quête de Huckleberry Finn qui se joignit instantanément à eux, toutes carrières lui paraissant égales : il était indifférent. Tom, Joe et Huck se séparèrent bientôt après s'être donné rendez-vous au bord du fleuve à minuit sonnant. Ils avaient choisi un endroit solitaire où était amarré un petit radeau dont ils avaient l'intention de s'emparer. Chacun devait se munir de lignes et d'hameçons et apporter autant de provisions qu'il pourrait.

Ils ignoraient les uns et les autres sur qui s'exerceraient leurs criminelles entreprises, mais cela leur était bien égal pour le moment, et ils passèrent leur après-midi à raconter à qui voulait l'entendre qu'il se produirait bientôt quelque chose de sensationnel au village. La consigne jusque-là était de « se taire et d'attendre ».

Vers minuit, Tom arriva au lieu du rendez-vous avec un jambon fumé et autres menus objets. Il s'allongea sur l'herbe drue qui recouvrait un petit tertre. Il faisait nuit claire. Les étoiles brillaient. Tout était calme et silencieux. Le fleuve puissant ressemblait à un océan au repos. Tom prêta l'oreille : aucun bruit. Il siffla doucement. Un sifflement lui répondit, puis un autre. Une voix s'éleva :

« Qui va là ?

— Tom Sawyer, le Pirate noir de la mer des Antilles. Et vous, qui êtes-vous ?

— Huck Finn, les Mains Rouges, et Joe Harper, la Terreur des mers. »

C'était Tom qui avait trouvé ces noms-là en s'inspirant de sa littérature favorite.

« Parfait, donnez-moi le mot de passe. »

Deux ombres lancèrent en chœur dans la nuit complice le mot sinistre : SANG !

Alors Tom fit dévaler son jambon et le suivit, non sans déchirer ses vêtements et s'écorcher la peau. Il existait un chemin facile et confortable le long de la rive, sous la butte, mais il n'offrait pas la difficulté et le danger chers aux pirates.

La Terreur des mers avait apporté un gros quartier de lard. Finn les Mains Rouges avait volé une poêle, des feuilles de tabac et des épis de maïs pour en faire des pipes. Mais aucun des pirates ne fumait ni ne « chiquait » à part lui. Le

Pirate noir de la mer des Antilles dit qu'il était impossible de partir sans feu. Il valait mieux s'en aviser car les allumettes n'existaient pas à l'époque. Ils regardèrent autour d'eux et aperçurent, à quelque distance, le reflet d'un bûcher qui achevait de se consumer au bord de l'eau. Ils s'en approchèrent prudemment et se munirent de tisons bien rouges. Ensuite, ils partirent à la recherche du radeau sur lequel ils avaient jeté leur dévolu. Ils avançaient à pas feutrés, la main sur le manche d'un poignard imaginaire et se transmettaient leurs instructions à voix basse : « Si l'ennemi se montre, enfoncez-lui votre lame dans le ventre jusqu'à la garde. Les morts ne parlent pas. » Ils savaient parfaitement que les hommes du radeau étaient allés boire au village et qu'ils n'avaient rien à craindre. Mais ce n'était pas une raison pour oublier qu'il fallait agir en vrais pirates. Lorsqu'ils eurent trouvé leur embarcation, ils montèrent à bord.

Huck s'empara d'un aviron. Joe en fit autant. Le premier se mit à l'avant, le second à l'arrière et Tom, les bras croisés, les sourcils froncés, s'installa au milieu du navire et prit le commandement.

« Lofez ! Amenez au vent.

— On lofe, commandant.

— Droit comme ça.

— Droit comme ça », répéta l'équipage.

Tous ces ordres n'étaient donnés que pour la forme, mais chacun prenait son rôle au sérieux et le radeau avançait sans encombre.

« Toutes les voiles sont larguées ?

— On a largué les focs, les trinquettes et les bonnettes.

— Bon. Larguez aussi les huniers.

— Oh ! hisse ! Oh ! hisse !

— Allez, mes braves, du courage !

— Bâbord un peu !

— Bâbord un peu !

— Droite la barre !

— Droite la barre ! »

Le radeau dérivait au milieu du fleuve. Les garçons redressèrent, puis reposèrent les avirons. Le fleuve n'était pas haut, il n'y avait donc de courant que sur cinq ou six kilomètres. Pas un mot ne fut prononcé pendant trois quarts d'heure. Au loin, une ou deux lumières signalaient le village qui dormait paisiblement au-delà de la vaste et vague étendue d'eau semée d'étoiles.

Le Pirate noir adressa un « dernier regard au pays » où il s'était amusé et surtout où il avait souffert. Il aurait bien voulu que Becky pût le voir cinglant vers le large, vers le danger et peut-être vers la mort, filant plein vent arrière, un sourire désabusé au coin des lèvres. Les deux autres pirates adressaient, eux aussi, un « dernier regard au pays ». Ils avaient tous assez d'imagination pour allonger dans des proportions considérables la distance qui séparait l'île Jackson de Saint-Petersburg.

Leurs rêves d'aventure les accaparaient à tel point qu'ils faillirent dépasser leur but. Ils s'en aperçurent à temps, rectifièrent la position et, vers deux heures du matin, s'échouèrent sur le banc de sable à la pointe de l'île. Ils débarquèrent aussitôt les divers articles qu'ils avaient emportés. Ils avaient trouvé une vieille toile à voile sur le radeau. Ils s'en servirent pour abriter leurs provisions. Eux-mêmes décidèrent de coucher à la belle étoile, comme il convenait à des hors-la-loi.

Grâce à leurs tisons, ils allumèrent un feu à la lisière de la forêt et firent frire du lard dans la poêle. C'était beau de faire ripaille à l'orée d'une forêt vierge, sur une île déserte, loin des hommes. Ils déclarèrent d'un commun accord qu'ils rompaient à jamais avec la civilisation. Les hautes flammes illuminaient leurs visages, jetaient leurs vives lueurs sur les grands troncs qui les entouraient comme les piliers d'un temple, et faisaient luire les feuillages vernissés et leurs festons de lianes. Après avoir englouti le dernier morceau de lard et leur dernière tranche de pain de maïs, les garçons s'allongèrent sur l'herbe. Ils étaient enchantés de la tournure que prenaient les événements. Ils auraient pu trouver un endroit plus frais, mais pour rien au monde ils n'auraient voulu se priver de l'attrait romantique d'un beau feu de camp.

« On s'amuse drôlement, hein ? dit Joe.

— C'est génial ! s'exclama Tom. Que diraient les copains s'ils nous voyaient ?

— Tu parles ! Ils mourraient d'envie d'être ici, tu ne crois pas, Hucky ?

— Si, dit Huckleberry, de toute façon ça me va cette vie-là. En général, je ne mange jamais à ma faim, et puis, ici, personne ne viendra m'embêter.

— Ce que j'apprécie, fit Tom, c'est que je ne serai pas obligé de me lever de bonne heure le matin pour aller en classe. C'est rudement chouette. Je ne me laverai pas si je n'en ai pas envie et je n'aurai pas à faire un tas d'imbécillités comme à la maison. Tu comprends, Joe, un pirate n'a rien à faire quand il est à terre, tandis qu'un ermite doit prier tout le temps. Ce n'est pas drôle.

— Oui, je n'avais pas pensé à cela, avoua Joe. En tout cas, maintenant que j'y ai goûté, le métier de pirate me tente beaucoup plus.

— Tu comprends, reprit Tom, ce n'est plus comme autrefois. Les gens se moquent des ermites aujourd'hui. Les pirates, c'est différent. On les respecte toujours. Et puis les ermites doivent dormir dans des endroits impossibles, se mettre un sac de cendres sur la tête, rester sous la pluie, et...

— Tu peux être sûr que je ne ferais pas ça ! fit Huck.

— Alors qu'est-ce que tu ferais ?

— Je ne sais pas, mais pas ça.

— Tu serais pourtant bien obligé. Tu ne pourrais pas faire autrement.

— Je ne pourrais pas le supporter et je me sauverais.

— Tu te sauverais ! Eh bien, tu ferais un bel ermite. Ce serait la honte !

— Pourquoi se mettent-ils des cendres sur la tête ? demanda Huck.

— Je n'en sais rien, mais ils sont obligés. Ils le font tous. Toi comme les autres, si tu étais ermite. »

Mains Rouges ne répondit rien. Il avait mieux à faire. Après avoir évidé un épi de maïs, il y ajustait maintenant une tige d'herbe folle et le bourrait de tabac. Il approcha un tison du fourneau de son brûle-gueule, aspira et renvoya une bouffée de fumée odorante. Les deux autres pirates l'admirèrent en silence, bien résolus de se livrer eux aussi bientôt au même vice. Tout en continuant de fumer, Huck demanda à Tom :

« Dis donc, qu'est-ce que les pirates ont à faire ?

— Ils n'ont pas le temps de s'ennuyer, je t'assure. Ils prennent des bateaux à l'abordage, ils les brûlent, ils font main basse sur l'argent qu'ils trouvent à bord, ils l'emmènent dans leur île et l'enfouissent dans des cachettes gardées par des fantômes, ils massacrent tous les membres de l'équipage, ils... oui, c'est ça, ils les font marcher sur une planche et les précipitent dans l'eau.

— Et ils emportent les femmes sur l'île, dit Joe. Ils ne tuent pas les femmes.

— Non, approuva Tom, ils ne tuent pas les femmes. Ils sont trop nobles ! Et puis les femmes sont toujours belles.

— Et ils ne portent que des habits magnifiques, tout couverts d'or et de diamants ! s'écria Joe avec enthousiasme.

— J'ai bien peur de ne pas être habillé comme il faut pour un pirate, murmura Huck d'une voix attristée. Mais je n'ai que ces habits-là à me mettre. »

Ses compagnons le rassurèrent en lui disant qu'il ne serait pas long à être vêtu comme un prince dès qu'ils se seraient mis en campagne. Et ils lui firent comprendre que ses haillons suffiraient au départ, bien qu'il soit de règle pour les pirates de débuter avec une garde-robe appropriée.

Peu à peu la conservation tomba et le sommeil commença à peser sur les paupières des jeunes aventuriers. Mains Rouges laissa échapper sa pipe et ne tarda pas à s'endormir du sommeil du juste. La Terreur des mers et le Pirate noir de la mer des Antilles eurent plus de mal à trouver le repos. Comme personne n'était là pour les y contraindre, ils négligèrent de s'agenouiller afin de réciter leurs prières, mais n'oublièrent pas d'invoquer mentalement le Seigneur, de peur que celui-ci ne les punît d'une manière ou d'une autre de leur omission.

Ils auraient bien voulu s'assoupir mais leur conscience était là pour les tenir éveillés malgré eux. Petit à petit, ils en arrivèrent à penser qu'ils avaient eu tort de s'enfuir. Et puis, ils n'avaient pas que cela à se reprocher. Ils s'étaient bel et bien rendus coupables en emportant qui un jambon, qui un quartier de lard. Ils eurent beau se dire qu'ils avaient maintes et maintes fois dérobé des pommes ou des gâteaux, ils furent forcés de reconnaître que ce n'était là que du « chapardage » et non pas du vol qualifié. D'ailleurs, il y avait un commandement là-dessus dans la Bible.

Afin d'apaiser leurs remords, ils décidèrent en eux-mêmes de ne jamais souiller leurs exploits de pirates par des vols de ce genre. Leur conscience leur accorda une trêve et, plus tranquilles, ils finirent par s'endormir.

14

Lorsque Tom se réveilla, il se demanda où il était. Il s'assit, se frotta les yeux, regarda tout autour de lui et comprit aussitôt. Le jour pointait. Il faisait frais et bon. Un calme délicieux enveloppait les bois. Pas une seule feuille ne remuait, pas un bruit ne troublait la grave méditation de la nature. L'herbe était couverte de gouttes de rosée. Le feu, allumé la veille, n'était plus qu'une épaisse couche de cendres blanchâtres d'où s'échappait un mince filet de fumée bleue. Joe et Huck dormaient encore. Dans les bois, un oiseau se mit à chanter. Un autre lui répondit et les piverts commencèrent à marteler l'écorce de leur bec.

La buée grise du matin devenait de plus en plus ténue et, à mesure qu'elle se dissipait, les sons se multipliaient et la vie prenait possession de l'île.

La nature qui sortait du sommeil proposa ses merveilles à la rêverie du garçon. Un petit ver couleur de mousse vint ramper sur une feuille voisine couverte de rosée. Il projetait en l'air, de temps à autre, les deux tiers de son corps, « reniflait alentour », puis repartait. « Il arpente », se dit Tom. Quand le ver s'approcha de lui, il resta d'une immobilité de pierre. L'espoir en lui allait et venait, au gré des hésitations de la minuscule créature. Après un pénible moment d'attente, où son corps flexible resta en suspens, elle se décida enfin à entamer un voyage sur la jambe de Tom. Il en fut ravi : cela signifiait qu'il aurait bientôt un rutilant uniforme de pirate ! Survint alors une procession de fourmis qui allaient à leurs affaires. L'une d'elles attaqua vaillamment une araignée morte, cinq fois grosse comme elle, et parvint à la hisser tout en haut d'un tronc. Une coccinelle mouchetée de brun se lança dans l'ascension vertigineuse d'un brin d'herbe. Tom se pencha vers elle et murmura :

« Coccinelle, coccinelle, rentre vite chez toi
Ta maison brûle et tes enfants sont seuls... »

Aussitôt, elle s'envola à tire-d'aile pour aller vérifier la chose. Tom n'en fut pas autrement surpris car il connaissait depuis longtemps la crédulité de ces insectes quand on leur parle d'incendie. Il en avait souvent abusé. Un bousier passa, arc-bouté sur sa boule. Tom le toucha pour le voir rentrer ses pattes et faire le mort. Les oiseaux menaient déjà un tapage infernal. Un merle alla se jucher sur une branche, juste au-dessus de Tom, et sembla prendre un vif plaisir à imiter les autres habitants de la forêt. Un geai au cri strident zébra l'air de sa flamme bleue, s'arrêta sur un rameau, presque à portée de main du garçon, et, la tête penchée sur l'épaule, dévisagea les étrangers avec une intense curiosité. Une galopade annonça un écureuil gris et une grosse bête du genre renard, qui s'arrêtèrent à plusieurs reprises pour examiner les garçons et leur parler dans leur jargon, car ces petits animaux sauvages n'avaient probablement jamais vu d'êtres humains et ne savaient pas trop s'il fallait avoir peur ou non. Tout ce qui vivait était maintenant parfaitement réveillé. Les rayons obliques du soleil levant traversaient le feuillage touffu des arbres et quelques papillons se mirent à voleter de droite et de gauche.

Tom secoua ses deux camarades. Ils furent vite sur pied. Un instant plus tard, les pirates, débarrassés de leurs vêtements, gambadaient et folâtraient dans l'eau limpide d'une lagune formée par le banc de sable. Sur la rive opposée, on apercevait les maisons de Saint-Petersburg, mais les garçons n'éprouvèrent nul regret d'avoir quitté ce lieu. Pendant la nuit, le niveau du fleuve avait monté et un remous avait entraîné à la dérive le radeau sur lequel nos aventuriers avaient effectué leur première traversée. Ils se réjouirent fort de cet incident. C'était comme si l'on avait définitivement coupé le pont qui les reliait encore à la civilisation.

Rafraîchis, débordant de joie et mourant de faim, ils retournèrent au campement et ranimèrent le feu. Huck découvrit non loin de là une source d'eau claire. Les garçons ramassèrent de larges feuilles de chêne et d'hickory* dont ils se firent des tasses. Après s'être désaltérés, ils déclarèrent que l'eau de source remplaçait avantageusement le café. Joe se mit en devoir de couper quelques tranches de lard. Tom et Huck le prièrent d'attendre un peu avant de continuer sa besogne, puis, armés de lignes, ils se rendirent au bord de l'eau. Ils furent presque aussitôt récompensés de leur idée. Quand ils rejoignirent Joe, ils étaient en possession de quelques belles perches et d'un poisson-chat — de quoi nourrir une famille tout entière. Ils firent frire les poissons avec un morceau de lard et furent stupéfaits du résultat, car jamais plat ne leur avait semblé meilleur. Ils ne savaient pas que rien ne vaut un poisson d'eau douce fraîchement pêché quand il est cuit instantanément, et ils réfléchirent peu à la merveilleuse combinaison culinaire que composent un peu de vie en plein air, un soupçon d'exercice... et l'appétit de la jeunesse !

Après le petit déjeuner, Tom et Joe se reposèrent quelque temps tandis que Huck fumait une pipe, puis ils décidèrent de partir en exploration dans le bois. Ils marchaient d'un pas allègre, enjambant les troncs d'arbres, écartant les broussailles, se faufilant entre les seigneurs de la forêt

---

* Noyer blanc d'Amérique. (Note de l'éditeur)

enrubannés de lianes. De temps en temps, ils rencontraient une minuscule clairière tapissée de mousse et fleurie à profusion.

Au cours de leur expédition, beaucoup de choses les amusèrent, mais rien ne les étonna vraiment. Ils découvrirent que l'île avait cinq kilomètres de long sur huit ou neuf cents mètres de large et qu'à l'une de ses extrémités, elle n'était séparée de la rive que par un étroit chenal d'à peine deux cents mètres. Comme ils se baignèrent environ toutes les heures, ils ne revinrent au camp que vers le milieu de l'après-midi. Ils avaient trop faim pour se donner la peine de prendre du poisson. Ils se coupèrent donc de somptueuses tranches dans le jambon de Tom, après quoi ils s'installèrent à l'ombre pour bavarder. Cependant, la conversation ne tarda pas à tomber. Le calme, la solennité des grands bois, la solitude commençaient à peser sur leurs jeunes esprits. Ils se mirent à réfléchir, puis se laissèrent emporter par une rêverie empreinte de mélancolie qui ressemblait fort au mal du pays. Finn les Mains Rouges, lui-même, songeait aux murs et aux portes bien closes qui jadis, dans son autre vie, lui servaient d'abri pendant la nuit. Néanmoins, tous avaient honte de leur faiblesse et aucun ne fut assez courageux pour exprimer tout haut ce qu'il pensait.

Depuis un moment, les garçons avaient distingué au loin un bruit indistinct auquel, tout d'abord, ils n'avaient pas prêté attention. Mais maintenant, le bruit se rapprochait et les aventuriers échangèrent des regards inquiets. Il y eut un long silence, rompu soudain par une sorte de détonation sourde.

« Qu'est-ce que c'est ? s'exclama Joe d'une voix étranglée.

— Je me le demande, murmura Tom.

— Ce n'est sûrement pas le tonnerre, déclara Huck d'un ton mal assuré, parce que le tonnerre...

— Ecoutez ! dit Tom. Ecoutez donc, au lieu de parler. »

Ils attendirent en retenant leur souffle et de nouveau la même détonation assourdie se fit entendre.

« Allons voir. »

Ils se levèrent tous trois et se précipitèrent vers la rive qui faisait face au village. Ils écartèrent les broussailles et parcoururent le fleuve du regard. A deux kilomètres de Saint-Petersburg, le petit bac à vapeur dérivait avec le courant. Le pont était noir de monde. De nombreux petits canots l'entouraient, mais les garçons ne purent se rendre compte de ce qui s'y passait. Bientôt, un jet de fumée blanche fusa par-dessus le bordage du navire et monta nonchalamment vers le ciel tandis qu'une nouvelle détonation ébranlait l'air.

« Je sais ce que c'est maintenant ! s'écria Tom. Quelqu'un s'est noyé !

— C'est ça, approuva Huck. On a fait la même chose l'été dernier quand Bill Turner s'est noyé. On tire un coup de canon au ras de l'eau et ça fait remonter le cadavre. On prend aussi une

154

miche de pain dans laquelle on met une goutte de mercure. On la lance à l'eau, elle flotte et elle s'arrête là où la personne s'est noyée.

— Oui, j'ai entendu parler de cela, dit Joe. Je me demande comment le pain peut donner ce résultat.

— Oh ! ce n'est pas tellement le pain, expliqua Tom. Je crois que c'est surtout ce qu'on dit avant de le jeter à l'eau.

— Mais on ne dit rien du tout, protesta Huck. Moi, j'ai assisté...

— C'est bizarre, coupa Tom. Ceux qui lancent le pain doivent sûrement dire quelque chose tout bas. C'est forcé. Tout le monde sait cela. »

Les deux autres garçons finirent par se laisser convaincre car il était difficile d'admettre qu'un morceau de pain fût capable, sans formule magique, de retrouver un noyé.

« Sapristi ! dit Joe, je voudrais bien être de l'autre côté de l'eau.

— Moi aussi, fit Huck, je donnerais n'importe quoi pour savoir qui l'on recherche. »

Les garçons se turent et suivirent les évolutions du vapeur. Soudain, une idée lumineuse traversa l'esprit de Tom.

« Hé ! les amis ! lança-t-il. Je sais qui s'est noyé. C'est nous ! »

Au même instant, les trois garnements se sentirent devenir des héros. Quel triomphe pour eux ! Ils avaient disparu, on les pleurait ! Des cœurs se brisaient, des larmes ruisselaient ! Des gens se reprochaient d'avoir été trop durs avec eux !

Enfin tout le village devait parler d'eux ! Ils étaient célèbres. En somme, ce n'était pas si désagréable d'être pirates.

Au crépuscule, le bac reprit son service et les embarcations qui lui avaient fait escorte disparurent. Les pirates retournèrent à leur camp. Ils étaient fous d'orgueil et de plaisir. Ils prirent du poisson, le mangèrent pour leur dîner et se demandèrent ce qu'on pouvait bien penser de leur disparition au village. La détresse de leurs parents et de leurs amis leur fut un spectacle bien doux à imaginer, mais, lorsque la nuit tomba tout à fait, leur entrain tomba lui aussi. Tom et Joe ne pouvaient s'empêcher de penser à certaines personnes qui ne devaient sûrement pas prendre leur équipée avec autant de légèreté. Le doute les saisit, puis l'inquiétude ; ils se sentirent un peu malheureux et soupirèrent malgré eux. Au bout d'un certain temps, Joe tâta le terrain et demanda à ses amis ce qu'ils penseraient d'un retour à la civilisation, pas tout de suite, bien sûr, mais...

Tom repoussa cette idée d'un ton sarcastique et Huck, qui ne partageait pas les soucis de ses camarades, traita Joe de poule mouillée. La mutinerie en resta à ce début.

Il faisait nuit. Huck ronflait et Joe l'imitait. Tom se leva sans bruit et s'approcha du feu. Il ramassa un morceau d'écorce de sycomore, le cassa en deux, sortit de sa poche son petit fragment d'ocre rouge et se mit à gribouiller quelque chose. Ensuite, il roula l'un des deux morceaux

156

d'écorce, l'enfouit dans sa poche et alla déposer l'autre dans le chapeau de Joe. Dans ce même chapeau, il plaça certains trésors d'écolier, d'une valeur pratiquement inestimable : un morceau de craie, une balle en caoutchouc, trois hameçons et une bille d'agate. Alors, il s'éloigna sur la pointe des pieds. Quand il fut bien sûr qu'on ne pouvait plus l'entendre, il prit sa course dans la direction du banc de sable.

15

Quelques minutes plus tard, Tom pataugeait dans les eaux basses du chenal en direction de la rive de l'Illinois. Il avança tant bien que mal jusqu'au milieu de la passe. Il lui restait cent mètres à couvrir en eau profonde. Il se mit à nager de biais pour lutter contre la force du courant, mais il fut quand même déporté, beaucoup plus vite qu'il ne l'aurait cru. Il atteignit la rive, chercha une plage accessible, et sortit de l'eau. Il mit la main à sa poche, constata que le morceau d'écorce y était toujours et, les vêtements ruisselants, commença à suivre la berge. Un peu avant dix heures, il arriva en face du village, à un endroit découvert auprès duquel le bac était amarré. Les étoiles brillaient. Tout était silencieux. Tom se glissa jusqu'au niveau du fleuve, entra de nouveau dans l'eau, fit quelques brasses et, à la force des poignets, grimpa dans le canot de service attaché à la proue du vapeur. Là, il se cacha sous la banquette et attendit.

Bientôt, une cloche sonna et une voix cria : « Larguez ! » Une minute après, le canot relevait le nez et se mettait à danser sur le sillage laissé par le bac. Le voyage commençait. Tom était enchanté de son succès car il savait que c'était la dernière traversée du bac pour la journée. Au bout d'un quart d'heure, les aubes des roues cessèrent de battre l'eau. Tom enjamba le

Il se mit à nager de biais...

bordage du canot et gagna la berge à la nage. Il
aborda cinquante mètres plus bas pour éviter les
promeneurs tardifs, puis, empruntant les chemins
déserts, il ne tarda pas à arriver derrière la
maison de sa tante. Il escalada la palissade, s'approcha à pas de loup de la fenêtre du salon
derrière laquelle brûlait une lampe. Dans la
pièce, tante Polly, Sid, Mary et la mère de Joe
Harper étaient réunis et bavardaient. Entre leur
petit groupe et la porte se dressait un lit. Tom
s'approcha, souleva le loquet, poussa légèrement,
recula en entendant un craquement, s'agenouilla
et pénétra au salon sans être vu.

« Tiens, pourquoi la lampe vacille-t-elle comme
cela ? demanda tante Polly. La mèche est pourtant bonne. Et cette porte qui s'ouvre ! Nous
n'avons pas fini de voir des choses étranges. Sid,
va donc fermer la porte. »

Tom disparut juste à temps sous le lit. Il reprit
son souffle et, en rampant, alla se placer presque
sous le fauteuil de tante Polly.

« Je disais donc qu'il n'était pas méchant, fit la
vieille dame. Il était seulement turbulent. Voilà.
Un jeune poulain, un cheval échappé. Il n'avait
jamais de mauvaises intentions. C'était un petit
cœur en or... »

Et la pauvre femme se mit à pleurer.

« C'était la même chose avec mon Joe, déclara
Mme Harper. Toujours prêt à faire une bêtise
mais si gentil, si peu égoïste... Quand je pense que
je l'ai fouetté pour avoir volé cette crème que
j'avais jetée moi-même parce qu'elle était

160

tournée ! Dire que je ne le reverrai plus jamais, jamais, à cause de cela ! Pauvre petit ! »

Et Mme Harper se mit à sangloter comme si son cœur allait éclater.

« J'espère que Tom n'est pas trop mal là où il est, fit Sid. En tout cas, s'il avait été plus gentil...

— Sid ! »

Tom sentit le regard de la vieille dame se poser sur son frère, bien qu'il fût incapable de le voir.

« Sid ! pas un mot contre mon Tom maintenant qu'il n'est plus. Dieu aura soin de lui, ne t'inquiète pas. Oh ! Madame Harper, je ne pourrai jamais m'en remettre. Ce garçon était un tel réconfort pour moi. Il avait beau me faire enrager...

— Le Seigneur te l'a donné, le Seigneur te l'a repris. Que le nom du Seigneur soit béni ! Mais c'est dur... Je le sais... Tenez, dimanche dernier, mon Joe m'a fait partir un pétard sous le nez et je l'ai battu... Si j'avais su... je l'aurais embrassé.

— Ah ! oui, madame Harper, je vous comprends, allez ! Hier après-midi, mon Tom a fait boire du Doloricide au chat, qui a failli tout casser dans la maison. Alors, Dieu me pardonne, j'ai donné un coup de dé à Tom. Pauvre, pauvre petit ! Mais il est mort, maintenant, il ne souffre plus. Les derniers mots que je lui ai entendu prononcer, c'était pour me reprocher... »

La vieille dame était à bout. Elle éclata en sanglots. Tom était si apitoyé sur son propre sort qu'il en avait les larmes aux yeux. Il entendait Mary pleurer et dire de temps en temps quelque chose de très gentil sur son compte. Il commença même à avoir une plus haute opinion de lui-même qu'auparavant. Soudain, il éprouva une envie irrésistible de sortir de sa cachette et de sauter au cou de sa tante. Sûr de l'effet extraordinaire qu'il produirait sur l'assemblée, il fut sur le point de céder à ce geste théâtral bien dans sa nature, mais il résista à la tentation qui, au fond, partait d'un bon cœur. Il continua donc à suivre la conversation et finit par reconstituer ce qui s'était passé depuis son départ.

On avait d'abord pensé que les garçons s'étaient noyés en se baignant, puis on s'était aperçu de la disparition du petit radeau, et certains écoliers racontèrent que Tom et ses amis leur avaient confié qu'il allait y avoir quelque chose de « sensationnel ». Les gens sages recueillirent tous ces renseignements et en conclurent que le trio avait fait une fugue en radeau et qu'on les retrouverait au prochain village. Cependant, vers midi, on avait découvert le radeau tout seul échoué à une dizaine de kilomètres en aval, sur la rive du Missouri, et l'on avait tout de suite pensé que les fugitifs s'étaient noyés, sans quoi la faim les aurait ramenés depuis longtemps chez eux. Les recherches que l'on avait entreprises dans l'après-midi étaient demeurées vaines, parce que les garçons avaient dû disparaître au beau milieu du fleuve. S'ils étaient tombés à l'eau non loin de la rive, ils étaient tous trois assez bons nageurs pour se sauver. On était mercredi soir. Si l'on ne retrouvait rien d'ici dimanche, il fallait renoncer à tout espoir et célébrer l'office des morts. Tom en frissonna.

Après un dernier sanglot, Mme Harper se retira. Tante Polly embrassa Sid et Mary plus tendrement que de coutume. Sid renifla un peu, et Mary pleura de tout son cœur. Tante Polly s'agenouilla auprès du lit et récita ses prières avec de tels accents que Tom ruissela de pleurs avant qu'elle eût fini.

Tante Polly couchait dans son salon et Tom dut attendre fort longtemps avant de pouvoir sortir de son repaire car elle se retournait sans cesse, poussant de temps à autre des exclamations désolées. Mais elle finit par s'endormir d'un sommeil entrecoupé de soupirs. Une chandelle brûlait sur sa table de nuit. Tom s'approcha et, le cœur gros d'émotion, regarda la vieille dame. Il tira le morceau d'écorce de sa poche et le posa contre le bougeoir, mais il se ravisa, le reprit, se pencha, baisa les lèvres fanées de sa tante, sortit de la pièce et referma la porte sans bruit.

Il regagna d'un pas léger l'embarcadère où le bac était amarré pour la nuit et monta hardiment dans le bateau, sachant qu'il n'y avait là personne d'autre que l'homme de garde, qui se couchait toujours et dormait comme une image. Il détacha le canot à l'arrière, s'y glissa, et à coups de rames prudents, remonta le fleuve. Quand il eut dépassé le village de deux kilomètres environ, il commença la traversée en luttant avec force contre la dérive. Il la mena à bien sans encombre, car il connaissait son affaire. Il fut tenté de s'emparer du canot. Après tout c'était un bateau, et une bonne prise de guerre pour un pirate ! Mais il savait qu'on ferait une recherche en règle et que des révélations seraient à craindre. Il mit le pied sur la berge et entra dans le bois. Il s'assit, prit un long repos, tout en se torturant pour rester éveillé. Puis il repartit en ligne droite d'un pas lourd de fatigue. La nuit était presque finie. Il faisait grand jour quand il se retrouva devant le banc de sable de l'île. Il s'accorda à nouveau un instant de repos avant de voir le soleil monter dans le ciel et illuminer le grand fleuve de sa splendeur dorée. Puis il plongea. Un instant plus tard, il se tenait debout, tout ruisselant, au seuil du camp. Il entendit la voix de Joe dire à Huck :

« Non, tu sais, on peut se fier à Tom. Il a dit qu'il reviendrait. Il ne nous abandonnera pas. Ce serait déshonorant pour un pirate et il est trop fier pour faire une chose comme celle-là. Quand il nous a quittés, il avait sûrement un plan en tête, mais je me demande ce que ça pouvait bien être.

— En tout cas, fit Huck, les affaires qu'il a laissées dans ton chapeau nous appartiennent.

— Pas tout à fait encore, Huck. Il a écrit sur son message qu'elles seraient à nous s'il n'était pas revenu pour le petit déjeuner.

— Et me voilà ! » s'exclama Tom avec un effet des plus dramatiques.

Un somptueux petit déjeuner composé de jambon et de poisson fut bientôt préparé et, tout en y faisant honneur, Tom narra ses aventures en les embellissant. Avec un peu de vanité et beaucoup de vantardise, nos trois amis se retrouvèrent à la fin du conte transformés en héros.

Ensuite, Tom alla s'étendre à l'ombre et dormit jusqu'à midi tandis que les deux autres pirates pêchaient à la ligne.

16

Après le déjeuner, les trois camarades s'amusèrent à chercher des œufs de tortue sur le rivage. Armés de bâtons, ils tâtaient le sable et, quand ils découvraient un endroit mou, ils s'agenouillaient et creusaient avec leurs mains. Parfois, ils exhumaient cinquante ou soixante œufs d'un seul coup. C'étaient de petites boules bien rondes et bien blanches, à peine moins grosses qu'une noix. Ce soir-là, ils se régalèrent d'œufs frits et il en alla de même au petit déjeuner du lendemain, c'est-à-dire celui du vendredi matin. Leur repas terminé, ils s'en allèrent jouer sur la plage formée par le banc de sable. Gambadant et poussant des cris de joie, ils se poursuivirent sans fin, abandonnant leurs vêtements l'un après l'autre jusqu'à se retrouver tout nus. De là, ils passèrent dans l'eau peu profonde du chenal où le courant très fort leur faisait brusquement lâcher pied, ce qui augmentait les rires. Puis ils s'aspergèrent en détournant la tête afin d'éviter les éclaboussures, et finalement s'empoignèrent, luttant tour à tour pour faire toucher terre à l'autre. Tous trois furent bientôt confondus en une seule mêlée, et l'on ne vit plus que des bras et des jambes tout blancs. Ils ressortirent de l'eau, crachant et riant en même temps.

Epuisés, ils coururent alors se jeter sur le sable pour s'y vautrer à loisir, s'en recouvrir, et repartir de plus belle vers l'eau où tout recommença. Il leur apparut soudain que leur peau nue rappelait assez bien les collants des gens du cirque. Ils firent une piste illico, en traçant un cercle sur le sable. Naturellement, il y eut trois clowns, car aucun d'eux ne voulait laisser ce privilège à un autre.

Ensuite, ils sortirent leurs billes et y jouèrent jusqu'à satiété. Joe et Huck prirent un troisième bain. Tom refusa de les suivre : en quittant son pantalon, il avait perdu la peau de serpent à sonnettes qui lui entourait la cheville, et il se demandait comment il avait pu échapper aux crampes sans la protection de ce talisman. Quand il l'eut retrouvée, ses camarades étaient si fatigués qu'ils s'étendirent sur le sable, chacun de son côté, et le laissèrent tout seul.

Mélancolique, notre héros se mit à rêvasser et s'aperçut bientôt qu'il traçait le nom de Becky sur le sable à l'aide de son gros orteil. Il l'effaça, furieux de sa faiblesse. Mais il l'écrivit malgré lui, encore et encore. Il finit par aller rejoindre ses camarades pour échapper à la tentation. Les trois pirates se seraient fait hacher plutôt que d'en convenir, mais leurs yeux se portaient sans cesse vers les maisons de Saint-Petersburg que l'on distinguait au loin. Joe était si abattu, il avait tellement le mal du pays, que pour un rien il se fût mis à pleurer. Huck n'était pas très gai, lui non plus. Tom broyait du noir, cependant il s'efforçait de n'en rien laisser paraître. Il avait un secret qu'il ne tenait pas à révéler tout de suite, à moins, bien entendu, qu'il n'y eût pas d'autre solution pour dissiper l'atmosphère de plus en plus lourde.

« Je parie qu'il y a déjà eu des pirates sur cette île, déclara-t-il en feignant un entrain qu'il était loin d'avoir. Nous devrions l'explorer encore. Il y a certainement un trésor caché quelque part. Que diriez-vous, les amis, d'un vieux coffre rempli d'or et d'argent ? »

Ses paroles ne soulevèrent qu'un faible enthousiasme. Il fit une ou deux autres tentatives aussi malheureuses. Joe ne cessait de gratter le sable avec un bâton. Il avait l'air lugubre. A la fin, n'y tenant plus, il murmura :

« Dites donc, les amis, si on abandonnait la partie ? Moi, je veux rentrer à la maison. On se sent trop seuls ici.

— Mais non, Joe, fit Tom. Tu vas t'y habituer. Songe à tout le poisson qu'on peut pêcher.

— Je me moque pas mal du poisson et de la pêche. Je veux retourner à la maison.

— Mais, Joe, il n'y a pas un endroit pareil pour se baigner.

— Ça aussi, ça m'est égal, j'ai l'impression que ça ne me dit plus rien quand personne ne m'interdit de le faire. Je veux rentrer chez moi.

— Oh ! espèce de bébé, va ! Je suis sûr que tu veux revoir ta mère.

— Oui, je veux la revoir, et tu voudrais revoir la tienne si tu en avais une. Je ne suis pas plus un bébé que toi. »

Sur ce, le pauvre Joe commença à pleurnicher.

« C'est ça, c'est ça, pleure, mon bébé, ricana Tom. Va retrouver ta mère. On le laisse partir, n'est-ce pas, Huck ? Pauvre petit, pauvre mignon, tu veux revoir ta maman ? Alors, vas-y. Toi, Huck, tu te plais ici, hein ? Eh bien, nous resterons tous les deux.

— Ou... ou... i, répondit Huck sans grande conviction.

— Je ne t'adresserai plus jamais la parole, voilà ! déclara Joe en se levant pour se rhabiller.

— Je m'en fiche ! répliqua Tom. Allez, file, rentre chez toi. On rira bien en te voyant. Tu en fais un joli pirate ! Nous au moins, nous allons persévérer et nous n'aurons pas besoin de toi pour nous débrouiller. »

Malgré sa faconde, Tom ne se sentait pas très bien à l'aise. Il surveillait du coin de l'œil Joe qui se rhabillait et Huck, qui suivait ses mouvements, pensif et silencieux. Bientôt, Joe s'éloigna sans un mot et entra dans l'eau du chenal. Le cœur de

Tom se serra. Il regarda Huck. Huck ne put supporter son regard et baissa les yeux.

« Moi aussi, je veux m'en aller, Tom, dit-il. On se trouvait déjà bien seuls, mais maintenant, qu'est-ce que ça va être ? Allons-nous-en, Tom.

— Moi, je ne partirai pas. Tu peux t'en aller si tu veux, moi, je reste.

— Tom, il vaut mieux que je parte.

— Eh bien, pars ! Qu'est-ce qui te retient ? »

Huck ramassa ses hardes.

« Tom, je voudrais bien que tu viennes aussi. Allons, réfléchis. Nous t'attendrons au bord de l'eau.

— Dans ce cas, vous pourrez attendre long-temps », riposta le chef des pirates.

Huck s'éloigna à son tour, le cœur lourd, et Tom le suivit du regard, partagé entre sa fierté et le désir de rejoindre ses camarades. Il espéra un moment que Joe et Huck s'arrêteraient, mais ils continuèrent d'avancer dans l'eau à pas lents. Alors, Tom se sentit soudain très seul et, mettant tout son orgueil de côté, il s'élança sur les traces des fuyards en criant :

« Attendez ! Attendez ! J'ai quelque chose à vous dire ! »

Joe et Huck s'arrêtèrent, puis firent demi-tour. Lorsque Tom les eut rejoints, il leur exposa son secret. D'abord très réticents, ils poussèrent des cris de joie quand ils eurent compris quel était le projet de leur ami, et lui affirmèrent que, s'il leur avait parlé plus tôt, ils n'auraient jamais songé à l'abandonner. Il leur donna une excuse valable.

Ce n'était pas la bonne. Il avait toujours craint que ce secret lui-même ne suffise pas à les retenir près de lui, et il l'avait gardé en réserve comme dernier recours.

Les trois garçons reprirent leurs ébats avec plus d'ardeur que jamais, tout en parlant sans cesse du plan génial de Tom. Ils engloutirent au déjeuner un certain nombre d'œufs de tortue, suivis de poissons frais.

Après le repas, Tom manifesta le désir d'apprendre à fumer et, Joe ayant approuvé cette nouvelle idée, Huck leur confectionna deux pipes qu'ils bourrèrent de feuilles de tabac. Jusque-là, ils n'avaient fumé que des cigares taillés dans des sarments de vigne qui piquaient la langue et n'avaient rien de viril.

Ils s'allongèrent, appuyés sur les coudes et, quelque peu circonspects, commencèrent à tirer sur leurs pipes. Les premières bouffées avaient un goût désagréable et leur donnaient un peu mal au cœur, mais Tom déclara :

« C'est tout ? Mais c'est très facile. Si j'avais su, j'aurais commencé plus tôt.

— Moi aussi, dit Joe. Ce n'est vraiment rien. »

Tom reprit :

« J'ai souvent regardé fumer des gens en me disant que j'aimerais bien en faire autant, mais je ne pensais pas y arriver. N'est-ce pas, Huck ? Huck peut le dire, Joe. Demande-lui.

— Oui, des tas de fois !

— Moi aussi, sans mentir, des centaines de fois ! Souviens-toi, près de l'abattoir. Il y avait

Bob Tanner, Johnny Miller et Jeff Thatcher quand je l'ai dit. Tu te rappelles, Huck ?

— Oui, c'est vrai. C'est le jour où j'ai perdu une agate blanche. Non, celui d'avant.

— Tu vois bien, je te le disais, Huck s'en souvient.

— J'ai l'impression que je pourrais fumer toute la journée. Mais je te parie que Jeff Thatcher en serait incapable.

— Jeff Thatcher ! Après deux bouffées, il tomberait raide. Qu'il essaie une fois et il verra.

— C'est sûr ! Et Johnny Miller ? J'aimerais bien l'y voir !

— Bah ! Je te parie que Johnny Miller ne pourrait absolument pas y arriver. Juste un petit coup, et hop !...

— Aucun doute, Joe. Si seulement les copains nous voyaient !

— Si seulement !

— Dites donc, les gars. On tient notre langue et puis, un jour où les autres sont tous là, j'arrive et je demande : « Joe, tu as ta pipe ? Je veux « fumer. » Et mine de rien, tu réponds : « Oui, j'ai « ma vieille pipe, j'en ai même deux, mais mon « tabac n'est pas fameux. » Et j'ajoute : « Oh ! ça « va, il est assez fort. » Alors tu sors tes pipes, et on les allume sans se presser. On verra leurs têtes !

— Mince, ça serait drôle, Tom. J'aimerais bien que ça soit maintenant !

— Moi aussi. On leur dirait qu'on a appris quand on était pirates. Ils regretteraient rudement de ne pas avoir été là. Tu ne crois pas ?

— Je ne crois pas, j'en suis sûr ! »

Ainsi allait la conversation. Mais bientôt, elle se ralentit, les silences s'allongèrent. On cracha de plus en plus. La bouche des garçons se remplit peu à peu d'un liquide âcre qui arrivait parfois jusqu'à la gorge et les forçait à des renvois soudains. Ils étaient blêmes et fort mal à l'aise. Joe laissa échapper sa pipe. Tom en fit autant. Joe murmura enfin d'une voix faible :

« J'ai perdu mon couteau, je crois que je vais aller le chercher.

— Je t'accompagne, dit Tom dont les lèvres tremblaient. Va par là. Moi, je fais le tour derrière la source. Non, non, Huck, ne viens pas. Nous le trouverons bien tout seuls. »

Huck s'assit et attendit une bonne heure. A la fin, comme il s'ennuyait, il partit à la recherche de ses camarades. Il les trouva étendus dans l'herbe à bonne distance l'un de l'autre. Ils dormaient profondément et, à certains indices, Huck devina qu'ils devaient aller beaucoup mieux.

Le dîner fut silencieux, et quand Huck alluma sa pipe et proposa de bourrer celles des deux autres pirates, ceux-ci refusèrent en disant qu'ils ne se sentaient pas bien et qu'ils avaient dû manger quelque chose de trop lourd.

17

Vers minuit, Joe se réveilla et appela ses camarades. L'air était lourd, l'atmosphère oppressante.
Malgré la chaleur, les trois garçons s'assirent
auprès du feu dont les reflets dansants exerçaient
sur eux un pouvoir apaisant. Un silence tendu
s'installa. Au-delà des flammes, tout n'était que
ténèbres. Bientôt, une lueur fugace éclaira faiblement le sommet des grands arbres. Une deuxième
plus vive lui succéda, puis une autre. Alors, un
faible gémissement parcourut le bois et les
garçons sentirent passer sur leurs joues un souffle
qui les fit frissonner car ils s'imaginèrent que
c'était peut-être là l'Esprit de la Nuit. Soudain,
une flamme aveuglante creva les ténèbres, éclai-
rant chaque brin d'herbe, découvrant comme en
plein jour le visage blafard des trois enfants. Le

tonnerre gronda dans le lointain. Un courant d'air agita les feuilles et fit neiger autour d'eux les cendres du foyer. Un nouvel éclair brilla, immédiatement suivi d'un fracas épouvantable, comme si le bois venait de s'ouvrir en deux. Épouvantés, ils se serrèrent les uns contre les autres. De grosses gouttes de pluie se mirent à tomber.

Le tonnerre gronda dans le lointain...

« Vite, les gars ! Tous à la tente ! » s'exclama Tom.

Ils s'élancèrent dans l'obscurité, trébuchant contre les racines, se prenant les pieds dans les lianes. Un vent furieux ébranla le bois tout entier, faisant tout vibrer sur son passage. Les éclairs succédaient aux éclairs, accompagnés d'incessants roulements de tonnerre. Une pluie diluvienne cinglait les branches et les feuilles. La bourrasque faisait rage. Les garçons s'interpellaient, mais la tourmente et le tonnerre se chargeaient vite d'étouffer leurs voix. Cependant, ils réussirent à atteindre l'endroit où ils avaient tendu la vieille toile à voile pour abriter leurs provisions. Transis, épouvantés, trempés jusqu'à la moelle, ils se blottirent les uns contre les autres, heureux dans leur malheur de ne pas être seuls. Ils ne pouvaient pas parler, car les claquements de la toile les en eussent empêchés, même si le bruit du tonnerre s'était apaisé. Le vent redoublait de violence et bientôt la toile se déchira et s'envola comme un fétu. Les trois garçons se prirent par la main et allèrent chercher un nouveau refuge sous un grand chêne qui se dressait au bord du fleuve.

L'ouragan était à son paroxysme. A la lueur constante des éclairs, on y voyait comme en plein jour. Le vent courbait les arbres. Le fleuve bouillonnait, blanc d'écume. A travers le rideau de la pluie, on distinguait les contours escarpés de la rive opposée. De temps en temps, l'un des géants de la forêt renonçait au combat et s'abattait dans un fracas sinistre. Le tonnerre emplissait l'air de vibrations assourdissantes, si violentes qu'elles éveillaient irrésistiblement la terreur. A ce moment, la tempête parut redoubler d'efforts et les trois malheureux garçons eurent l'impression que l'île éclatait, se disloquait, les emportait avec elle dans un enfer aveuglant. Triste nuit pour des enfants sans foyer.

Cependant, la bataille s'acheva et les forces de la nature se retirèrent dans un roulement de tonnerre de plus en plus faible. Le calme se rétablit. Encore tremblants de peur, les garçons retournèrent au camp et s'aperçurent qu'ils l'avaient échappé belle. Le grand sycomore, au pied duquel ils dormaient d'habitude, avait été atteint par la foudre et gisait de tout son long dans l'herbe.

La terre était gorgée d'eau. Le camp n'était plus qu'un marécage et le feu, bien entendu, était éteint car les garçons, imprévoyants, comme on l'est à cet âge, n'avaient pas pris leurs précautions contre la pluie. C'était grave car ils grelottaient de froid. Ils se répandirent en lamentations sur leur triste sort, mais ils finirent par découvrir sous les cendres mouillées un morceau de bûche qui rougeoyait encore. Ils s'en allèrent vite chercher des bouts d'écorce sèche sous de vieilles souches à demi enfouies en terre et, soufflant à qui mieux mieux, ils parvinrent à ranimer le feu. Lorsque les flammes pétillèrent, ils ramassèrent des brassées de bois mort et eurent un véritable brasier pour se réchauffer l'âme et le corps. Ils en avaient besoin.

Ils se découpèrent, après l'avoir fait sécher, de solides tranches de jambon, et festoyèrent en devisant jusqu'à l'aube, car il n'était pas question de s'allonger et de dormir sur le sol détrempé.

Dès que le soleil se fut levé, les enfants, engourdis par le manque de sommeil, allèrent s'allonger sur le banc de sable et s'endormirent. La chaleur cuisante les réveilla. Ils se firent à manger, mais, après le repas, ils furent repris par la nostalgie du pays natal. Tom essaya de réagir contre cette nouvelle attaque de mélancolie. Mais les pirates n'avaient envie ni de jouer aux billes ni de nager. Il rappela à ses deux compagnons le secret qu'il leur avait confié et réussit à les dérider. Profitant de l'occasion, il leur suggéra de renoncer à la piraterie pendant un certain temps et de se transformer en Indiens. L'idée leur plut énormément. Nus comme des vers, ils se barbouillèrent de vase bien noire et ne tardèrent pas à ressembler à des zèbres, car ils avaient eu soin de se tracer sur le corps une série de rayures du plus bel effet. Ainsi promus au rang de chefs sioux, ils s'enfoncèrent dans le bois pour aller attaquer un campement d'Anglais.

Peu à peu, le jeu se modifia. Représentant chacun une tribu ennemie, ils se dressèrent des embuscades, fondirent les uns sur les autres, se massacrèrent et se scalpèrent impitoyablement plus d'un millier de fois. Ce fut une journée sanglante et, partant, une journée magnifique.

Ravis et affamés, ils regagnèrent le camp au moment du dîner. Une difficulté imprévue se présenta alors. Trois Indiens ennemis ne pouvaient rompre ensemble le pain de l'hospitalité sans faire la paix au préalable et, pour faire la paix, il était indispensable de fumer un calumet. Pas d'autre solution : il fallait en passer par là, coûte que coûte. Deux des nouveaux sauvages regrettèrent amèrement de ne pas être restés pirates. Néanmoins, dans l'impossibilité de se soustraire à cette obligation, ils prirent leurs pipes et se mirent à tirer vaillamment dessus.

A leur grande satisfaction, ils s'aperçurent que la vie sauvage leur avait procuré quelque chose. Maintenant, il leur était possible de fumer sans trop de déplaisir et sans avoir à partir brusquement à la recherche d'un couteau perdu. Plus fiers de cette découverte que s'ils avaient scalpé et dépouillé les Six Nations*, ils fumèrent leurs pipes à petites bouffées et passèrent une soirée excellente.

* La Confédération des Six Nations indiennes de souche iroquoise, ennemie des Algonquins, des Hurons et des Eriés. (Note de l'éditeur)

18

Cependant, en ce calme après-midi du samedi, la joie était loin de régner au village de Saint-Petersburg. La famille Harper et celle de tante Polly préparaient leurs vêtements de deuil à grand renfort de larmes et de sanglots. Un silence inhabituel pesait sur toutes les maisons. Les enfants redoutaient le congé du dimanche et n'avaient aucun goût à jouer, aucun entrain.

Au cours de la journée, Becky Thatcher se surprit à errer dans la cour déserte de l'école, mais ne trouva rien pour dissiper sa mélancolie.

« Oh ! si seulement j'avais gardé sa boule de cuivre ! soupira-t-elle. Mais je n'ai rien pour me souvenir de lui ! »

Elle s'arrêta et considéra l'un des angles de la classe.

« C'était ici, fit-elle, poursuivant son mono-
logue intérieur. Si c'était à recommencer, je ne
dirais jamais ce que j'ai dit... Non, pour rien au
monde. Mais, maintenant, c'est fini. Il est parti.
Je ne le reverrai plus jamais, jamais, jamais... »

Cette pensée lui fendit le cœur et les larmes lui
inondèrent le visage. Garçons et filles, profitant
de leur journée de congé, vinrent à l'école comme
on va faire un pieux pèlerinage. Ils se mirent à
parler de Tom et de Joe, et chacun désigna l'endroit où il avait vu ses deux camarades pour la
dernière fois.

« J'étais là, juste comme je suis maintenant. Il
se tenait ici, à ta place. J'étais aussi près que ça,
et il souriait ainsi. Et puis quelque chose de
terrible m'a traversé. Je n'ai pas compris à ce
moment-là. Si j'avais su ! »

Puis on se querella pour savoir qui les avait vus
le dernier, chacun se disputant ce triste privilège.
Quand les témoins eurent tranché, les heureux
élus prirent un air d'importance, éveillant autour
d'eux l'admiration et l'envie. Un pauvre garçon
qui n'avait rien d'autre à proposer alla jusqu'à
dire, avec une fierté manifeste à ce souvenir :

« Eh bien, moi, une fois, Tom Sawyer m'a
battu ! »

Mais cette tentative pour mériter la gloire fut
un échec : la plupart des garçons pouvaient en
dire autant, et cela ôtait tout son prix à l'exploit.
Le groupe s'éloigna enfin en évoquant à voix
sourde les souvenirs des héros disparus.

Le lendemain, après l'école du dimanche, le

glas se mit à sonner au lieu du carillon qui conviait d'habitude les fidèles au service. L'air était calme et le son triste de la cloche s'harmonisait parfaitement avec le silence de la nature. Les villageois arrivèrent un à un. Ils s'arrêtaient un instant sous le porche pour échanger à voix basse leurs impressions sur le triste événement. A l'intérieur de l'église, pas un murmure, pas un chuchotement, rien que le frou-frou discret des robes de deuil. Jamais la petite chapelle n'avait contenu tant de monde. Lorsque tante Polly fit son entrée, suivie de Sid, de Mary et de toute la famille Harper, l'assistance entière se leva et attendit debout que les parents éplorés des petits disparus se fussent assis au premier rang. Alors, au milieu du silence recueilli, ponctué de brefs sanglots, le pasteur étendit les deux mains et commença tout haut à prier. Puis l'assemblée chanta une hymne émouvante, suivi du texte : « Je suis la Résurrection et la Vie. »

Le pasteur fit alors un tableau des vertus, de la gentillesse des jeunes disparus, et des promesses exceptionnelles qu'ils laissaient entrevoir. Au point que chaque fidèle présent, conscient de la justesse de ces paroles, se reprocha son aveuglement devant ce qu'il avait pris pour des défauts et des lacunes graves chez ces pauvres garçons. Le révérend rappela mille traits qui prouvaient la bonté et la générosité de leur nature. Et tous, en pensant à ces épisodes, regrettaient d'avoir songé à l'époque que tout cela ne méritait que le fouet. Plus le révérend parlait, plus il devenait lyrique.

A la fin, l'assistance émue jusqu'au tréfonds de l'âme se joignit au chœur larmoyant des parents éplorés et laissa libre cours à ses larmes et à ses sanglots. Le pasteur lui-même, gagné par la contagion, mouilla de ses pleurs le rebord de la chaire.

Si les gens avaient été moins accaparés par leur chagrin, ils eussent distingué comme une sorte de grincement au fond de l'église. Le pasteur releva la tête et regarda à travers ses larmes du côté de la porte. Il parut soudain pétrifié. Quelqu'un se retourna pour voir ce qui le troublait tant. Une autre personne fit de même, et bientôt tous les fidèles, debout et médusés, purent voir Tom qui s'avançait au milieu de la nef, escorté de Joe et de Huck aussi déguenillés que lui. Les trois morts s'étaient cachés dans un recoin et avaient écouté d'un bout à l'autre leur oraison funèbre.

Tante Polly, Mary et les Harper se jetèrent sur leurs enfants retrouvés, les étouffèrent de baisers et se répandirent en actions de grâce tandis que le pauvre Huck, ne sachant que faire, songeait déjà à rebrousser chemin devant les regards peu accueillants.

« Tante Polly, murmura Tom. Ce n'est pas juste. Il faut que quelqu'un se réjouisse aussi de revoir Huck.

— Mais, voyons, Tom, je suis très heureuse de le revoir, le pauvre petit. Viens, Huck, que je t'embrasse. »

Les démonstrations de la vieille dame ne firent qu'augmenter la gêne du garçon.

Tout à coup, le pasteur lança à pleins poumons :

« Béni soit le Seigneur de qui nous viennent tous nos bienfaits... Chantez, mes amis !... mettez-y toute votre âme ! »

Aussitôt, l'hymne *Old Hundred* jaillit de toutes les bouches et, tandis que les solives du plafond en tremblaient, Tom le pirate regarda ses camarades béats d'admiration et reconnut que c'était le plus beau jour de sa vie.

A la sortie de l'église, les villageois bernés tombèrent d'accord : ils étaient prêts à se laisser couvrir de ridicule une fois de plus, rien que pour entendre encore chanter l'*Old Hundred* de cette façon-là.

En fait, ce jour-là, Tom, selon les sautes d'humeur de tante Polly, reçut plus de tapes et de baisers qu'en une année. Et il fut incapable de dire lesquels, des tapes ou des baisers, traduisaient le mieux la reconnaissance de sa tante envers le Ciel, et sa tendresse pour son garnement de neveu.

19

Tel était le grand secret de Tom. C'était cette idée d'assister à leurs propres funérailles qui avait tant plu à ses frères pirates. Le samedi soir, au crépuscule, ils avaient traversé le Missouri sur un gros tronc d'arbre, avaient abordé à une dizaine de kilomètres en amont du village et, après avoir dormi dans les bois jusqu'à l'aube, ils s'étaient faufilés entre les maisons, sans se faire voir, et étaient allés se cacher à l'église derrière un amoncellement de bancs détériorés.

Le lundi matin, au petit déjeuner, tante Polly et Mary parurent redoubler de prévenances à l'égard de Tom. La conversation allait bon train.

« Allons, Tom, fit la vieille dame, je reconnais que c'est une fameuse plaisanterie de laisser les gens se morfondre pendant une semaine pour pouvoir s'amuser à sa guise, mais c'est tout de même dommage que tu aies le cœur si dur et que tu aies pu me faire souffrir à ce point. Puisque tu es capable de traverser le fleuve sur un tronc d'arbre pour assister à ton enterrement, tu aurais bien pu t'arranger pour me faire savoir que tu n'étais pas mort. Je n'aurais pas couru après toi, va.

— Oui, tu aurais pu faire cela, déclara Mary. D'ailleurs, je suis persuadée que tu l'aurais fait si tu en avais eu l'idée.

— N'est-ce pas, Tom, tu l'aurais fait ?

— Je... Je n'en sais rien. Ça aurait tout gâché.

— J'espérais que tu m'aimais assez pour cela, dit la vieille dame d'un ton grave, qui impressionna le garnement. Cela m'aurait fait plaisir, même si tu n'avais fait qu'y penser.

— Ecoute, ma tante, ce n'est pas dramatique, expliqua Mary. C'est seulement l'étourderie de Tom. Il est toujours tellement pressé !...

— C'est d'autant plus regrettable. Sid y aurait pensé, lui. Et il serait venu. Un jour, Tom, quand il sera trop tard, tu y réfléchiras, et tu regretteras de ne pas l'avoir fait, alors que cela te coûtait si peu.

— Mais enfin, petite tante, tu sais que je t'aime.

— Je le saurais mieux si tu me le montrais.

— Eh bien, je regrette de ne pas y avoir pensé, fit Tom, repentant. Et pourtant j'ai rêvé de toi. C'est quelque chose ça, non ?

— C'est peu, un chat en ferait tout autant ! Mais c'est mieux que rien. Qu'as-tu rêvé ?

— Eh bien, mercredi soir, j'ai rêvé que tu étais assise auprès de ton lit avec Sid et Mary à côté de toi.

— Ça n'a rien d'extraordinaire. Tu sais que nous nous tenons très souvent au salon le soir.

— Oui, mais j'ai rêvé qu'il y avait aussi Mme Harper.

— Tiens, ça c'est curieux ! C'est exact. Elle était avec nous mercredi. As-tu rêvé autre chose ?

— Oh ! des tas d'autres choses ! Mais c'est bien vague, tout cela maintenant.

— Essaie de te rappeler.

— J'ai l'impression que le vent a soufflé et que la lampe...

— Continue, Tom, continue. »

Tom se prit le front à deux mains et parut faire un violent effort.

« Ça y est ! Le vent a failli éteindre la lampe !

— Grands dieux ! Continue, Tom !

— Il me semble aussi que tu as fait une réflexion sur la porte qui venait de s'ouvrir.

— Oh ! Tom, continue, continue...

— Alors... je ne suis pas certain... mais tu as dû dire à Sid d'aller la fermer.

— Oh ! Tom, c'est invraisemblable ! Tout s'est bien passé ainsi ! Je n'ai jamais rien entendu de pareil. Dire qu'il y a des gens qui se figurent que les rêves ne signifient rien ! Je voudrais bien être plus vieille d'une heure pour aller raconter cela à Sereny Harper. Continue, Tom.

— Tout devient clair maintenant. Je me rappelle très bien. Tu as dit que je n'étais pas méchant mais seulement turbulent. Tu as parlé de chevaux échappés, je crois...

— Mais c'est vrai ! Vas-y, Tom, je t'en supplie.

— Alors tu t'es mise à pleurer.

— C'est vrai. Je t'assure que ce n'était d'ailleurs pas la première fois depuis ton départ. Et alors...

— Alors Mme Harper s'est mise à pleurer elle aussi en disant que c'était la même chose pour Joe et qu'elle regrettait de l'avoir fouetté parce que ce n'était pas lui qui avait volé la crème.

— Tom ! Mais c'est un miracle ! Tu as un don ! Continue...

— Alors Sid a dit...

— Je n'ai sûrement rien dit, coupa Sid.

— Si, si, tu as dit quelque chose, rectifia Mary.

— Il a dit qu'il espérait que je n'étais pas trop mal là où j'étais, mais que si j'avais été plus gentil...

— Ecoutez-moi ça ! s'exclama tante Polly. Ce sont les propres paroles de Sid.

— Et tu lui as imposé silence, ma tante.

— Ce n'est pas possible, il devait y avoir un ange dans le salon ce soir-là.

— Et puis, Mme Harper a dit que Joe lui avait fait éclater un pétard sous le nez et tu lui as raconté l'histoire du Doloricide et du chat...

— C'est la pure vérité.

— Alors, vous avez parlé des recherches entreprises pour nous retrouver et du service funèbre prévu pour le dimanche. Ensuite Mme Harper t'a embrassée et elle est partie en pleurant.

— Et alors, Tom ?

— Alors, tu as prié pour moi et tu t'es couchée. J'avais tellement de chagrin que j'ai pris un morceau d'écorce de sycomore et que j'ai écrit dessus : « Nous ne sommes pas morts, nous « sommes seulement devenus des pirates. » J'ai posé le morceau d'écorce sur la table près de la bougie, et tu avais l'air si gentille pendant que tu dormais que je me suis penché et que je t'ai embrassée sur les lèvres.

— C'est vrai, Tom, c'est vrai ? Eh bien, je te pardonne tout pour cela ! » Et la vieille dame se leva et embrassa son neveu à l'étouffer. Tom eut l'impression d'être le plus affreux coquin que la terre ait jamais porté.

« C'est touchant... même si ça ne s'est passé qu'en rêve, murmura Sid en appuyant sur le dernier mot.

— Tais-toi, Sid. On agit dans les rêves comme dans la réalité. Tiens, Tom, voilà une belle pomme que je gardais pour te la donner quand on te retrouverait. Maintenant, va à l'école. Je remercie le Seigneur, notre Père à tous, de t'avoir retrouvé. Il est patient et miséricordieux pour ceux qui croient en lui et gardent sa parole. Dieu sait si je n'en suis pas digne, mais s'il n'accordait secours qu'à ceux qui le sont, il n'y en aurait pas beaucoup à se réjouir ici-bas, et encore moins à entrer dans sa paix quand arrivera l'heure du repos éternel. Allez, partez tous les trois. Vous m'avez retardée assez longtemps. »

Les enfants prirent le chemin de l'école, et la vieille dame se dirigea vers la maison de Mme Harper dont elle comptait bien vaincre le scepticisme en lui racontant le merveilleux rêve de Tom. Sid comprit qu'il valait mieux garder pour lui cette pensée qui lui trottait par la tête : « Bizarre, cette histoire : un rêve aussi long sans aucune erreur !... »

Tom était devenu le héros du jour. Prenant son air le plus digne, il refusa de se mêler aux jeux ordinaires de ses camarades si peu en rapport avec la personnalité d'un pirate authentique. Il essaya de ne point voir les regards braqués sur lui et de ne point entendre les voix qui chuchotaient son nom, mais cela ne l'empêchait pas de boire comme du petit-lait toutes les remarques qu'il pouvait surprendre. Les plus petits s'attachaient à ses pas, fiers d'être tolérés à ses côtés. Ceux de son âge feignaient de ne pas s'être aperçus de son absence, mais intérieurement crevaient de jalousie. Ils auraient donné tout ce qu'ils avaient au monde pour avoir cette peau tannée et cette célébrité désormais attachée à son nom.

En fin de compte, les élèves cachèrent si peu leur admiration pour lui et pour Joe que les deux héros de l'aventure devinrent vite « puants » d'orgueil. Ils n'arrêtaient pas de narrer leurs exploits et, avec des imaginations comme celles dont ils étaient dotés, ils ne risquaient guère d'être à court. Quand ils sortirent leur pipe de leur poche et se mirent à fumer, ce fut du délire.

Tom décida que désormais il pouvait se passer de Becky Thatcher. Il ne vivrait plus que pour la gloire, elle lui suffirait. Maintenant qu'il était un héros, Becky chercherait peut-être à se réconcilier. Eh bien, qu'elle essaie ! Elle verrait qu'il pouvait jouer les indifférents tout comme n'importe qui. Du reste, elle ne tarda pas à faire son entrée dans la cour de l'école. Tom fit mine de ne pas la voir, rejoignit un groupe de garçons et de filles et se mit à parler avec eux. La petite avait l'air très gaie. Les joues roses et l'œil vif, elle courait après ses camarades et s'esclaffait quand elle en avait attrapé une. Mais il remarqua qu'elle venait toujours les chercher dans son voisinage et qu'elle en profitait pour regarder de son côté. Cela flatta sa vanité et acheva de le convaincre de l'ignorer. Elle cessa alors son jeu et erra sans but, soupirant et jetant des regards furtifs dans sa direction. La vue de Tom en grande conversation avec Amy Lawrence lui serra le cœur. Elle changea de visage et de comportement. Elle essaya de s'éloigner mais ses pas la ramenaient malgré elle vers le petit groupe. Elle s'adressa à une fille voisine de Tom :

« Tiens ! Mary Austin, pourquoi n'es-tu pas venue à l'école du dimanche ?

— Mais j'y étais !

— C'est drôle, je ne t'ai pas vue ! Je voulais te parler du pique-nique.

— Oh ! ça c'est chic ! Qui est-ce qui l'offre ?

— C'est ma mère.

— Oh ! j'espère bien être de la fête.

— Bien sûr. C'est pour me faire plaisir qu'elle donne ce pique-nique. Je peux inviter qui je veux.

— Quand est-ce ?

— Probablement au moment des grandes vacances.

— On va bien s'amuser ! Tu vas inviter tous nos camarades ?

— Oui, tous ceux que je considère comme des amis », répondit Becky en se tournant vers Tom, mais Tom ne voulait rien entendre. Il était en train d'expliquer à Amy Lawrence comment il avait échappé par miracle à la mort, la nuit de l'orage, lorsque le sycomore géant s'était abattu à quelques centimères de lui.

« Oh ! est-ce que je pourrai venir ? demanda Gracie Miller.

— Oui.

— Et moi ? fit Sally Rogers.

— Oui.

— Et moi aussi ? dit Susy Harper. Et je pourrai amener Joe ?

— Oui, oui. »

Et ainsi de suite jusqu'à ce que chacun des membres du groupe eût demandé une invitation, sauf Tom et Amy. Alors Tom fit demi-tour et emmena Amy avec lui. Les lèvres de Becky tremblèrent, ses yeux s'embuèrent. Elle essaya de donner le change en se montrant particulièrement gaie, mais l'idée de son pique-nique ne présentait plus aucun charme pour elle. Elle alla se réfugier dans un coin et « pleura un bon coup » comme disent les personnes de son sexe. Elle resta là, seule, avec sa fierté blessée et son humeur morose. Quand la cloche sonna, elle s'arracha à son banc, secoua ses tresses et partit, bien décidée à se venger.

Pendant la récréation, Tom continua à se mettre en frais pour Amy Lawrence. Au bout d'un moment, il s'étonna de l'absence de Becky et la chercha partout pour l'humilier encore en lui infligeant le spectacle de son entente parfaite avec Amy. Il finit par la trouver sur un banc derrière l'école. Son sang ne fit qu'un tour. La rage l'étouffa. Elle était fort occupée à feuilleter un livre d'images avec Alfred Temple. Ils étaient si absorbés, leurs têtes étaient si rapprochées au-dessus du livre, qu'ils ne voyaient plus rien autour d'eux. La jalousie envahit Tom. Il s'en voulut d'avoir rejeté la chance de réconciliation offerte par Becky. Il se traita de tous les noms. Il aurait pleuré de rage. Tout en marchant près de lui, Amy bavardait joyeusement. Mais Tom avait perdu sa langue. Il ne l'entendait pas et répondait à côté de toutes ses questions. Il retournait sans cesse derrière l'école pour mieux se déchirer à ce spectacle ; il ne pouvait s'en empêcher. Cela le rendait fou que Betty Thatcher semblât ignorer tout de son existence. Mais elle n'était pas aveugle ; elle savait pertinemment qu'elle était en train de gagner la bataille et n'était pas mécontente de le voir souffrir ce qu'elle avait souffert.

Le gentil babillage d'Amy devenait intolérable.

Tom eut beau faire allusion à des occupations urgentes et dire que le temps passait, rien n'y fit. Elle continuait à pépier. Tom pensa : « Qu'elle aille au diable ! Est-ce que je ne vais pas arriver à m'en débarrasser ? » Il fallait bien qu'il parte enfin. Elle promit ingénument d'être « dans les parages » à la sortie de l'école. Et il la quitta en hâte, plein de ressentiment contre elle.

« N'importe qui, grinça Tom entre ses dents, n'importe qui, mais pas ce gandin de la ville qui se prend pour un aristocrate parce qu'il est bien habillé. Oh ! attends un peu ! Je t'ai rossé le premier jour où je t'ai rencontré et te rosserai encore. Tu ne perds rien pour attendre ! »

Il étrilla un garçon imaginaire, frappant l'air de ses bras, de ses pieds, visant les yeux.

« Ah ! oui, vraiment ! Tu cries trop fort, mon vieux ! Tiens, attrape ça ! »

Et la correction fictive se termina à sa plus grande satisfaction.

A midi, Tom s'enfuit chez lui. Il était partagé entre sa jalousie et sa conscience qui ne lui permettait plus de supporter la gratitude évidente et le bonheur d'Amy. Becky, de son côté, profita de la seconde récréation pour reprendre le manège avec Alfred, mais comme Tom refusait obstinément de venir étaler sa douleur devant elle, le jeu ne tarda pas à perdre de son charme. Son attitude se fit sérieuse, puis distraite, enfin franchement mélancolique. Elle crut reconnaître un pas à deux ou trois reprises. Espérance vite déçue. Ce n'était pas Tom. Elle commença à se

194

sentir très malheureuse et regretta d'être allée si loin.

Comprenant qu'il la perdait sans saisir pourquoi, le pauvre Alfred ne savait plus à quel moyen recourir.

« Oh ! la belle image ! s'exclama-t-il. Regarde ça !

— Cesse de m'ennuyer avec cela, je m'en moque ! répondit Becky. Je m'en moque pas mal. »

Et là-dessus, elle fondit en larmes.

Alfred se pencha vers elle pour la consoler. Elle le repoussa.

« Laisse-moi tranquille ! Je te déteste ! »

Le garçon se demanda ce qu'il avait bien pu faire. C'était elle qui avait proposé de regarder des images et la voilà qui partait tout en pleurs. Furieux, humilié, Alfred s'en fut méditer dans l'école déserte. La vérité lui apparut très vite : Becky s'était servie de lui pour se venger de Tom Sawyer. Comme il était loin de nourrir une sympathie exagérée pour ce dernier, il décida de lui jouer un bon tour sans courir lui-même trop de risques. Il se leva et pénétra dans la classe. Il s'approcha du banc de Tom. Sur le pupitre était posé son livre de lecture. Alfred l'ouvrit, chercha la page qui correspondait à la leçon du soir et versa dessus le reste d'un encrier. Embusquée derrière la fenêtre, Becky l'avait observé sans se faire remarquer. Dès qu'il eut terminé, elle se mit en route pour aller prévenir Tom. Il lui en saurait gré et ce serait la fin de leur brouille.

A mi-chemin, cependant, elle s'était ravisée. La façon dont Tom l'avait traitée pendant qu'elle lançait des invitations à son pique-nique ne pouvait pas se pardonner aussi facilement. Tant pis pour lui. Elle décida de le laisser punir, et de le détester à tout jamais par-dessus le marché !

20

Tom rentra chez lui de fort méchante humeur. Il se sentait tout triste et les premières paroles de sa tante lui montrèrent qu'il n'était pas encore au bout de ses tourments.

« Tom, j'ai bonne envie de t'écorcher vif !

— Qu'est-ce que j'ai fait, tante Polly ?

— Ah ! tu trouves que tu n'as rien fait ! Voilà que je m'en vais comme une vieille imbécile chez Sereny Harper pour lui raconter ton rêve et, pas plut tôt chez elle, j'apprends que Joe lui a dit que tu étais venu ici en cachette et que tu avais écouté toute notre conversation. Mais enfin, Tom, je me demande ce qu'un garçon capable de faire des choses pareilles pourra bien devenir dans la vie ? Je ne sais pas ce que ça me fait de penser que tu m'as laissée aller chez Sereny sans dire un mot.

Tu ne t'es donc pas dit que j'allais me couvrir de ridicule ? »

Tom, qui s'était trouvé très malin le matin au petit déjeuner, retomba de son haut.

« Je regrette, tante, mais je... je n'avais pas pensé à cela.

— Ah ! mon enfant ! Tu ne penses jamais à rien ! Tu ne penses qu'à ce qui te fera plaisir. Tu as bien pensé à venir en pleine nuit de l'île Jackson pour te moquer de nos tourments et tu as bien pensé à me jouer un bon tour en me racontant ton prétendu rêve, mais tu n'as pas pensé une minute à nous plaindre et à nous épargner toutes ces souffrances.

— Tante Polly, je me rends compte maintenant que je vous ai fait beaucoup de chagrin, mais je n'en avais pas l'intention. Tu peux me croire. Et puis, ce n'est pas par méchanceté et pour me moquer de vous tous que je suis venu ici l'autre nuit.

— Alors, pourquoi es-tu venu ?

— Pour vous dire de ne pas vous inquiéter parce que nous n'étions pas noyés.

— Tom, Tom, je serais bien trop contente de pouvoir te croire, seulement tu sais bien toi-même que ce n'est pas vrai, ce que tu me dis là.

— Mais si, ma tante, je te le jure. Que je meure, si ce n'est pas vrai !

— Voyons, Tom, ne mens pas. Ça ne fait qu'aggraver ton cas.

— Ce n'est pas un mensonge, tante, c'est la vérité. Je voulais t'empêcher de te tourmenter, c'est uniquement pour ça que je suis venu.

— Je paierais cher pour que ce soit vrai, ça me ferait oublier bien des choses, mais ça ne tient pas debout. Pourquoi serais-tu venu et ne m'aurais-tu rien dit ?

— Tu comprends, tante Polly, j'avais l'intention de te laisser un message, mais quand tu as parlé de service funèbre, j'ai eu tout de suite l'idée d'assister à notre propre enterrement en nous cachant dans l'église et, forcément, ça aurait raté si je t'avais prévenue d'une manière ou d'une autre. Alors, j'ai remis mon morceau d'écorce dans ma poche et je suis reparti.

— Quel morceau d'écorce ?

— Celui sur lequel j'avais écrit que nous étions partis pour devenir pirates. Je regrette bien maintenant que tu ne te sois pas réveillée quand je t'ai embrassée, je t'assure. »

Les traits de la vieille dame se détendirent et ses yeux s'emplirent d'une soudaine tendresse.

« C'est vrai, Tom, tu m'as bien embrassée, Tom ?

— Absolument vrai.

— Pourquoi m'as-tu embrassée, Tom ?

— Parce que je t'aime beaucoup et que tu avais tant de chagrin. »

Les mots sonnaient si vrais que la vieille dame ne put s'empêcher de dire avec un tremblement dans la voix :

« Allons, Tom, viens m'embrasser et sauve-toi à l'école, et surtout tâche de ne plus me causer de tracas. »

Dès qu'il fut parti, tante Polly se dirigea vers

un placard et en sortit la malheureuse veste dans laquelle Tom avait exercé ses talents de pirate.

« Non, dit la vieille dame à haute voix. Je vais la remettre en place. Je sais que Tom a menti, mais il a menti pour me faire plaisir. Dieu lui pardonnera. Alors, ce n'est pas la peine de regarder dans ses poches. »

Elle posa la veste sur une chaise et s'éloigna. Mais la tentation était trop forte. Elle revint sur ses pas et enfouit sa main dans la poche de Tom. Un moment plus tard, les joues ruisselantes de larmes, elle lisait le message écrit sur un morceau d'écorce.

« Maudit polisson, murmura-t-elle. Je lui pardonnerais encore, même s'il avait commis un million de péchés ! »

21

Le baiser affectueux que tante Polly lui avait donné avant son départ pour l'école avait chassé toutes les idées noires de Tom et il s'en alla le cœur léger. Au détour d'un chemin creux, il eut la chance d'apercevoir Becky Thatcher. Comme toujours, son humeur lui dicta son attitude. Sans l'ombre d'une hésitation, il courut vers elle et lui dit :

« J'ai été très méchant aujourd'hui, Becky. Je suis désolé. Je ne recommencerai plus jamais, jamais... Veux-tu que nous redevenions amis ? »

La petite le toisa du regard et lui répondit :

« Je vous serais reconnaissante de vous mêler de vos affaires, Monsieur Thomas Sawyer. Dorénavant, je ne vous adresserai plus jamais la parole. »

Elle releva le menton et passa son chemin. Tom était si abasourdi qu'il n'eut pas la présence d'esprit de lui crier : « Ça m'est bien égal, espèce de pimbêche ! » Quand il lança cette phrase, Becky était déjà trop loin.

A son arrivée à l'école, Tom était dans une belle colère. Broyant du noir, il déambula dans la cour. Avec quel plaisir il l'aurait rossée si elle avait été un garçon ! Bientôt, il se trouva nez à nez avec elle et lui fit une remarque cruelle. La fillette riposta. Elle était si furieuse qu'elle ne se tenait plus d'impatience à l'idée que la classe allait commencer et que Tom se ferait punir pour avoir renversé de l'encre sur son livre de lecture. Elle ne songeait plus maintenant à dénoncer Alfred Temple. Ah ! ça, non !

La malheureuse ne savait pas qu'elle était sur le point de s'attirer elle-même de graves ennuis.

M. Dobbins, le maître d'école, était arrivé à un certain âge et, faute d'argent, avait dû renoncer à jamais à satisfaire ses ambitions les plus chères. Il aurait voulu être médecin, mais il lui fallait se contenter de son poste d'instituteur dans un modeste village. Chaque jour, lorsque les élèves ne récitaient pas leurs leçons, il se plongeait dans la lecture d'un énorme livre qu'en temps ordinaire il gardait précieusement sous clef dans le tiroir de sa chaire. Les enfants se perdaient tous en conjectures sur la nature du mystérieux volume et eussent donné n'importe quoi pour satisfaire leur curiosité.

Becky entra dans la classe. La pièce était

déserte. Elle passa auprès de la chaire et s'aperçut que la clef du tiroir était dans la serrure. Quelle aubaine ! La petite regarda autour d'elle. Elle était seule. D'un geste prompt, elle ouvrit le tiroir, en sortit le livre. Le titre, *Traité d'anatomie* du professeur X..., ne lui dit rien et elle se mit à en feuilleter les pages. Elle s'arrêta devant une superbe gravure représentant un corps humain avec toutes ses veines et ses artères en bleu et en rouge. A ce moment, une ombre se dessina sur la page. Tom Sawyer qui venait d'entrer avait aperçu le livre et s'approchait. Becky voulut le refermer, mais, dans sa précipitation, elle s'y prit si mal qu'elle déchira la moitié de la page qui l'avait tant intéressée. Elle enfouit le livre dans le tiroir, referma celui-ci à clef et se mit à pleurer de honte.

« Tom Sawyer, bredouilla-t-elle, ce n'est pas très joli ce que tu fais là ! C'est bien ton genre de venir espionner les gens pendant qu'ils sont en train de regarder quelque chose.

— Comment aurais-je pu savoir que tu étais en train de regarder quelque chose ?

— Tu devrais rougir, Tom Sawyer. Tu sais très bien que tu iras me dénoncer. Et alors qu'est-ce que je vais devenir ? Le maître me battra. Je n'ai jamais été battue en classe. »

Alors, Becky frappa le sol de son petit pied.

« Eh bien, tant pis ! s'écria-t-elle. Fais ce que tu voudras. Je m'en moque. Je sais ce qui va se passer tout à l'heure. Attends un peu, tu verras ! Tu es un être odieux, odieux, odieux ! »

Et elle se précipita dehors, dans un nouvel accès de larmes.

Tom resta un peu décontenancé par cette brusque explosion de rage.

« Ah ! là ! là ! se dit-il, ce que c'est que les filles ! Jamais reçu de corrections en classe ! Peuh ! En voilà une affaire d'être battu ! Ce sont toutes des poules mouillées. Bien sûr, je n'irai pas la dénoncer au vieux Dobbins. Il y a des façons moins méprisables de régler ses comptes. D'ailleurs ce n'est pas la peine, le vieux saura toujours qui a déchiré son bouquin. Ça se passera comme d'habitude. Il interrogera d'abord les garçons. Personne ne répondra. Ensuite, il interrogera les filles une par une. Quand il arrivera à la coupable, il sera tout de suite fixé. Le visage des filles les trahit toujours. Elles n'ont pas de cran. En tout cas, voilà Becky Thatcher dans de beaux draps ; elle sera battue parce qu'elle n'a aucun moyen de s'en tirer. Enfin, ça la dressera... »

Tom sortit rejoindre le groupe des écoliers qui s'amusaient dans la cour. Au bout d'un moment, le maître arriva et la classe commença. Tom ne s'intéressa guère aux sujets traités. De temps en temps, il regardait du côté des filles et ne pouvait se défendre d'un sentiment de pitié en apercevant le visage bouleversé de Becky. Bientôt, cependant, il découvrit la tache d'encre sur son livre de lecture et ne pensa plus à autre chose. Becky le surveillait du coin de l'œil et fit effort sur elle-même pour mieux voir ce qui allait se passer.

M. Dobbins avait l'œil exercé. De loin, il

remarqua la tache qui s'étalait sur le livre de Tom et s'approcha en tapinois.

« Qui a fait cela ?

— Ce n'est pas moi, monsieur. »

Bien entendu le maître n'accorda aucune créance aux dénégations de Tom qui aggravait singulièrement son cas en protestant de son innocence. Becky fut sur le point de se lever pour dénoncer le véritable coupable, mais, à la pensée que Tom ne manquerait pas de la trahir un peu plus tard, elle se retint.

Tom accepta avec résignation la correction que lui infligea l'instituteur et regagna sa place en se disant qu'après tout c'était peut-être bien lui qui avait renversé de l'encre sur son livre par mégarde.

Une bonne heure passa ainsi. L'air était lourd du bourdonnement de l'étude et le maître somnolait derrière sa chaire. Peu à peu, M. Dobbins sortit de sa torpeur, puis s'installa confortablement sur sa chaise et ouvrit le traité d'anatomie. Les élèves ne perdaient pas un seul de ses gestes. Tom jeta un regard furtif à Becky et surprit dans les yeux de la petite l'expression navrante du jeune lapin qui se sait condamné. Du même coup, il en oublia son ressentiment contre elle. Vite, il fallait agir sans perdre une seconde ! Mais l'imminence du péril lui paralysait l'esprit ! Vite, voyons ! Ah ! c'est cela, il allait sauter sur le livre et s'enfuir avec ! Hélas ! trop tard, M. Dobbins feuilletait déjà son gros bouquin. Becky était perdue. Le maître releva la tête et regarda sa classe d'un air si terrible que les meilleurs élèves se sentirent pris de panique. Un silence absolu régnait dans la salle.

« Qui a déchiré ce livre ? » demanda M. Dobbins dont la colère montait à vue d'œil.

Personne ne répondit. On aurait pu entendre voler une mouche. Le maître scruta chaque visage dans l'espoir que le coupable se trahirait.

« Benjamin Rogers, avez-vous déchiré ce livre ?
— Non, monsieur. »

Nouveau silence.

« Joseph Harper, est-ce vous ?
— Non, monsieur. »

Tom devenait de plus en plus nerveux, et plaignait Becky de tout son cœur d'avoir à endurer ce lent martyre. Le maître examina les autres garçons d'un air soupçonneux et se tourna vers les filles.

« Amy Lawrence ? »

L'enfant fit non de la tête.

« Gracie Miller ? »

Même réponse.

« Susan Harper, est-ce vous ?
— Non, monsieur. »

Maintenant c'était au tour de Becky Thatcher. Tom tremblait de la tête aux pieds. La situation était sans espoir.

« Rebecca Thatcher... »

Tom la regarda. Elle était blanche comme un linge.

« Avez-vous déchiré... Non, regardez-moi en face... »

« Qui a déchiré ce livre ? »

Les mains de la petite se levèrent en un geste suppliant.

« Avez-vous déchiré ce livre ? »

Un éclair traversa l'esprit de Tom qui se leva d'un bond.

207

« Monsieur, s'écria-t-il, c'est moi qui ai fait ça ! »

Les élèves médusés se tournèrent vers lui. Il resta un moment avant de reprendre ses esprits. Quand il s'avança pour recevoir son châtiment, la surprise, la gratitude, l'adoration qui se peignaient sur le visage de Becky le dédommagèrent des cent coups de férule dont il était menacé. Galvanisé par la beauté de son acte, il reçut sans un cri la plus cinglante volée que M. Dobbins eût jamais administrée de sa vie. Il accepta avec la même indifférence l'ordre de rester à l'école deux heures après la fin de la classe, car il savait bien qu'une certaine personne, peu soucieuse de ces deux heures perdues à l'attendre, serait là, à sa sortie de prison.

Ce soir-là, Tom alla se coucher en méditant des projets de vengeance contre Alfred Temple. Honteuse et repentante, Becky lui avait tout raconté sans oublier sa propre traîtrise. Mais ses noirs desseins cédèrent la place à des pensées plus douces et Tom s'endormit bercé par la musique des derniers mots que Becky avait prononcés à son oreille.

« Tom, comme tu as été noble ! »

22

Les vacances approchaient. Le maître se fit encore plus sévère et plus exigeant car il voulait voir briller ses élèves au tournoi de fin d'année. Sa baguette et sa férule ne chômaient pas, du moins avec les jeunes écoliers. Seuls y échappaient les aînés, garçons et filles de dix-huit à vingt ans. Les coups de fouet de M. Dobbins étaient particulièrement vigoureux, car malgré la calvitie précoce qu'il cachait sous une perruque, son bras ne donnait aucun signe de faiblesse, comme il sied à un homme dans la force de l'âge. A mesure qu'approchait le grand jour, sa tyrannie latente s'exprimait de plus en plus ouvertement. Il semblait prendre un malin plaisir à punir les moindres peccadilles. Si bien que les petits écoliers passaient le jour dans la terreur, et la nuit à ruminer des projets de vengeance. Ils ne manquaient aucune occasion de jouer un mauvais tour au maître. Mais dans ce combat inégal, le maître avait toujours une bonne longueur d'avance. A chaque victoire de l'adversaire, il répondait par un châtiment d'une telle sévérité que les garçons quittaient immanquablement le champ de bataille en piteux état. Ils finirent, en une véritable conspiration, par mettre au point un plan qui promettait une réussite éblouissante. Ils entraînèrent dans leurs rangs le fils du peintre d'enseignes et lui firent jurer le silence. Le maître, qui logeait dans la maison de ses parents, lui avait donné de bonnes raisons de le détester ; aussi se réjouissait-il de ce projet. La femme du vieil instituteur devait partir pour quelques jours à la campagne. Rien ne s'opposerait donc à la bonne marche du complot.

Le maître d'école se préparait toujours aux grandes occasions en buvant passablement la veille. Le fils du peintre profiterait du petit somme où l'auraient plongé ses libations, pour « faire ce qu'il avait à faire ». Il n'aurait plus qu'à le réveiller à l'heure dite pour l'accompagner en hâte à l'école. Le temps passa et le grand soir arriva.

A huit heures, l'école ouvrit ses portes. Elle était brillamment illuminée et décorée de couronnes, de feuillages et de fleurs. Le maître présidait devant son tableau noir. Sa chaire trônait sur une estrade surélevée qui dominait toute l'assemblée. Il était visiblement éméché. Les notables et les parents d'élèves avaient pris place sur des bancs en face de lui. A sa gauche, sur une plate-forme de circonstance, se tenaient, assis en rangs serrés, les élèves qui devaient prendre part aux exercices de la soirée : petits garçons horriblement gênés dans leur peau et leurs vêtements trop propres, adolescents gauches, fillettes et jeunes filles noyées sous une neige de batiste et de mousseline, toutes visiblement conscientes de leurs bras nus, des petits bijoux de la grand-mère, de leurs bouts de rubans roses et bleus, et de leurs cheveux piqués de fleurs.

Les exercices commencèrent. Un bambin vint gauchement réciter : « Qui s'attendrait à voir sur scène un enfant de mon âge... » Ses gestes mécaniques et saccadés rappelaient ceux d'une machine quelque peu déréglée. Mais il réussit à aller jusqu'au bout malgré sa peur et se retira sous les applaudissements après avoir salué d'un geste artificiel.

Une fillette toute honteuse récita en zézayant : « Marie avait un petit mouton », fit une révérence pitoyable, eut sa bonne mesure d'applaudissements et se rassit, rouge d'émotion, ravie.

Tom Sawyer s'avança, la mine assurée, et se lança avec une belle fureur et des gestes frénétiques dans l'immortelle et intarissable tirade : « Donnez-moi la liberté ou la mort. » Hélas ! saisi par un horrible trac, il dut s'arrêter au beau milieu, les jambes tremblantes et la voix étranglée. Il est vrai que la sympathie de la salle lui était manifestement acquise. Son trou de mémoire aussi, ce qui était pire. Le maître fronça les

211

sourcils et cela l'acheva. Il ne put reprendre pied et se retira dans une totale déconfiture. Une brève tentative d'applaudissements mourut d'elle-même.

Après « Le garçon se tenait sur le pont du navire en flammes », « L'Assyrien descendit » et autres chefs-d'œuvre déclamatoires, les auditeurs eurent droit à des exercices de lecture et à un concours d'orthographe. La maigre classe de latin s'en tira avec honneur. Enfin ce fut le grand moment de la soirée : celui des « compositions originales » des jeunes filles. Chacune à son tour s'avança jusqu'au bord de l'estrade, s'éclaircit la voix, brandit son manuscrit orné d'un beau ruban, et entreprit une lecture laborieuse où l'« expression » et la ponctuation faisaient l'objet d'un soin extrême. Les thèmes étaient ceux qui avaient déjà servi à leurs mères, leurs grand-mères, et sans doute à leurs ancêtres, du même sexe en ligne directe depuis les Croisades : « L'Amitié », « Les Souvenirs des jours passés » « La Religion dans l'Histoire », « Le Pays du rêve », « Les Avantages de la culture », « Les Formes du gouvernement politique comparées et opposées », « La Mélancolie », « L'Amour filial », « Les Aspirations du cœur ».

On retrouvait chez tous ces « auteurs » la même mélancolie jalousement cultivée, l'amour immodéré du « beau langage » inutile et pompeux, enfin l'abus de mots si recherchés qu'ils en devenaient vides de sens.

Mais ce qui faisait la particularité unique de ces travaux, ce qui les marquait et les défigurait irrémédiablement, c'était l'inévitable, l'intolérable sermon qui terminait chacun d'eux à la façon d'un appendice monstrueux. Peu importait le sujet. On était tenu de se livrer à une gymnastique intellectuelle inouïe pour le faire entrer coûte que coûte dans le petit couplet d'usage où tout esprit moral et religieux pouvait trouver matière à édification personnelle. L'hypocrisie flagrante de ces sermons n'a jamais suffi à faire bannir cet usage des écoles. Aujourd'hui encore, il n'y en a pas une seule dans tout notre pays, où l'on n'oblige les jeunes filles à terminer ainsi leurs compositions. Et vous découvrirez que le sermon de la jeune fille la plus frivole et la moins pieuse de l'école est toujours le plus long et le plus impitoyablement dévot. Mais assez disserté. Nul n'est prophète en son pays. Revenons au Tournoi.

La première composition* s'intitulait « Est-ce donc là la vie ? » Peut-être le lecteur pourra-t-il supporter d'en lire un extrait :

« Dans les sentiers habituels de la vie, avec quelle délicieuse émotion le jeune esprit ne regarde-t-il pas vers quelque scène anticipée de réjouissances ? La folle du logis s'évertue à peindre de douces couleurs ces images de joie. La voluptueuse adoratrice de la mode s'imagine,

* Les prétendues « compositions » citées dans ce chapitre sont tirées, sans modification aucune, d'un volume intitulé *Prose et Poésie par une dame de l'Ouest*. Elles sont absolument calquées sur la production des jeunes écolières. Aucune imitation n'aurait pu faire mieux. (Note de l'éditeur)

au sein de la foule en fête, la plus regardée de ceux qui regardent. Sa silhouette gracieuse parée de robes de neige tourbillonne entre les groupes de joyeux danseurs. Ses yeux sont les plus brillants, son pas est le plus rapide de toute l'allègre assemblée. A de si douces fantaisies, le temps passe bien vite et l'heure tant attendue arrive enfin de son entrée dans ces champs élyséens dont elle a tant rêvé. Combien féerique apparaît tout ce qui touche son regard. Chaque scène est plus charmante que la précédente. Mais vient le temps où elle découvre sous ces belles apparences que tout est vanité.

La flatterie qui jadis a charmé son âme grince alors rudement à son oreille. La salle de bal a perdu de ses attraits. La santé ruinée et le cœur rempli d'amertume, elle se détourne avec la conviction que les plaisirs terrestres ne peuvent satisfaire les aspirations de l'âme. » Etc., etc.

Des murmures d'approbation, ponctués d'exclamations à voix basse, accompagnaient de façon intermittente cette lecture : « Comme c'est charmant ! » « Quelle éloquence ! » « Comme c'est vrai ! »

Cela se termina par un sermon particulièrement affligeant, et les applaudissements furent enthousiastes.

Alors se leva une mince jeune fille mélancolique dont le visage avait cette « pâleur intéressante » due aux pilules et à une mauvaise digestion. Elle lut un poème. Deux strophes suffiront :

L'ADIEU D'UNE JEUNE FILLE DU MISSOURI
A L'ALABAMA

Alabama, adieu ! Je t'aime !
  Mais je dois te quitter pour un temps !
De tristes, tristes pensées de toi, s'enfle mon
                                       [cœur,
  Et les souvenirs brûlants se pressent sur mon
                                        [front.
Car j'ai souvent marché dans tes forêts fleuries
  Et lu, et rêvé près du ruisseau de la Talla-
                                      [poosa,
Ecouté les flots furieux de la Tallassee
  Et courtisé, près de Coosa, le rayon d'Aurore.

Je n'ai point de honte à porter ce cœur trop plein,
  Et je ne rougis pas de me cacher derrière ces
                              [yeux remplis de larmes.
Ce n'est pas un pays étranger que je dois mainte-
                                   [nant quitter.
  Ce ne sont pas des étrangers à qui vont ces
                                     [soupirs.
Foyer et bon accueil étaient miens partout en cet
                                      [Etat
  Dont je dois abandonner les vallées, dont les
                          [clochers s'éloignent si vite de moi.
Et bien froids seront alors mes yeux, et mon
                              [cœur, et ma tête*
  S'ils viennent un jour à être froids pour toi,
                                    [cher Alabama.

* En français dans le texte. (Note de l'éditeur)

Rares étaient ceux qui connaissaient le sens de *tête*, mais le poème reçut néanmoins l'approbation de tous.

Enfin apparut une fille noire de cheveux, d'yeux et de teint. Elle attendit un temps infini, prit une expression tragique et commença à lire d'une voix mesurée :

UNE VISION

Sombre et tempétueuse était la nuit. Autour du trône céleste ne frémissait pas une seule étoile. Mais les accents profonds du puissant tonnerre vibraient constamment à l'oreille, tandis que l'éclair terrifiant s'enivrait de sa colère dans les appartements célestes et semblait mépriser le frein mis par l'illustre Franklin à la terreur qu'il exerce. Les vents exubérants eux-mêmes sortaient tous de leur asile mystique et se déchaînaient comme pour rehausser de leur aide la sauvagerie de la scène. En un tel moment si morne, si sombre, vers l'humaine compassion mon cœur se tourna. Mais au lieu de cela, mon amie la plus chère, ma conseillère, mon soutien et mon guide, ma joie dans la peine, ma félicité dans la joie, vint à mon côté. Elle avançait comme l'un de ces êtres merveilleux marchant dans les sentiers ensoleillés du Paradis imaginaire des jeunes romantiques. Une reine de splendeur, sans ornement que celui de sa beauté transcendante. Si léger était son pas qu'il ne faisait aucun bruit, et sans le magique frisson de son doux contact, sa présence serait passée inaperçue, ignorée. Une étrange tristesse pesait sur ses traits, comme les larmes de glace sur le manteau de décembre, tandis qu'elle me montrait les éléments furieux au-dehors, et me priait de contempler les deux êtres qui m'étaient présentés.

Ce cauchemar occupait dix bonnes pages de manuscrit et se terminait par un sermon si destructeur de toute espérance pour des non-presbytériens qu'il remporta le premier prix. Cette composition fut considérée comme le plus bel effort de la soirée. En remettant la récompense à son auteur, le maire du village fit une chaleureuse allocution où il disait que c'était de loin la « chose la plus éloquente qu'il ait jamais entendue, et que Daniel Webster lui-même pourrait en être fier ».

Le nombre de compositions où revenaient sans cesse les mots « beauté sublime », et « pages de vie » pour désigner l'expérience humaine, fut égal à la moyenne habituelle.

Attendri par l'alcool jusqu'à la bienveillance, le maître repoussa sa chaise, tourna le dos à l'assistance et se mit à dessiner sur le tableau une carte d'Amérique pour les exercices de géographie. Mais le résultat fut lamentable tant sa main tremblait. Des ricanements étouffés fusèrent dans la salle. Il en connaissait la raison et voulut y remédier. Il effaça et recommença, mais ne fit qu'aggraver les choses. Les ricanements augmentèrent. Il concentra alors toute son attention sur sa tâche, bien déterminé à ne pas se laisser atteindre par les rires. Il sentait tous les yeux fixés sur lui. Il crut en venir enfin à bout, mais les ricanements continuèrent et augmentèrent manifestement.

Rien d'étonnant à cela : de la trappe du grenier située juste au-dessus de l'estrade, descendait un chat soutenu par une corde liée aux hanches. Un foulard lui nouait la tête et les mâchoires, pour l'empêcher de miauler. Pendant cette lente descente il se débattit, tantôt vers le haut afin d'attraper la corde, tantôt vers le bas sans autre résultat que de battre l'air de ses pattes. Cette fois, les rires emplissaient la salle. Le chat était maintenant à quinze centimètres de la tête du maître totalement absorbé dans sa tâche. Plus bas, plus bas, encore plus bas ; enfin le chat put en désespoir de cause s'agripper à la perruque, s'y cramponna, et fut alors remonté en un tournemain avec son trophée.

Comme il brillait, ce crâne chauve sous les lumières ! Il brillait d'autant plus que le fils du peintre d'enseignes l'avait bel et bien enduit de peinture dorée.

Cela mit fin à la séance. Les garçons étaient vengés. Les vacances commençaient.

... *Un chat soutenu par une corde liée aux hanches.*

23

L'Ordre des Cadets de la Tempérance avait un uniforme et des insignes si magnifiques que Tom résolut d'y entrer. Il dut promettre de s'abstenir de fumer, de boire, de mâcher de la gomme et de jurer. Il fit alors cette découverte : que promettre de ne pas faire une chose est le plus sûr moyen au monde pour avoir envie de la faire. Tom se trouva vite en proie au désir de boire et de jurer ; ce désir devint si intense que seule la perspective de s'exhiber avec sa belle ceinture rouge l'empêcha de se retirer de l'Ordre. Cependant, pour justifier pareille démonstration, il fallait une occasion valable. Le 4 juillet* approchait, certes, mais Tom, renonçant à attendre jusque-là, misa entiè-

* Jour de fête nationale, correspondant à la Déclaration d'indépendance signée le 4 juillet 1776. (Note de l'éditeur)

rement sur le vieux juge Frazer qui, selon toute vraisemblance, était sur son lit de mort et ne manquerait pas d'avoir, en tant que juge de paix et grand notable, des funérailles officielles.

Pendant trois jours, Tom s'inquiéta fortement de l'état de santé du juge et se montra avide de nouvelles. Son espoir fut bientôt tel qu'il sortit son uniforme et s'exerça devant la glace. Mais l'état du juge était d'une instabilité décourageante. On annonça finalement un mieux, puis une convalescence. Tom fut écœuré et se sentit même atteint personnellement. Il remit sa démission immédiatement. Cette nuit-là, le juge fit une rechute et mourut. Tom jura de ne plus jamais accorder sa confiance à un grand homme de son espèce. La cérémonie fut remarquable, et les cadets paradèrent avec tant d'allure que l'ex-membre crut en mourir... de dépit !

Tom avait toutefois gagné quelque chose : il était à nouveau un garçon libre. Il pouvait boire et fumer, mais découvrit avec surprise qu'il n'en avait plus envie. Le simple fait de pouvoir le réaliser tuait tout désir, et ôtait tout son charme à la chose.

Tom s'étonna bientôt de constater que les vacances tant désirées lui pesaient.

Il essaya de rédiger son journal, mais étant dans une période creuse, il abandonna au bout de trois jours.

Les premiers groupes de chanteurs noirs arrivèrent en ville et firent sensation. Tom et Joe Harper montèrent un orchestre, ce qui fit leur bonheur pendant deux jours.

La fameuse fête du 4 elle-même fut en un sens un échec car il plut à verse : il n'y eut pas de défilé. De plus, au grand désappointement de Tom, l'« homme le plus grand du monde », un certain M. Benton — sénateur des U.S.A. de son état —, était loin de mesurer huit mètres comme il l'avait cru !

Un cirque passa. Les garçons jouèrent au cirque pendant trois jours sous un chapiteau fait de morceaux de tapis. Trois jetons pour les garçons, deux pour les filles ! Puis on abandonna la vie du cirque.

Un phrénologue et un magnétiseur firent leur apparition, puis s'en retournèrent, laissant le village plus triste et plus morne que jamais.

Il y eut quelques soirées entre garçons et filles. Hélas ! Elles eurent beau se révéler fort agréables, elles furent si peu nombreuses qu'entre-temps la vie sembla encore plus vide.

Becky Thatcher était partie dans sa maison de Constantinople pour y rester avec ses parents pendant toute la durée des vacances. Il n'y avait donc aucune perspective réjouissante, où qu'on se tournât.

Ajoutez à cela le terrible secret du meurtre : c'était pour Tom un supplice permanent, un véritable cancer qui le rongeait. Ensuite vint la rougeole.

Pendant deux longues semaines, Tom resta prisonnier, absent au monde et aux événements extérieurs. Très atteint, il ne s'intéressait à rien. Quand il put se lever et faire péniblement une première sortie, il dut constater que le village et les gens étaient tombés encore plus bas.

Il y avait eu un « réveil religieux » et tout le monde s'était « converti » ; pas seulement les adultes, mais les garçons et les filles. Tom fit le tour du pays, espérant en dépit de tout rencontrer au moins un visage de pécheur heureux, mais, où qu'il allât, ce ne fut qu'amère déception. Il découvrit Joe Harper absorbé dans l'étude d'un Evangile : il s'éloigna tristement de ce déprimant spectacle. Il chercha Ben Rogers, et le trouva en train de distribuer des tracts religieux. Il alla relancer Jim Hollis... et celui-ci attira son attention sur la précieuse bénédiction que constituait l'avertissement donné par sa rougeole. Chaque garçon qu'il rencontrait ajoutait un peu plus à son découragement. Quand, en désespoir de cause, ayant voulu chercher refuge dans le sein de Huckleberry Finn, il fut reçu avec une citation biblique, il n'y tint plus : vaincu, il rentra à la maison se mettre au lit. Il comprenait qu'il était désormais le seul dans ce village à être irrémédiablement damné, damné à jamais.

Il y eut cette nuit-là un orage épouvantable : une pluie torrentielle, des coups de tonnerre effroyables et des éclairs aveuglants qui illuminaient le ciel entier. Il enfouit sa tête sous les couvertures, croyant sa dernière heure venue. Pas de doute : ce déchaînement général lui était destiné ; il avait poussé à bout la patience des puissances célestes.

Il aurait toutefois pu penser que c'était beaucoup d'honneur et de munitions pour un moucheron comme lui, que de mettre toute une batterie d'artillerie en branle afin de l'anéantir. Pourtant, il ne trouva pas autrement incongru qu'on déclenchât un orage aussi impressionnant dans le seul but de faire sauter la terre sous les pattes du malheureux insecte qu'il était.

Néanmoins, la tempête s'apaisa peu à peu. Elle s'éteignit finalement sans avoir accompli son œuvre. La première réaction du garçon fut de se convertir instantanément en signe de gratitude. La seconde fut d'attendre quelque peu pour ce faire... Sait-on jamais : peut-être n'y aurait-il plus de tempêtes comme celle-ci !

Le lendemain, le docteur était de retour. Tom avait rechuté. Les trois semaines qu'il passa au lit lui parurent un siècle entier. Quand il mit enfin le pied dehors, considérant son état de solitude et d'abandon, il n'avait plus guère de reconnaissance envers le Ciel qui l'avait épargné. Il erra sans but au long des rues. Il trouva Jim Hollis qui tenait le rôle du juge dans un tribunal d'enfants prétendant juger un chat pour meurtre, en présence de la victime : un oiseau. Il surprit peu après Joe Harper et Huck Finn en train de manger un melon dérobé dans une ruelle. Pauvres types ! Eux aussi, tout comme lui, avaient lamentablement rechuté !

24

Un événement impatiemment attendu vint enfin secouer pour de bon la torpeur de Saint-Petersburg. Muff Potter allait être jugé devant le tribunal du pays. Aussitôt, il ne fut plus question que de cela. Tom ne pouvait s'en abstraire. Chaque fois qu'on parlait du crime devant lui, le garçon sentait son cœur se serrer. Sa conscience le mettait au supplice et il était persuadé que des gens abordaient ce sujet avec lui, uniquement pour tâter le terrain. Il avait beau se dire qu'on ne pouvait rien savoir, il n'était pas tranquille. Il emmena Huck dans un endroit désert afin d'avoir en sa compagnie une sérieuse conversation sur ce point. Cela le soulagerait un peu de délier sa langue pendant un court moment et de partager son fardeau avec un autre.

« Huck, tu n'as rien dit à personne ?

— A propos de quoi ?

— Tu sais très bien.

— Ah ! oui... Mais non, bien sûr, je n'ai rien dit.

— Pas un mot ? Jamais ?

— Non, pas un mot. Pourquoi me demandes-tu ça ?

— Je craignais que tu n'aies parlé.

— Mais voyons, Tom Sawyer, nous n'en aurions pas pour deux jours à vivre si nous ne tenions pas notre langue. Tu le sais bien. »

Tom se sentit rassuré.

« Huck, fit-il après une pause, on ne peut pas nous forcer à parler ?

— Me forcer à parler, moi ! Qu'on essaie ! Je n'ai aucune envie de me faire assassiner.

— Allons, je crois que nous n'aurons rien à craindre tant que nous nous tairons. Mais nous ferions tout de même mieux de renouveler notre serment. C'est plus sûr.

— Si tu veux. »

Les deux garçons jurèrent donc de nouveau de ne jamais parler de ce qu'ils avaient vu la nuit, dans le cimetière.

« Dis donc, demanda Tom, ça ne te fait pas de la peine pour Muff Potter ?

— Si, forcément. Il ne vaut pas grand-chose mais ce n'est pas un mauvais type. Et puis, il n'a jamais rien fait de mal. Il pêche un peu pour avoir de quoi boire, il ne fiche rien d'un bout à l'autre de la journée, mais quoi ! Nous en sommes tous plus ou moins là ! Non, je t'assure que c'est un brave type. Une fois, il m'a donné la moitié de son poisson parce qu'il n'en avait pas d'autre. Il m'a souvent aidé dans les moments difficiles.

— Et moi, il m'a réparé mon cerf-volant et il a fixé des hameçons à ma ligne. Je voudrais bien lui permettre de s'évader.

— C'est impossible, mon pauvre Tom ! Et puis on ne serait pas long à le repincer, va.

— Oui, mais ça me dégoûte de les entendre parler de lui comme ils le font, alors qu'il est innocent.

— Moi aussi, je te prie de croire. Tout le monde dans le pays dit que c'est un monstre et qu'il aurait dû être pendu depuis longtemps.

— J'ai entendu dire que si jamais on ne le condamnait pas, il serait certainement lynché.

— Et ils le feraient, c'est sûr ! »

Les deux garçons continuèrent longtemps à bavarder sur ce thème, bien que cela ne leur apportât guère de réconfort. Au moment du crépuscule, ils se retrouvèrent en train de rôder autour de la petite prison isolée comme s'ils attendaient que quelque chose ou quelqu'un vînt résoudre leur dilemme. Mais rien ne se produisit. On eût dit que ni les anges ni les fées ne s'intéressaient au sort de l'infortuné prisonnier.

Tom et Huck firent ce qu'ils avaient déjà fait maintes fois auparavant : ils se hissèrent jusqu'à l'appui extérieur de la petite fenêtre grillagée et passèrent du tabac et des allumettes à Potter. Il était seul dans sa cellule. Il n'y avait pas de gardien pour le surveiller.

Ses remerciements avaient toujours éveillé les remords des deux camarades, mais ce soir-là, ils les bouleversèrent. Ils se sentirent particulièrement ignobles et lâches, lorsque Potter leur dit :

« Vous avez été rudement bons pour moi, les gars, meilleurs que n'importe qui dans le pays. Je n'oublierai jamais ce que vous avez fait, jamais. Je me dis souvent : « Autrefois, je rafistolais les cerfs-volants des garçons, je leur apprenais un tas de trucs, je leur montrais les bons endroits pour pêcher, j'essayais d'être gentil avec eux, mais maintenant, ils m'ont tous oublié, ils ont tous oublié le vieux Muff parce qu'il est dans le pétrin. Oui, tous, sauf Tom et Huck. Et moi non plus, je ne les oublie pas... » Vous savez, les gars, j'ai fait une chose épouvantable. J'étais soûl, j'étais fou, je ne m'explique pas ça autrement, et maintenant je vais aller me balancer au bout d'une corde : c'est juste ! Et puis, je crois qu'il vaut mieux en finir. Allons, je n'en dirai pas plus pour ne pas vous faire de peine, mais je veux quand même vous dire de ne jamais vous enivrer, comme ça, vous n'irez pas en prison. Maintenant, montrez vos frimousses. Faites-vous la courte échelle. Ça fait du bien de voir les amis. Là, c'est ça. Laissez-moi vous caresser les joues. Ç'est ça. Serrons-nous la main. La vôtre passera à travers les barreaux, mais la mienne est trop grosse. Braves petites mains. Ça ne tient pas beaucoup de place, mais elles ont bien aidé le pauvre Muff et elles l'aideraient encore bien plus si elles le pouvaient. »

Tom rentra chez lui la mort dans l'âme. Cette nuit-là, il eut d'effroyables cauchemars. Le lendemain et le jour suivant, il erra aux abords du tribunal. Il était attiré là par une force irrésistible, mais il lui restait encore assez de volonté pour ne pas entrer. Il en allait de même pour Huck et les deux camarades étaient si troublés qu'ils s'évitaient avec soin.

Chaque fois que quelqu'un sortait du tribunal, Tom s'approchait et essayait d'obtenir des renseignements sur la marche du procès. A la fin du second jour, le verdict ne faisait plus de doute pour personne. Joe l'Indien n'avait pas varié d'une ligne au cours de sa déposition et le sort de Potter était réglé comme du papier à musique.

Tom resta dehors fort tard ce soir-là et rentra dans sa chambre par la fenêtre. Il était dans un état d'énervement indescriptible. Il lui fallut des heures pour s'endormir.

Le lendemain matin, la salle d'audience était pleine à craquer. Tout le village était là, car c'était le jour où devait se décider le sort de l'accusé. Les hommes et les femmes se pressaient en nombre égal sur les bancs étroits. Après une longue attente, les jurés vinrent s'asseoir aux places qui leur étaient réservées. Puis, Potter entra à son tour avec ses chaînes. Il était pâle. Il avait les yeux hagards d'un homme qui se sait perdu. On l'installa sur un banc exposé à tous les regards ; Joe l'Indien, toujours impassible, attirait lui aussi l'attention de tous. Après quelque temps, le juge arriva, suivi du shérif qui déclara que l'audience était ouverte.

Comme toujours dans les procès, on entendit les avocats se parler à voix basse et remuer des papiers. Aucun de ces petits détails n'échappa au public, et tous contribuèrent à créer une atmosphère angoissante.

Bientôt, on appela le premier témoin. Celui-ci confirma qu'il avait surpris Potter en train de se laver au bord d'un ruisseau pendant la nuit du crime, et que l'accusé s'était enfui en l'apercevant.

« Vous n'avez rien à demander au témoin ? demanda le juge à l'avocat de Potter.

— Non, rien. »

Le témoin suivant raconta comment il avait trouvé le couteau auprès du cadavre du docteur.

« Vous n'avez rien à demander au témoin ? fit de nouveau le juge.

— Non, rien », répondit le défenseur de Muff Potter malgré le regard suppliant de son client.

Un troisième témoin jura qu'il avait vu souvent l'arme du crime entre les mains de Potter. Plusieurs autres insistèrent sur son air coupable quand il était revenu sur les lieux du crime. Les détails des tristes événements qui s'étaient passés ce matin-là dans le cimetière, et qui étaient présents à l'esprit de tous, furent ainsi rapportés par des témoins dignes de foi, mais tous défilèrent à la barre sans que l'avocat voulût poser la moindre question.

230

L'assistance commençait à trouver bizarre l'attitude du défenseur.

« Allait-il donc laisser condamner son client à mort sans ouvrir la bouche ? » Telle était la question que tout le monde se posait. On était déçu et on le fit bien voir en manifestant sa désapprobation par des murmures qui valurent au public une remontrance du juge.

Le procureur se leva d'un air solennel.

« Messieurs les jurés, les dépositions de ces honorables citoyens, dont nous ne saurions mettre en doute la parole, nous renforcent dans notre idée qu'il ne peut y avoir d'autre coupable que l'accusé ici présent. Nous n'avons rien à ajouter et nous nous en rapportons à vous. »

Le malheureux Potter laissa échapper un gémissement et se prit la tête à deux mains tandis que des sanglots agitaient ses épaules. Les hommes étaient émus et les femmes laissaient couler leurs larmes sans vergogne.

L'avocat de la défense se leva à son tour et dit :

« Monsieur le juge, nos remarques au cours des débats ont dû vous faire deviner que nous comptions présenter la défense de notre client en invoquant l'irresponsabilité entraînée par état d'ivresse. Nous avons changé d'avis et nous renonçons à ce moyen. » Il se tourna vers le greffier.

« Faites appeler Thomas Sawyer, je vous prie. »

La stupeur se peignit sur tous les visages, y compris celui de Potter. Tout le monde eut les yeux braqués sur Tom lorsqu'il traversa la salle pour se rendre à la barre des témoins. Le jeune garçon avait l'air un peu affolé car il avait très peur. Il prêta serment.

« Thomas Sawyer, où étiez-vous le 17 juin vers minuit ? »

Tom jeta un coup d'œil à Joe l'Indien dont le visage immobile avait l'air sculpté dans la

Le métis avait sauté par la fenêtre.

pierre. Aucun mot ne sortait de sa bouche. Finalement, Tom rassembla assez de courage pour répondre d'une voix étranglée :

« Au cimetière.

— Un peu plus haut, s'il vous plaît. N'ayez pas peur. Où étiez-vous ?

— Au cimetière. »

Un sourire méprisant erra sur les lèvres de Joe l'Indien.

« Vous étiez près de la tombe de Hoss Williams ?

— Oui, monsieur.

— Allons, un tout petit peu plus haut. A quelle distance en étiez-vous ?

— Aussi près que je le suis de vous.

— Etiez-vous caché ?

— Oui.

— Où cela ?

— Derrière un orme, tout à côté de la tombe. »

Joe l'Indien réprima un mouvement imperceptible.

« Y avait-il quelqu'un avec vous ?

— Oui. J'étais là avec...

— Attendez... Attendez. Inutile de citer le nom de votre compagnon. Nous le ferons comparaître quand le moment sera venu. Aviez-vous quelque chose avec vous ? »

Tom hésita et parut tout penaud.

« Allons, parlez, mon garçon. N'ayez pas peur. La vérité est toujours digne de respect. Vous n'aviez pas les mains vides, n'est-ce pas ?

— Non... nous avions emporté... un chat mort. »

Un murmure joyeux courut dans la salle, vite étouffé par le juge.

« Nous montrerons le squelette du chat. Maintenant, mon garçon, racontez-nous tout ce qui s'est passé. N'oubliez rien. N'ayez pas peur. Allez-y carrément. »

Tom commença son récit. Au début, il s'embrouilla, mais, à mesure qu'il s'échauffait, les mots lui venaient plus facilement. Au bout d'un moment, on n'entendit plus dans la salle que le son de sa voix. Tous les yeux étaient fixés sur lui. Chacun retenait son souffle pour mieux écouter la sinistre et passionnante histoire. L'émotion fut à son comble lorsque Tom déclara : « Le docteur venait d'assommer Muff Potter avec une planche, quand Joe l'Indien sauta sur lui avec son couteau et... »

On entendit une sorte de craquement. Prompt comme l'éclair, le métis, bousculant tous ceux qui lui barraient le passage, avait sauté par la fenêtre et pris la poudre d'escampette !

25

Tom était de nouveau le nouveau le héros du jour. Les vieux ne juraient que par lui, les jeunes crevaient de jalousie. Son nom passa même à la postérité car il figura en bonne place dans les colonnes du journal local. D'aucuns prédirent qu'il serait un jour président des Etats-Unis, à moins qu'il ne fût pendu d'ici là.

Comme toujours, l'humanité légère et versatile rouvrit tout grand son sein au pauvre Muff Potter et chacun le choya tant et plus, après l'avoir traîné dans la boue. En fait, cela est tout à l'honneur de notre bas monde et, par conséquent, nous n'y trouvons rien à redire.

Dans la journée, Tom exultait et se réchauffait au soleil de sa gloire, mais la nuit, Joe l'Indien empoisonnait ses rêves et le regardait de ses yeux effrayants où se lisait une sentence de mort. Pour rien au monde, Tom n'eût voulu mettre le nez dehors, une fois la nuit tombée. Le pauvre Huck était dans les mêmes transes, car, la veille du verdict, Tom était allé trouver l'avocat de Potter et lui avait tout raconté. Huck mourait de peur qu'on n'arrivât à connaître son rôle dans l'affaire, bien que la fuite précipitée de Joe l'Indien lui eût épargné le supplice d'une déposition devant le tribunal. Tom avait obtenu de l'avocat la promesse de garder le secret, mais jusqu'à quel point pouvait-on se fier à lui ? Cela restait à voir. D'ailleurs, la confiance de Huckleberry dans le genre humain était sérieusement ébranlée depuis que Tom, poussé par sa conscience, avait rompu un serment solennel, scellé dans le sang.

Chaque jour, les témoignages de gratitude de Muff Potter mettaient du baume au cœur de Tom qui se félicitait d'avoir parlé. Mais la nuit, comme il regrettait de ne pas avoir tenu sa langue ! Tantôt il aurait tout donné pour apprendre l'arrestation de Joe l'Indien, tantôt il redoutait que le coupable ne fût pris. Il savait qu'il ne serait jamais tranquille tant que cet homme ne serait pas mort et qu'il n'aurait pas vu son cadavre.

On eut beau promettre une récompense à celui qui le trouverait, des battues eurent beau être organisées, Joe l'Indien échappa à toutes les recherches. L'une de ces merveilles ambulantes, de ces sages omniscients, un détective, vint exprès de Saint-Louis. Il fourra son nez partout, hocha la tête et, comme tous ses semblables, finit par découvrir une « piste ». Par malheur, en cas de crime, ce n'est pas la piste que l'on conduit à la potence ; si bien que, une fois sa trouvaille faite, notre détective regagna ses pénates, laissant Tom aussi inquiet qu'auparavant.

Néanmoins, les jours s'écoulaient et, avec eux, diminuaient peu à peu les appréhensions de notre héros.

26

A un moment donné de son existence, tout garçon digne de ce nom éprouve un besoin irrésistible de s'en aller à la chasse au trésor. Un beau jour, ce désir s'empara donc de Tom Sawyer. Il essaya de joindre Joe Harper mais ne le trouva pas. Il se rabattit sur Ben Rogers, mais celui-ci était à la pêche. Enfin il songea à Huck Finn, dit les Mains Rouges. Tom l'emmena dans un endroit désert et lui exposa son projet loin des oreilles indiscrètes. Huck accepta d'enthousiasme. Huck acceptait toujours de participer aux entreprises qui promettaient de l'amusement et n'exigeaient point de capitaux, car il possédait en surabondance cette sorte de temps qui n'est pas de l'argent.

« Où allons-nous chercher ? demanda Huck.

— Oh ! n'importe où.

— Quoi ! Il y a des trésors cachés dans tous les coins ?

— Non, évidemment. Les trésors ont des cachettes toujours très bien choisies : quelquefois dans une île déserte, d'autres fois dans un coffre pourri, enfoui au pied d'un vieil arbre, juste à l'endroit où l'ombre tombe à minuit, mais le plus souvent sous le plancher d'une maison hantée.

— Qui est-ce qui les met là ?

— Des voleurs, voyons ! En voilà une question ! Tu te figures peut-être que ce sont les professeurs de l'école du dimanche qui ont des trésors à cacher ?

— Je n'en sais rien. En tout cas, si j'avais un trésor, je ne le cacherais pas. Je le dépenserais et je m'offrirais du bon temps.

— Moi aussi, mais les voleurs ne font pas comme ça. Ils enfouissent toujours leurs trésors dans le sol et les y laissent.

— Ils ne viennent jamais les rechercher ?

— Non. Ils en ont bien l'intention, mais en général ils oublient l'endroit exact où ils ont laissé leur butin, ou bien encore ils meurent trop tôt. De toute manière, le trésor reste enfoui pendant un certain temps. Un beau jour, quelqu'un découvre un vieux papier jauni sur lequel toutes les indications nécessaires sont portées. Il faut te dire qu'on met une semaine entière à déchiffrer le papier parce qu'il est couvert de signes mystérieux et d'hiéroglyphes.

— D'hiéro... quoi ?

— D'hiéroglyphes. Tu sais, ce sont des dessins, des espèces de trucs qui n'ont pas l'air de signifier grand-chose.

— Tu as trouvé un de ces papiers-là, Tom ?

— Non.

— Eh bien, alors, comment veux-tu dénicher ton trésor ?

— Je n'ai pas besoin de documents pour ça. Les trésors sont toujours enterrés quelque part dans une île ou sous une maison hantée ou au pied d'un arbre mort. Ce n'est pas sorcier ! Nous avons déjà exploré un peu l'île Jackson. Nous pourrons recommencer, à la rigueur. Il y a aussi la maison hantée auprès de la rivière de la Maison Morte, comme on l'appelle. Quant aux arbres morts, il y en a des tas dans le pays.

— On peut trouver un trésor sous chacun de ces arbres ?

— Tu n'es pas fou !

— Comment vas-tu savoir sous lequel il faut creuser ?

— Nous les essaierons tous.

— Ça va prendre tout l'été.

— Et après ? Suppose que nous trouvions une cassette avec une centaine de beaux dollars rouillés ou bien un coffre rempli de diamants, qu'est-ce que tu dirais de ça ? »

Les yeux de Huck se mirent à briller.

« Ce sera épatant ! Moi je prendrai les cent dollars et toi tu garderas les diamants. Ça ne m'intéresse pas.

— Si tu veux, mais je te parie que tu ne cracheras pas sur les diamants. Il y en a qui valent au moins vingt dollars pièce.

— Non ! Sans blague ?

— Bien sûr, tout le monde te le dira ! Tu n'en as jamais vu ?

— Je ne crois pas.

— Pourtant les rois les ramassent à la pelle !

— Tu sais, Tom, je ne connais pas de rois.

— Je m'en doute. Mais si tu allais en Europe, tu en verrais à foison, il en sort de partout.

— D'où sortent-ils ?

— Et ta sœur ! Ils sortent de nulle part.

— Alors pourquoi as-tu dit ça ?

— Zut ! C'est simplement pour dire que tu en verrais beaucoup. Comme ce vieux bossu de Richard.

— Richard qui ?

— Il n'avait pas d'autre nom. Les rois n'ont qu'un nom de baptême.

— Sans blague ?

— Je t'assure !

— Remarque ! Si ça leur plaît, Tom, tant mieux, mais moi je n'ai pas du tout envie d'être roi et de n'avoir qu'un nom de baptême, comme un nègre ! Mais dis donc, où vas-tu commencer à creuser ?

— Je n'en sais rien. Qu'en dirais-tu si nous attaquions d'abord le vieil arbre de l'autre côté de la rivière de la Maison Morte ?

— Ça me va. »

Après s'être armés d'une pelle et d'une pioche,

nos deux gaillards se mirent en route. Le vieil arbre était bien à cinq ou six kilomètres de là. Ils y arrivèrent suants et haletants, et se couchèrent aussitôt dans l'herbe pour se reposer et fumer une pipe.

« Moi, ça me plaît beaucoup, cette expédition-là, déclara Tom.

— Moi aussi.

— Dis donc, Huck, si nous dénichions un trésor ici, qu'est-ce que tu ferais de ta part ?

— Eh bien, je m'offrirais une bouteille de limonade et un gâteau tous les jours, et j'irais à tous les cirques qui passent dans le pays. Je te prie de croire que je ne m'ennuierais pas.

— Mettrais-tu un peu d'argent de côté ?

— Pour quoi faire ?

— Pour avoir de quoi vivre plus tard, tiens !

— Oh ! Ça ne sert à rien les économies. Moi, si j'en faisais, papa débarquerait ici un de ces jours et me les raflerait. Je t'assure qu'elles ne seraient pas longues à fondre. Et toi, Tom, qu'est-ce que tu ferais de ta part ?

— Eh bien, j'achèterais un nouveau tambour, une vraie épée, une cravate rouge, un petit bouledogue, et je me marierais.

— Te marier !

— Pourquoi pas ?

— Tom... Tu n'as pas reçu un coup sur la tête, par hasard ?

— Attends un peu et tu verras si je suis fêlé.

— Mais enfin, c'est la plus grande bêtise que tu puisses faire. Regarde maman et papa. Ils passaient leur temps à se battre. Je m'en souviens, tu sais.

— Ce n'est pas la même chose. La femme que j'épouserai ne se battra pas avec moi.

— Tom, moi j'ai l'impression que les femmes sont toutes les mêmes. Tu ferais bien de réfléchir un peu. Comment s'appelle la fille que tu veux épouser ?

— Ce n'est pas une fille, c'est une demoiselle.

— Je ne vois pas la différence. Alors, comment s'appelle-t-elle ?

— Je te le dirai un de ces jours. Pas maintenant.

— Tant pis... Seulement, si tu te maries, je me sentirai bien seul.

— Mais non, voyons. Tu viendras habiter chez moi. Allez, ne parlons plus de cela. Au travail ! »

Ils peinèrent et transpirèrent pendant plus d'une heure, sans aucun résultat. Une demi-heure d'efforts supplémentaires ne les avança pas davantage.

« C'est toujours enfoui aussi profond que ça ? demanda Huck.

— Quelquefois... Ça dépend. J'ai l'impression que nous n'avons pas trouvé le bon endroit. »

Ils en choisirent donc un autre et recommencèrent. Le travail avançait lentement, mais sûrement. Au bout d'un moment, Huck s'appuya sur sa bêche et s'essuya le front du revers de sa manche.

« Où creuserons-nous après cet arbre-là ?

— Nous essaierons celui qui se trouve derrière

le coteau de Cardiff. Tu sais bien, auprès de chez la veuve.

— Ça ne m'a pas l'air d'une mauvaise idée. Mais est-ce que la veuve ne nous prendra pas notre trésor, Tom ? Nous creuserons dans son champ.

— Elle ! Nous prendre notre trésor ! Qu'elle y vienne ! Le trésor appartient à celui qui le découvre. »

Sur cette déclaration réconfortante, le travail reprit pendant un certain temps. Au bout d'un moment, Huck s'écria :

« Ah ! Zut ! Nous ne devons pas être encore au bon endroit. Qu'en penses-tu, Tom ?

— C'est curieux, tu sais, Huck. Quelquefois, c'est la faute des sorcières. Ça doit être pour ça que nous ne trouvons rien.

— Penses-tu ! Les sorcières ne peuvent rien faire en plein jour.

— Tiens, c'est vrai. Je n'avais pas réfléchi à cela. Oh ! je sais ce qui ne va pas. Quels imbéciles nous sommes ! Avant de commencer, il aurait fallu savoir où se projette l'ombre de l'arbre quand minuit sonne. C'est là qu'il faut creuser.

— Alors, on a fait tout ce travail pour rien ? C'est charmant ! Et puis, il va falloir revenir ici cette nuit. Ce n'est pas tout près ! Tu pourras sortir de chez toi ?

— Certainement. Il faut absolument venir cette nuit parce que si quelqu'un remarque les trous que nous avons creusés, il saura tout de suite de quoi il s'agit, et le trésor nous filera sous le nez.

— Bon, je ferai miaou sous ta fenêtre comme d'habitude.

— Entendu. Cachons nos outils dans un fourré. »

Cette nuit-là, à l'heure dite, les deux garçons se retrouvèrent au pied de l'arbre. Ils attendirent dans l'ombre. L'endroit était désert, et l'heure revêtait une solennité conforme à la tradition. Des esprits bruissaient dans les feuilles, des fantômes se glissaient au ras des herbes, un chien aboyait au loin, un hibou lui répondait de sa voix sépulcrale. Impressionnés, les garçons ne parlaient guère. A un moment, ils estimèrent qu'il devait être minuit, marquèrent l'endroit où se projetait l'ombre de l'arbre et se mirent à creuser. Le trou s'approfondissait de minute en minute et les aventuriers, le cœur battant, guettaient l'instant où le fer de leurs outils heurterait le bois d'un coffre ou le métal d'une cassette. Quand une pierre faisait vibrer la bêche ou la pioche, leur émotion était à son comble et la désillusion qui suivait d'autant plus vive.

« Ce n'est pas la peine d'aller plus loin, Huck, finit par dire Tom. Nous nous sommes encore trompés.

— C'est impossible, voyons. Nous avons repéré l'endroit exact où l'ombre se projetait.

— Je sais bien, mais il s'agit d'autre chose.

— Quoi ?

— Nous nous sommes contentés de deviner

l'heure. Comment être sûr qu'il était vraiment minuit ? »

Huck laissa tomber sa pelle.

« Ça doit être cela, fit-il. Il vaut mieux abandonner. Nous ne saurons jamais l'heure exacte. Et puis, moi je n'aime pas être dehors de ce côté-ci en pleine nuit. Avec toutes ces sorcières, tous ces fantômes et ces esprits qui rôdent, on ne sait jamais. J'ai continuellement l'impression d'avoir quelqu'un derrière moi et je n'ose pas me retourner pour voir. J'en ai la chair de poule.

— C'est à peu près la même chose pour moi, avoua Tom. Et puis, tu sais, les voleurs enterrent presque toujours un cadavre à côté de leur trésor, pour le garder.

— Oh ! mon Dieu !

— Oui, je t'assure. Je l'ai souvent entendu dire.

— Tom, je n'aime pas beaucoup me trouver là où il y a un cadavre. Ça risque toujours de mal finir.

— Je n'aime pas ça non plus, Huck. Suppose qu'il y en ait un au fond du trou et qu'il pointe son crâne pour nous parler !

— Tais-toi, Tom. C'est effrayant !

— Ce n'est pas impossible. Moi, je ne me sens pas plus tranquille que ça.

— Dis donc, Tom, si on allait essayer ailleurs ?

— D'accord. Je crois que ça vaut mieux. »

Tom réfléchit un instant.

« Si on tentait le coup dans la maison hantée, dit-il.

— Ah ! zut. Je n'aime pas du tout les maisons hantées, moi. C'est encore pire que les cadavres. Un mort viendra peut-être te parler, mais il ne se glissera pas auprès de toi enveloppé dans un linceul. Ce n'est pas lui qui passera la tête par-dessus ton épaule et se mettra à grincer des dents comme font tous les fantômes. Moi, je n'y résisterais pas. D'ailleurs, personne ne peut supporter la vue d'un fantôme.

— C'est vrai, Huck, mais les fantômes ne se promènent que la nuit. En plein jour, ils ne pourront pas nous empêcher de creuser.

— Tu oublies que personne n'approche de la maison hantée, pas plus en plein jour qu'en pleine nuit.

— C'est parce que les gens ont peur d'entrer dans une maison où un homme a été assassiné. Mais il n'y a que la nuit qu'on a remarqué quelque chose d'anormal dans cette maison. Et encore, on n'y a jamais vu rien d'autre qu'une lumière bleue qui brillait, jamais de vrais fantômes.

— Ecoute, Tom, là où on voit briller une lumière bleue, on peut être sûr qu'un fantôme est dans les parages. Ça tombe sous le sens. Tu sais bien qu'il n'y a qu'eux qui se servent d'une lumière bleue.

— Oui, je sais ; n'empêche qu'ils ne se baladent pas en plein jour et que nous serions ridicules d'avoir peur.

— Eh bien, entendu. Nous essaierons la maison hantée, seulement je t'avoue que c'est risqué. »

Tout en bavardant, les deux garçons avaient

...éclairée par la lune, se dressait la maison hantée :

abandonné leurs fouilles et s'étaient mis à descendre le coteau. A leurs pieds, au beau milieu de la vallée éclairée par la lune, se dressait la maison « hantée ».

Elle était complètement isolée de toute habitation. La clôture qui l'entourait jadis n'existait plus depuis longtemps. Les mauvaises herbes poussaient jusque sur le seuil. Il n'y avait plus un carreau aux fenêtres. La cheminée s'était effondrée sur le toit, dont l'une des extrémités s'incurvait dangereusement.

Les deux garçons s'arrêtèrent pour regarder, s'attendant presque à surprendre le reflet d'une lumière bleue derrière une fenêtre ; puis, parlant à voix basse comme il convenait au lieu et aux circonstances, ils prirent assez loin sur la droite pour passer au large de la maison et, reprenant leur chemin, coupèrent à travers les bois de Cardiff, avant de rentrer au village.

27

Vers midi, le lendemain, Tom et Huck retournèrent à l'arbre mort pour chercher leurs outils. Tom avait hâte d'arriver à la maison hantée. Huck était moins pressé.

Soudain, ce dernier s'écria :

« Eh ! Tom ! Sais-tu quel jour nous sommes aujourd'hui ? »

Tom se livra à une récapitulation rapide des jours de la semaine et fit les yeux ronds.

« Sapristi ! Je n'avais pas pensé à cela, Huck.

— Moi non plus, mais je me suis rappelé tout à coup que c'était vendredi.

— Ça, c'est embêtant, Huck. Il va falloir faire très attention. Ça pourrait nous porter malheur de nous mettre au travail un vendredi.

— Tu veux dire que *ça va* nous porter

l'atmosphère étrange et le silence de mort qui l'entouraient. La sinistre désolation du lieu les impressionna à tel point qu'ils hésitèrent d'abord à entrer. Puis ils s'aventurèrent jusqu'à la porte et se risquèrent, en tremblant, à jeter un coup d'œil à l'intérieur. Ils virent une pièce au sol de terre battue, aux murs de pierre nue, envahie par les mauvaises herbes, une cheminée délabrée, des fenêtres sans carreaux, un escalier en ruine et, partout, des toiles d'araignée qui s'effilochaient. L'oreille tendue, le souffle court, prêts à battre en retraite à la moindre alerte, ils entrèrent à pas prudents.

Au bout d'un moment, ils s'habituèrent, leur crainte s'atténua, ils commencèrent à examiner la pièce en détail, non sans admirer beaucoup la hardiesse dont ils faisaient preuve. Ensuite, l'idée leur vint de monter voir ce qui se trouvait dans les pièces du haut. C'était assez téméraire, car, en cas de danger, toute retraite leur serait coupée, mais ils se mirent mutuellement au défi de le faire. Le résultat était prévisible : ils posèrent leurs outils dans un coin et commencèrent la périlleuse ascension.

En haut, tout n'était également que décombres. Ils découvrirent dans un coin un placard qui leur parut mystérieux. Déception : il était vide. Ayant recouvré tout leur courage, ils allaient redescendre et se mettre au travail, quand...

« Chut ! fit Tom.

— Qu'y a-t-il ? murmura Huck, blême de frayeur.

— Là. Tu entends ?

— Oui ! Oh ! mon Dieu, fichons le camp !

— Tiens-toi tranquille ! Ne bouge pas. Les voilà qui arrivent ! »

Les garçons s'allongèrent à plat ventre sur le plancher, l'œil collé à une fissure. Ils grelottaient de peur.

« Ils se sont arrêtés... Non... Ils approchent... Les voilà ! Pas un mot, Huck. Oh ! mon Dieu ! Je voudrais bien être ailleurs. »

Deux hommes entrèrent. Chacun des garçons se dit en lui-même : « Tiens, je reconnais le vieux sourd-muet espagnol qui est venu au village une ou deux fois ces derniers temps. L'autre, je ne sais pas qui c'est. »

« L'autre », qui parlait à voix basse, était un individu malpropre et couvert de haillons dont la mine ne disait rien de bon. L'Espagnol était drapé dans un *serape*. Il avait d'épais favoris tout blancs, de longs cheveux qui s'échappaient de dessous son sombrero et il portait des lunettes vertes. Les deux hommes allèrent s'asseoir contre le mur, face à la porte. « L'autre » parlait toujours, mais avec moins de précautions, et ses mots se firent plus distincts.

« Tu sais, finit-il par dire, j'ai bien réfléchi. Ça ne me plaît pas. C'est trop dangereux.

— Dangereux ! bougonna le « sourd-muet » espagnol, à la grande stupeur des deux garçons. Froussard, va ! »

Tom et Huck se regardèrent, pâles d'effroi. Ils venaient de reconnaître la voix de Joe l'Indien.

Celui-ci se remit à parler, après une courte pause.

« Voyons, ce ne sera pas plus dangereux que notre dernier coup et, ma foi, nous ne nous en sommes pas si mal tirés.

Deux hommes entrèrent.

— Il n'y a aucun rapport. Ça se passait tout en haut de la rivière à un endroit complètement isolé. De toute façon, personne ne saura qu'on a essayé, puisqu'on n'a pas réussi.

— En tout cas, ce ne sera pas plus risqué que de venir ici en plein jour. N'importe qui pourrait se douter de quelque chose en nous voyant, déclara « l'autre » d'un ton désagréable.

— Je le sais bien. Que veux-tu ? Je n'ai aucune envie, moi non plus, de m'éterniser dans cette bicoque, mais je n'ai rien trouvé de plus commode après ce coup raté. Je serais bien parti hier, s'il n'y avait pas eu ces maudits gamins qui s'amusaient sur la colline, juste en face de nous. »

Les « maudits gamins » tremblèrent à cette remarque lourde de sous-entendus et se réjouirent intérieurement de ne pas avoir mis leur projet à exécution la veille. Si seulement ils avaient attendu encore un an !

Les deux hommes tirèrent quelques provisions d'une besace et cassèrent la croûte en silence.

« Dis donc, mon vieux, fit Joe au bout d'un certain temps, tu iras m'attendre chez toi au bord de la rivière. Moi, je tâcherai d'aller voir ce qui se passe au village. Si tout se présente bien, nous liquiderons ce travail « dangereux ». Puis en route pour le Texas. Nous ficherons le camp tous les deux !

— Entendu. »

Les deux hommes bâillèrent.

« Je tombe de sommeil, dit Joe. Je vais dormir un peu. Toi, tu monteras la garde. C'est ton tour. »

Il se coucha en chien de fusil sur les herbes folles et ne tarda pas à s'endormir. Son compagnon s'étira, bâilla de nouveau, ferma les yeux et, quelques instants plus tard, les deux hommes ronflaient comme des bienheureux.

En haut, les deux garçons poussèrent un soupir de soulagement.

« C'est le moment de filer, glissa Tom à l'oreille de Huck. Viens.

— Non, je ne peux pas. J'ai trop peur. Pense un peu. Si jamais ils se réveillaient ! »

Tom insista. Huck résistait. Tom se leva et se mit en marche, lentement, précautionneusement. Dès le premier pas, le plancher vermoulu rendit un son épouvantable. Notre héros crut mourir de peur. Il n'essaya pas une seconde fois.

Les deux amis restèrent là immobiles, comptant les secondes qui se traînaient comme si le temps s'était arrêté, cédant la place à une insupportable éternité. A un moment, ils s'aperçurent avec joie que la nuit tombait.

En bas, Joe l'Indien s'agita et cessa de ronfler. Il se dressa sur son séant, regarda son camarade d'un air méprisant et lui décocha un coup de pied.

« Tu parles d'un veilleur !

— Quoi ! fit l'autre en se réveillant en sursaut. J'ai dormi ?

— On dirait. Dieu merci, il ne s'est rien passé. Allons, il est temps de partir. Qu'est-ce qu'on fait de notre magot ?

— Je n'en sais rien... Je crois qu'il vaut mieux le laisser ici. Nous l'emporterons quand nous partirons pour le Texas. Six cent cinquante dollars en argent, c'est lourd à transporter.

— Tu as raison... On sera obligés de remettre les pieds dans cette baraque. Tant pis.

— A condition de revenir la nuit. Pas de bêtises, hein !

— Ecoute-moi. Je ne réussirai peut-être pas tout de suite mon coup. On ne sait jamais ce qui peut se passer. Ce serait peut-être plus prudent d'enterrer nos dollars à cet endroit.

— Bonne idée », fit le camarade du pseudo-sourd-muet qui traversa la pièce et s'agenouilla devant la cheminée, souleva une dalle et brandit un sac dont le contenu tinta agréablement. Il l'ouvrit, en sortit pour son propre usage vingt ou trente dollars et en donna autant à Joe, fort occupé à creuser le sol, à l'aide de son couteau.

En un clin d'œil, Tom et Huck oublièrent toutes leurs craintes. Le regard brûlant de convoitise, ils suivaient les moindres gestes des deux complices. Quelle chance ! Ça dépassait tout ce qu'il était possible d'imaginer. Six cent cinquante dollars ! Une fortune, de quoi rendre riche une bonne douzaine de leurs camarades. Plus la peine de se fatiguer à chercher. Le trésor était là, à portée de leurs mains. Ils échangèrent une série de coups de coude éloquents, comme pour se dire : « Hein, tu n'es pas content d'être ici ? »

Le couteau de Joe heurta quelque chose de dur.

« Hé ! dis donc ! fit-il.

— Qu'est-ce qu'il y a ? demanda son camarade.

— Une planche pourrie... Non, c'est un coffre, aide-moi. On va voir ce que c'est. »

Il plongea la main dans l'orifice qu'il avait pratiqué avec son couteau.

« Oh ! ça, par exemple ! De l'argent ! »

Les deux hommes examinèrent la poignée de pièces que Joe avait sorties du coffre. C'était de l'or. Tom et Huck étaient aussi émus que les deux bandits.

« Attends, fit « l'autre ». Ça ne va pas être long. Il y a une vieille pioche toute rouillée auprès de la cheminée. Je l'ai vue il y a une minute. »

Il courut à la cheminée et rapporta la pelle et la pioche abandonnées par Tom et Huck. Joe prit la pioche, l'examina en fronçant les sourcils, murmura quelque chose entre ses dents et se mit au travail.

Le coffre sortit bientôt de terre. Il n'était pas bien gros. Il était cerclé de fer et avait dû être très solide avant d'être rongé par l'humidité. Les deux hommes contemplèrent le trésor en silence.

« Eh bien, mon vieux, finit par dire Joe, il y a des milliers de dollars là-dedans.

— J'ai toujours entendu dire que Murrel et sa bande avaient rôdé tout un été de ce côté-ci, remarqua son complice.

— Je le sais. C'est sûrement lui qui a enterré le coffre.

— Maintenant, Joe, tu peux renoncer au coup que tu as projeté. »

Le métis fronça les sourcils.

« Tu ne me connais pas. Ou alors tu ne sais pas la suite. Eh bien, mon vieux, il ne s'agit pas d'un vol mais d'une vengeance. D'ailleurs, j'aurai besoin de toi. Après... le Texas. Va retrouver ta femme et tes gosses, et attends que je te fasse signe.

— Comme tu voudras. Que va-t-on faire du coffre ? On le remet en place ?

— Oui. *(Joie délirante à l'étage supérieur.)* Non... Non ! *(Profonde déception à l'étage supérieur.)* J'allais oublier cette pioche. Il y a encore de la terre toute fraîche au bout. (Les deux garçons devinrent d'une pâleur de cendres.) Pourquoi y a-t-il une pioche ici, hein ? Pourquoi y a-t-il une pelle à laquelle sont encore attachées des mottes de terre ? Qui les a apportées ? As-tu entendu quelque chose ? As-tu vu quelqu'un ? Non ! Eh bien, ceux qui ont apporté la pelle et la pioche sont partis, mais ils vont revenir et, s'ils voient qu'on a remué la terre, ils creuseront et trouveront le coffre. Alors, moi je vais l'emporter dans ma cachette.

— Bien sûr. On aurait dû penser à cela plus tôt. Tu le cacheras au numéro 1 ?

— Non, non. Pas au numéro 1. Au numéro 2, sous la croix. L'autre, c'est trop facile à découvrir.

— Ça va. Il fait presque assez noir pour s'en aller. »

Joe l'Indien alla d'une fenêtre à l'autre pour regarder ce qui se passait autour de la maison.

« Il n'y a personne en vue, dit-il. Mais je me demande qui a bien pu apporter ces outils ici. Dis donc, ils sont peut-être en haut, qu'est-ce que tu en penses ? »

Tom et Huck en eurent le souffle coupé. Joe caressa le manche de son couteau, hésita un instant, puis se dirigea vers l'escalier. Les deux garçons pensèrent à aller se cacher dans le

*Joe dégringola au milieu
des débris de l'escalier pourri.*

placard, mais ils n'en eurent pas la force. Les premières marches de l'escalier gémirent. L'imminence du péril redonna du courage aux deux amis et ils allaient se précipiter vers le placard quand ils entendirent un craquement sinistre. Joe poussa un juron et dégringola au milieu des débris de l'escalier pourri.

Son complice l'aida à se relever.

« Ne t'en fais pas, dit-il. S'il y a des gens là-haut, qu'ils y restent. Ils ne pourront plus descendre, à moins de se rompre le cou. Il va faire nuit dans un quart d'heure. Ils peuvent toujours essayer de nous suivre. Et puis, même si on nous a vus, on nous aura pris pour des fantômes ou des diables. Ça ne m'étonnerait pas que les propriétaires de la pelle et de la pioche aient déjà décampé avec une bonne frousse ! »

Joe bougonna puis tomba d'accord avec son ami : il valait mieux utiliser le reste du jour à tout préparer pour partir. Quelques instants plus tard, son compagnon et lui se dirigeaient vers la rivière, emmenant leur précieux fardeau avec eux.

Tom et Huck, soulagés d'un poids immense, les regardèrent s'éloigner. Les suivre ? Il n'en était pas question. Ils s'estimèrent satisfaits de se retrouver dans la pièce du bas sans s'être rompu les os comme l'avait prédit l'inconnu. Ils quittèrent la maison hantée et reprirent le chemin du village, rongeant leur frein en silence. Ils étaient furieux d'avoir laissé derrière eux la pelle et la pioche. Sans ces maudits outils, Joe n'aurait jamais soupçonné leur présence. Il aurait enterré son or et son argent dans un coin de la pièce en attendant de pouvoir satisfaire sa « vengeance », ensuite de quoi il aurait eu la désagréable surprise de voir que le trésor avait disparu. Quelle malchance ! Ils résolurent d'épier l'Espagnol quand il viendrait au village et de le suivre jusqu'au numéro 2. Alors, une pensée sinistre germa dans l'esprit de Tom.

« Dis donc, Huck, fit-il, tu ne crois pas que Joe pensait à nous en parlant de vengeance ?

— Oh ! tais-toi », murmura Huck qui manqua de défaillir.

Ils débattirent longuement de la question. En entrant au village, ils en étaient arrivés à la conclusion que Joe avait peut-être quelqu'un d'autre en tête, ou du moins que seul Tom était visé, puisqu'il avait été le seul à témoigner. Ce fut un mince réconfort pour Tom que de se retrouver sans son ami face au danger. Un peu de compagnie ne lui aurait pas déplu !

28

Les aventures de la journée troublèrent le
sommeil de Tom. Quatre fois, il rêva qu'il mettait
la main sur le fabuleux trésor et quatre fois,
celui-ci lui échappait au dernier moment, en
même temps que le sommeil. Il dut revenir à la
dure réalité. Au matin, alors que, les yeux grands
ouverts, il récapitulait les événements de la veille,
il eut l'impression que tout cela s'était passé dans
un autre monde et il se demanda si, après tout, la
grande aventure n'était pas elle-même un rêve.

Il y avait un argument très fort en faveur de
cette théorie : la quantité de pièces qu'il avait
aperçue quand Joe avait ouvert le coffre était trop
fantastique pour être vraie. Il n'avait jamais vu
auparavant plus de cinquante dollars à la fois et,
comme tous les garçons de son âge, il se figurait

que quand on les comptait par milliers ou centaines, ce n'était qu'une façon de parler. Il ne lui serait pas venu un instant à l'esprit qu'une personne pût posséder à elle seule la somme considérable représentée par cent dollars. Si on avait essayé d'approfondir l'idée qu'il se faisait d'un trésor caché, on aurait constaté que cela revenait à une poignée de menue monnaie bien réelle et à un boisseau de pièces d'or imaginaires.

Cependant, à force de réfléchir, il en arriva à conclure qu'il n'avait peut-être pas rêvé du tout et que le trésor existait bel et bien. Il fallait tirer cela au clair, sans tarder. Il se leva donc, avala son petit déjeuner au triple galop et courut retrouver Huck.

Huck était assis sur le rebord d'une « plate » et laissait ses pieds pendre dans l'eau. Il avait l'air fort mélancolique. Tom décida de le laisser aborder le premier le sujet qui lui tenait tant au cœur. Si Huck lui en parlait, ce serait la preuve qu'il n'avait pas rêvé.

« Bonjour, Huck !

— Bonjour, toi... »

Silence.

« Tom, si nous avions laissé nos maudits outils auprès de l'arbre mort, nous serions en possession du trésor à l'heure qu'il est. C'est terrible, avoue.

— Alors, ce n'était pas un rêve ! Et pourtant, je préférerais presque, d'une certaine manière.

— Comment, un rêve ?

— Eh bien, je parle de ce qui nous est arrivé hier.

— Tu en as de bonnes avec tes rêves, toi ! Si l'escalier ne s'était pas effondré, tu aurais vu le drôle de rêve que nous aurions fait. J'ai rêvé toute la nuit de Joe et de son complice. Que le diable les emporte !

— Non, non. Je ne veux pas qu'il les emporte. Je veux retrouver Joe, et l'argent avec.

— Tom, nous ne le retrouverons jamais. Tu sais, on n'a pas tous les jours l'occasion de mettre la main sur un magot pareil. Nous autres, nous avons laissé passer notre chance. C'est raté maintenant. Je suis à peu près sûr qu'on ne reverra plus l'Espagnol.

— Je suis de ton avis. Je paierais pourtant cher pour le suivre jusqu'au numéro 2.

— Le numéro 2. Oui, c'est la clef du mystère. J'y ai réfléchi, mais je nage complètement. Et toi, Tom ?

— Moi aussi, mon vieux. C'est trop calé pour moi. Dis donc, Huck... C'est peut-être le numéro d'une maison !

— Penses-tu ! En tout cas, si jamais c'est le numéro d'une maison, ce n'est pas ici. Il n'y a pas de numéros aux maisons dans notre patelin. C'est trop petit.

— Attends que je réfléchisse... C'est peut-être le numéro d'une chambre dans une taverne ou dans un hôtel.

— Eh ! mais, c'est une idée ! Il n'y a que deux tavernes dans le pays. Nous saurons vite à quoi nous en tenir.

— Reste ici, Huck, et attends-moi. »

Tom partit sur-le-champ. Il n'avait aucune envie de s'afficher en public en compagnie de Huck. Il resta absent une demi-heure.

A la première taverne, la meilleure de Saint-Petersburg, il apprit que le numéro 2 était occupé par un jeune clerc de notaire. A l'autre hôtel, un endroit plus ou moins louche, le fils du propriétaire lui déclara que le numéro 2 était un pur mystère. La chambre était fermée à clef toute la journée et la porte ne s'en ouvrait que la nuit pour livrer passage à des gens qu'il ne connaissait pas. Il ne savait pas à quoi attribuer cet état de choses. Pour lui, cette chambre était hantée. Il ne voyait pas d'autre explication. La nuit précédente, il y avait aperçu une lumière.

« Voilà ce que j'ai trouvé, Huck. Je crois que nous sommes sur la bonne voie.

— Moi aussi, Tom. Et maintenant, qu'allons-nous faire ?

— Laisse-moi réfléchir. »

Les réflexions de Tom l'absorbèrent un long moment.

« Ecoute-moi, finit-il par dire. Ce numéro 2 a deux entrées. L'une d'elles donne sur une impasse entre la taverne et la briqueterie. Toi, tu vas rafler toutes les clefs que tu pourras. Moi, je chiperai celles de ma tante et, à la prochaine nuit noire, nous tâcherons d'entrer dans cette pièce. Et puis, ouvre l'œil. Joe l'Indien a dit qu'il viendrait faire un tour par ici pour essayer de se venger. Si tu le vois, tu le suivras. S'il ne va pas à la taverne, ce sera que nous nous sommes trompés.

— Tu vas fort ! Je n'ai pas du tout envie de le suivre !

— Ne t'inquiète pas. S'il revient, ce sera sûrement la nuit. Il ne te verra pas et, même s'il te voit, il ne se doutera de rien.

— Allons, s'il fait très noir, je crois que je le suivrai. Mais je ne garantis rien...

— Du courage, Huck. Il ne faut pas le laisser filer comme ça avec son trésor. Tu veux que ce soit moi qui le suive ?

— Non, Tom. Compte sur moi.

— Ça, c'est parler ! Ne faiblis pas, Huck. Et tu peux compter sur moi ! »

29

Cette nuit-là, Tom et Huck s'apprêtèrent à tenter l'aventure. Jusqu'à neuf heures passées, ils rôdèrent aux abords de la taverne, l'un surveillant l'impasse, l'autre l'entrée de l'auberge. Personne n'emprunta l'allée. Personne qui ressemblât à l'Espagnol ne franchit le seuil de la taverne. La nuit s'annonçait belle. Néanmoins, Tom rentra chez lui assuré que s'il faisait suffisamment noir, Huck viendrait miauler sous sa fenêtre. Mais la nuit resta claire et vers minuit, Huck se retira dans l'étable qui lui servait d'abri.

Il en alla de même le mardi, puis le mercredi. Le jeudi, la nuit s'annonça plus propice. Tom sortit de sa chambre muni de la lanterne de sa tante et d'une large serviette pour en dissimuler la lueur. Il cacha la lanterne dans l'étable de Huck et les deux amis commençèrent à monter la garde. A onze heures, la taverne ferma et ses lumières s'éteignirent. Personne ne s'était engagé dans l'impasse. Aucune trace de l'Espagnol. Une obscurité complète régnait sur le village. En dehors de quelques roulements de tonnerre dans le lointain, tout était parfaitement silencieux. Les auspices étaient en somme des plus favorables.

Tom alluma sa lanterne dans l'étable, l'entoura soigneusement de la serviette, et les deux coureurs d'aventures se glissèrent dans l'ombre vers la taverne. Huck resta à faire le guet à l'entrée de l'impasse et Tom disparut.

L'angoisse s'empara de Huck. Le malheureux perdit toute notion du temps. Il lui sembla qu'il attendait là depuis des siècles. Pourquoi Tom ne revenait-il pas ? Ce n'était pas possible, il s'était évanoui, ou bien il était mort. Petit à petit, Huck s'avança dans l'impasse. Il s'attendait d'un moment à l'autre à une catastrophe épouvantable qui le priverait de ses derniers moyens. Déjà, le souffle lui manquait et son cœur battait à se rompre. Soudain, il aperçut une lueur et Tom passa en trombe à côté de lui.

« Sauve-toi, au nom du Ciel, sauve-toi ! » criat-il à Huck.

Un seul avertissement aurait suffi car au second « sauve-toi ! » Huck faisait déjà du quarante ou du cinquante à l'heure. Les deux amis ne s'arrêtèrent que lorsqu'ils eurent atteint un abattoir désaffecté, à l'extrémité du village. A peine y eurent-ils pénétré que l'orage éclata. La pluie se mit à tomber à torrents. Dès qu'il eut repris son haleine, Tom murmura :

« Oh ! Huck, c'est effroyable ! J'ai essayé deux des clefs que j'avais prises, mais elles faisaient un tel bruit dans la serrure que je ne pouvais plus bouger. Et puis, elles ne voulaient pas tourner. Alors, sans savoir ce que je faisais, j'ai pris le bouton de la porte à pleines mains et la porte s'est ouverte. Elle n'était pas fermée à clef ! Je suis entré, j'ai découvert ma lanterne, et qu'est-ce que j'ai vu... ?

— Allons, parle.

— Huck, j'ai failli écraser la main de Joe l'Indien.

— Non !

— Si. Il était étendu de tout son long sur le plancher.

— Sapristi ! Alors, qu'est-ce que tu as fait ? Il s'est réveillé ?

— Non, il n'a pas bronché. Je crois qu'il était ivre. J'ai juste ramassé ma serviette et j'ai décampé.

— Moi, je suis sûr que je n'aurais jamais pensé à ma serviette dans un moment pareil.

— J'étais bien forcé. Ma tante aurait fait une histoire de tous les diables si je l'avais perdue.

— Dis donc, Tom, tu as vu le coffre ?

— Je ne suis pas resté à inspecter les lieux. Je n'ai vu ni le coffre ni la croix. Je n'ai vu, en fait, qu'une bouteille vide et un gobelet posés auprès de Joe. Oui, et j'ai vu aussi deux barriques et un tas d'autres bouteilles dans la pièce. Comprends-tu maintenant pourquoi on peut dire que cette chambre est hantée ?

— Non, je ne saisis pas.

— Mais voyons, elle est hantée par le whisky ! Il y a bien des chances pour que toutes les tavernes qui ne paient pas patente pour vendre de l'alcool aient une chambre hantée, mon vieux.

— Comme tu dis ! Qui aurait cru une chose pareille, hein ? Seulement, Tom, voilà le moment ou jamais de rafler le coffre si Joe est ivre.

— Tu crois ? Eh bien, essaie un peu ! »

Huck frissonna.

« Je pense que... Après tout, j'aime mieux pas.

— Moi non plus, Huck. Une seule bouteille auprès de Joe, ce n'est pas assez. S'il y en avait eu trois, je ne dis pas. J'aurais tenté le coup.

— Ecoute-moi, Huck, reprit Tom après un instant de réflexion. Attendons d'être certains que Joe n'est pas au numéro 2 pour fouiller la chambre. En montant la garde toutes les nuits, nous finirons bien par le voir sortir. Alors, nous nous précipiterons et nous lui chiperons son coffre en cinq sec. Autrement, c'est trop dangereux.

— Bon, j'accepte. Je veux bien monter la garde toute la nuit et tu te charges de la monter dans la journée.

— Ça va. Si tu vois quelque chose, tu viendras faire miaou sous ma fenêtre. Si je dors trop dur, tu lanceras du sable. Ça me réveillera.

— Tope là, mon vieux.

— Maintenant, Huck, l'orage est fini. Je vais

rentrer chez moi. Il va faire jour dans deux heures. Tu monteras la garde jusque-là ?

— Puisque je te le dis. Je surveillerai cette taverne pendant un an s'il le faut. Je veillerai la nuit et je dormirai le jour.

— Entendu, mais où dormiras-tu ?

— Dans la grange de Ben Rogers. Il m'en a donné la permission et son vieux nègre aussi. Tu sais, l'oncle Jake. Je tire souvent de l'eau pour l'oncle Jake et il me donne quelquefois un morceau à manger. C'est un brave nègre, Tom. Il m'aime bien parce que je ne le traite pas de haut. Seulement, il ne faudra pas le répéter. Quand on a le ventre creux, on fait quelquefois ce qu'on ne ferait pas si l'on avait mangé à sa faim.

— Allons, si je n'ai pas besoin de toi dans la journée, je te laisserai dormir. En tout cas, c'est promis, hein ? Si tu vois quelque chose d'anormal pendant la nuit, tu viens miauler sous ma fenêtre. »

30

Le vendredi matin, Tom apprit une bonne nouvelle : la famille du juge Thatcher était rentrée à Saint-Petersburg la veille au soir. Pour le moment, Joe l'Indien et son trésor furent relégués à l'arrière-plan et le garçon ne pensa plus qu'à Becky. Il ne tarda pas à revoir la petite et tous deux s'amusèrent follement avec leurs camarades d'école.

La journée s'acheva encore mieux qu'elle n'avait commencé. A force de harceler sa mère, Becky finit par obtenir que son fameux pique-nique fût fixé au lendemain. La petite éprouva une joie délirante qui n'eut d'égal que le bonheur de Tom. Les invitations furent lancées aussitôt et toute le jeunesse du village entra dans la fièvre des préparatifs. Tom était si énervé qu'il ne put s'endormir. L'oreille aux aguets, il attendait le miaou de Huck et espérait bien mettre la main sur le trésor sans plus tarder, ce qui lui permettrait d'éblouir Becky et ses amis au pique-nique. Mais la nuit se passa sans incident et il lui fallut déchanter.

Le lendemain matin vers onze heures, une foule aussi joyeuse que bruyante était rassemblée chez le juge Thatcher et n'attendait plus que le signal du départ. Les grandes personnes n'avaient point coutume de gâcher la joie des enfants par leur présence. Elles estimaient que leur sauvegarde était suffisamment assurée par quelques jouvencelles de dix-huit printemps et leurs cavaliers de trois ou quatre années plus âgés. Le vieux bac à vapeur fut affrété pour l'occasion. Bientôt la cohorte enfantine se répandit dans la rue principale du village. Presque tout le monde portait un panier à provisions sous le bras. Sid, malade, ne pouvait participer aux réjouissances, et Mary était restée auprès de lui.

Avant le départ, Mme Thatcher fit ses recommandations à sa fille.

« Vous rentrerez certainement très tard, lui dit-elle. Tu ferais peut-être mieux de passer la nuit chez une de tes petites amies qui habitent à côté du débarcadère.

— Alors, j'irai coucher chez Susy Harper, maman.

— Très bien. Et tâche d'être sage et de ne gêner personne. »

En chemin, Tom dit à Becky :

« Voilà ce que nous allons faire. Au lieu d'aller

chez Joe Harper, nous monterons le coteau et nous irons coucher chez la veuve Douglas. Elle aura des glaces. Elle en a toujours plein sa cuisine. Elle sera ravie de nous héberger.

— Oh ! comme ce sera amusant ! »

Mais les sourcils de Becky se froncèrent.

« Que va dire maman ? demanda-t-elle.

— Elle n'en saura rien.

— Oui, mais... ce n'est pas bien de...

— Et alors ? Du moment qu'elle n'est pas au courant ! D'ailleurs, nous ne ferons rien de mal. Tout ce qu'elle désire c'est que tu passes une bonne nuit tranquille. Et puis, je suis sûr que si tu lui avais parlé de la veuve Douglas, elle t'aurait conseillé elle-même d'aller chez elle. »

L'hospitalité royale de la veuve Douglas était évidemment bien tentante, et Tom réussit à lever les derniers scrupules de Becky. Les deux enfants décidèrent d'un commun accord de ne pas souffler mot de leur projet.

Tout à coup, Tom songea que cette nuit même Huck était fort capable de venir miauler sous sa fenêtre. Que faire ? Il ne pouvait pourtant pas renoncer à aller chez la veuve Douglas. Du reste, tout bien réfléchi, il n'y avait aucune raison pour que Huck l'appelât cette nuit plutôt que les autres. Le plaisir certain de la soirée à venir l'emporta sur l'attrait du trésor hypothétique. Et, avec la légèreté de son âge, Tom n'y pensa plus de toute la journée.

A six kilomètres en aval du village, le bac s'arrêta devant une crique entourée de bois. Aussitôt l'ancre jetée, la jeunesse se rua sur la berge et ne tarda pas à remplir la forêt de cris et de rires sonores. Tous les moyens d'attraper des courbatures et de se mettre en nage furent essayés. Peu à peu, les membres de la troupe regagnèrent leur base. Ils avaient tous l'estomac dans les talons et la dévastation des victuailles commença. Après le festin, on se reposa et l'on bavarda à l'ombre de grands chênes. Soudain, quelqu'un lança :

« Y a-t-il des volontaires pour la grotte ? »

Tout le monde en fut. On se jeta sur les paquets de chandelles, et une caravane improvisée se mit en devoir d'escalader la falaise. Au sommet se trouvait la grotte MacDougal, dont l'entrée, en forme de A, était défendue par une porte de chêne massif. La porte était justement ouverte et les explorateurs pénétrèrent dans une sorte de chambre glaciale. Il faisait sombre. La pierre des murs suintait. Quand on se retournait, on voyait se dessiner dans l'encadrement de l'entrée la vallée inondée de soleil. L'endroit était romantique à souhait. D'abord les visiteurs se turent, mais leur exubérance naturelle reprit le dessus et le charivari recommença. Un garçon alluma une chandelle. Toute la troupe se rua sur lui. Il défendit vaillamment son bien jusqu'au moment où il succomba sous le nombre. Une autre chandelle s'alluma et fut éteinte au milieu des cris et des rires.

Cependant, tout a une fin et une sage procession de garçons et de filles, munis de chandelles dont le reflet tremblait sur les voûtes vingt mètres au-dessus de leurs têtes, se mit à descendre la pente rapide du couloir principal. Ce couloir n'avait guère plus de trois mètres de large. Sur chacune de ses parois s'ouvraient des galeries latérales très rapprochées. La grotte MacDougal était un véritable labyrinthe et l'on disait qu'on aurait pu errer pendant des jours et des nuits, descendant toujours plus bas dans le méli-mélo de ses couloirs, ses crevasses et ses gouffres, sans jamais en atteindre le fond, fût-ce dans les entrailles même de la terre. Si bien que personne ne pouvait se vanter de « connaître » la grotte. La plupart des jeunes hommes en avaient exploré une partie et Tom, pour sa part, en connaissait au moins autant qu'eux.

La procession s'étira le long du couloir central et bientôt de petits groupes l'abandonnèrent pour se livrer à une poursuite en règle dans les allées latérales. On s'évitait, on se guettait aux carrefours, on s'attaquait par surprise et l'on parvenait même à échapper à l'ennemi pendant une bonne demi-heure, sans s'écarter des endroits « repérés ».

Groupe après groupe, les explorateurs, haletants, couverts de glaise et de coulées de chandelle se retrouvèrent à l'entrée de la grotte, ravis de leur journée. Alors, ils s'aperçurent avec stupeur qu'ils ne s'étaient pas inquiétés de l'heure et que la nuit était sur le point de tomber. La cloche du bac sonnait depuis un certain temps, et cette fin romantique à la belle aventure lui conférait, de l'avis de tous, un charme supplémentaire.

On redescendit au galop et, lorsque le vieux bateau eut quitté la rive, personne, hormis le capitaine, ne regretta ce retard.

Huck était déjà à son poste quand le bac, tout éclairé, longea l'appontement. Le jeune garçon n'entendit aucun bruit à bord car tous les passagers, brisés de fatigue, s'étaient endormis. Il se demanda quel pouvait bien être ce vapeur et pourquoi il ne s'arrêtait pas, mais, comme il avait d'autres chats à fouetter, il n'y pensa plus. La nuit devenait très sombre. Les nuages s'amoncelaient. Dix heures sonnèrent. Les bruits s'apaisèrent, les lumières s'éteignirent, les derniers passants rentrèrent chez eux, le village s'endormit et le petit guetteur resta seul avec le silence et les fantômes.

A onze heures, les lumières de la taverne s'éteignirent. Il fit noir comme dans un four. Huck était toujours aux aguets mais rien ne se produisit. L'inutilité de sa mission commença à lui apparaître et il songea à aller se coucher.

Soudain, il perçut un bruit. Tous les sens en éveil, il fouilla l'obscurité. La porte de l'auberge qui donnait sur l'impasse se referma doucement. Huck se tapit dans un coin. Deux hommes passèrent tout près de lui. L'un semblait porter quelque chose sous son bras. Ça devait être le coffre ! Ainsi, ils emportaient leur trésor ! Fallait-il prévenir Tom ? Mais non, c'était absurde... Les deux hommes se perdraient dans la nuit et il serait impossible de retrouver leurs traces. Il n'y avait qu'à les suivre sans se faire voir. C'était une chose faisable, grâce à l'obscurité.

Huck se glissa hors de sa cachette et, pieds nus, léger comme un chat, il emboîta le pas aux voleurs de trésor, ayant soin de conserver entre eux et lui une distance suffisamment réduite pour ne pas les perdre de vue.

Ils suivirent le fleuve pendant un certain temps, puis tournèrent à gauche. Ensuite, ils s'engagèrent dans le chemin qui menait en haut de la colline de Cardiff. Passée la maison du vieux Gallois à flanc de coteau, ils continuèrent leur ascension. « Bon, pensa Huck, ils vont aller enfouir le coffre dans la vieille carrière. » Mais ils ne s'arrêtèrent pas à la carrière. Une fois au sommet, ils commencèrent à redescendre par un étroit sentier qui plongeait entre de hauts buissons de sumac. L'obscurité se referma sur eux.

Huck hâta le pas pour raccourcir la distance qui les séparait, sûr maintenant de ne pas être repéré. Il marcha ainsi un temps ; puis craignant d'aller trop vite, il ralentit un peu, fit encore quelques mètres, puis s'arrêta. Il écouta : aucun autre bruit que le battement de son cœur. Une chouette ulula dans le lointain. Sinistre présage ! Où se trouvaient donc les deux hommes ? La partie était-elle perdue ? Huck était sur le point de s'élancer quand quelqu'un toussota à un mètre de lui ! La gorge du jeune garçon se serra, ses membres tremblèrent comme s'il avait été en proie à un violent accès de fièvre. Soudain, Huck se rendit compte de l'endroit où il était arrivé : à quelques mètres de l'allée qui donnait accès à la propriété de la veuve Douglas. « C'est parfait, se dit Huck, qu'ils enfouissent leur trésor ici. Il ne sera pas difficile à trouver ! »

Une voix sourde s'éleva alors, la voix de Joe l'Indien.

« Que le diable emporte cette bonne femme, fit-il. Il y a du monde chez elle. Je vois de la lumière.

— Moi je ne vois rien », répondit une autre voix, celle de l'inconnu de la maison hantée.

Le sang du pauvre Huck se glaça dans ses veines. Joe avait dû entraîner son complice jusque-là pour l'aider à satisfaire sa vengeance. La première pensée du gamin fut de s'enfuir, mais il se rappela que la veuve Douglas avait souvent été très bonne pour lui et il se dit que les deux hommes avaient peut-être l'intention de l'assassiner. Il aurait bien voulu l'avertir du danger qu'elle courait, mais il n'osait pas bouger, de peur de révéler sa présence.

« Tu ne vois pas la lumière parce qu'il y a un arbuste devant toi, reprit Joe. Tiens, approche-toi... Tu vois, maintenant ?

— Oui. En effet, il doit y avoir du monde chez elle. Nous ferions mieux de renoncer à notre projet.

— Y renoncer au moment où je vais quitter le pays pour toujours ! Mais, voyons, l'occasion ne se représentera peut-être jamais. Je t'ai répété sur tous les tons que ce n'est pas son magot qui m'intéresse. Tu peux le prendre si ça te chante. Le fait est que son mari m'a toujours traité comme un chien et m'a fait condamner pour vagabondage quand il était juge de paix. Et ce n'est pas tout. Il m'a fait fouetter devant la porte de la prison. Fouetter comme un vulgaire nègre ! Comprends-tu ? Il est mort avant que je puisse me venger, mais c'est sur sa femme que je me vengerai aujourd'hui.

— Oh ! ne la tue pas ! Ne fais pas une chose pareille !

— La tuer ! Qui a parlé de la tuer ? Quand on veut se venger d'une femme, on ne la tue pas, on la défigure. On lui fend les narines, on lui coupe les oreilles.

— Mon Dieu ! mais c'est du...

— Garde tes réflexions pour toi ! C'est plus prudent ! Je l'attacherai à son lit. Si elle saigne trop et qu'elle en meurt, tant pis pour elle. Je ne verserai pas une larme sur son cadavre. Mon vieux, tu es ici pour m'aider dans ma besogne. Seul, je n'y arriverai pas. Fourre-toi bien ça dans la tête. Si tu bronches, je te tue ! Tu m'entends ? Et si je suis obligé de te tuer, je la tuerai elle aussi. Comme ça, personne ne saura ce qui s'est passé.

— Eh bien, puisqu'il le faut, allons-y tout de suite. Plus vite ce sera fait, mieux ça vaudra... Mais j'en suis malade.

— Y aller tout de suite ! Avec le monde qu'il y a chez elle ! Dis donc, tu me ferais presque douter de toi. Nous pouvons attendre. Nous ne sommes pas pressés. »

Huck devina que les deux hommes n'avaient plus rien à se dire pour le moment. Mais le silence l'effrayait encore davantage que cette horrible conversation. Retenant son souffle, il tenta de faire un pas en arrière, se balança en équilibre précaire sur une jambe, faillit basculer d'un côté puis de l'autre, se rattrapa, et se stabilisa enfin avec d'infinies précautions. Encore un pas, puis un autre. Une branche craqua sous son pied. Il s'arrêta de respirer, écouta. Aucun bruit, le silence était total. Sa gratitude envers le Ciel fut sans bornes. Bientôt, il retrouva le sentier enfoui dans les sumacs, lentement il vira de bord avec la souplesse d'un bateau sur l'eau, puis repartit d'un pas rapide et prudent. Il ne prit finalement sa course qu'une fois arrivé à la carrière, et hors d'atteinte. Il courut d'une seule traite jusqu'à la maison du Gallois. Il tambourina à la porte de la ferme. Une fenêtre s'ouvrit et le vieil homme apparut encadré de ses deux fils, deux superbes gaillards.

« Qui est-ce qui fait tout ce tapage ? cria-t-il. Qui frappe à ma porte ? Que me voulez-vous ?

— Laissez-moi entrer... Vite... J'ai quelque chose à vous dire.

— Qui êtes-vous ?

— Huckleberry Finn... Vite, laissez-moi entrer !

— Ah ! C'est toi, Huckleberry ! Je n'ai guère envie de t'ouvrir ma porte. Ouvrez-lui quand même, mes gars, et voyons ce qu'il nous veut. »

« Je vous en supplie, ne dites jamais que je suis

venu vous trouver. » Telles furent les premières paroles de Huck lorsque les fils du Gallois l'eurent fait entrer. « Je vous en supplie... autrement on me tuera... mais la veuve a souvent été très gentille pour moi et je veux vous dire... Je vous dirai tout si vous me jurez de ne jamais raconter que je suis venu.

— Sacrebleu! s'exclama le Gallois. Ça doit être joliment important, sans quoi il ne serait pas dans cet état. Allons, parle, petit. Nous te promettons de ne rien dire. »

Trois minutes plus tard, le vieillard et ses fils gravissaient la colline et se dirigeaient vers la propriété de la veuve. Chacun d'eux tenait son fusil à la main. Huck les laissa à mi-chemin et se blottit derrière un arbre. Après un long silence, il entendit une détonation suivie d'un cri. Le jeune garçon n'attendit pas la suite et dévala la pente aussi vite que s'il avait eu tous les diables de l'enfer à ses trousses.

31

Dès les premières lueurs de l'aube, Huck gravit
à tâtons la colline et vint frapper doucement à la
porte du Gallois. Les occupants de la ferme, émus
par les événements de la nuit, ne dormaient que
d'un œil.

« Qui est là ? cria-t-on d'une fenêtre.

— Ouvrez-moi, répondit le gamin d'une voix
tremblante. Ce n'est que moi, Huck Finn.

— Sois le bienvenu, mon garçon ! Cette porte
te sera désormais ouverte jour et nuit. »

C'était bien la première fois que le petit vagabond recevait un tel accueil. Il se sentit tout
réconforté.

Une clef tourna dans la serrure, la porte s'ouvrit, et il entra. On le fit asseoir ; le Gallois et ses
fils s'habillèrent en un tournemain.

« J'espère que tu as faim, mon garçon, dit le

vieil homme. Le petit déjeuner sera prêt dès que le soleil sera levé. Tu tâcheras d'y faire honneur. Mes fils et moi, nous espérions que tu aurais couché ici cette nuit, mais nous ne t'avons pas retrouvé.

— J'étais mort de peur, avoua Huck, et je me suis sauvé quand j'ai entendu le coup de feu. J'ai couru pendant près de cinq kilomètres sans m'arrêter. Je suis revenu parce que je voudrais bien savoir ce qui est arrivé. Et si vous me voyez au petit jour c'est parce que je ne tiens pas du tout à rencontrer les deux démons, même s'ils sont morts.

— Mon pauvre gosse, tu m'as tout l'air d'avoir passé une bien mauvaise nuit. Mais j'ai un lit pour toi. Tu iras te coucher dès que tu auras mangé. Hélas ! non. Les diables ne sont pas morts. Nous le regrettons joliment, je t'assure. Grâce à ta description, nous savions pourtant bien où les dénicher. Nous nous sommes avancés sur la pointe des pieds. Nous étions à dix mètres d'eux. Il faisait noir comme dans un four. Personne ne pouvait nous voir. Tout à coup, j'ai été pris d'une terrible envie d'éternuer, quelle malchance ! J'ai voulu me retenir, mais rien à faire. Il a fallu que ça sorte. J'ai entendu les branches remuer. Les deux lascars fichaient le camp. Comme j'étais en tête avec mon fusil, j'ai dit à mes fils de faire comme moi et j'ai tiré dans la direction du bruit. On les entendait courir. On a couru après eux à travers bois en tirant quelques cartouches au jugé, mais je suis bien sûr que nous ne les avons

« *J'ai tiré dans la direction du bruit.* »

pas touchés. Ils ont tiré deux balles sur nous en s'enfuyant. Dieu merci ! ils nous ont ratés. Dès que nous ne les avons plus entendus, nous avons cessé de les poursuivre et nous sommes allés tout de suite prévenir les policiers. Ils sont partis monter la garde au bord de la rivière et, sitôt qu'il fera grand jour, le shérif rassemblera des volontaires et organisera une battue. Mes fils y prendront part. Je voudrais bien savoir comment sont faits ces animaux-là... ça faciliterait rudement les recherches. Mais tu ne peux pas nous donner leur signalement, je suppose ? Il faisait trop noir, cette nuit.

— Si, si, je peux vous les décrire. Je les ai vus au village et je les ai suivis jusque par ici.

— C'est merveilleux ! Vas-y, mon petit : à quoi est-ce qu'ils ressemblent ?

— L'un d'eux, c'est le vieux sourd-muet espagnol qui est venu rôder deux ou trois fois dans le pays. L'autre, c'est un type mal rasé, déguenillé et...

— Ça suffit, mon garçon. Nous les connaissons ! Nous les avons surpris un jour dans les bois derrière la maison de la veuve ; ils ont décampé en nous voyant. Allez vite, mes gars. Courez prévenir le shérif... Vous prendrez votre petit déjeuner demain ! »

Les fils du Gallois partirent aussitôt. Comme ils franchissaient le seuil, Huck se dressa d'un bond et s'écria :

« Surtout ne dites à personne que c'est moi qui ai découvert leur piste ! Je vous en supplie !

— Nous ne dirons rien, Huck, puisque tu le demandes, mais c'est dommage de ne pas pouvoir raconter tes exploits.

— Non, non, je vous en prie, ne dites rien. »

Lorsque les jeunes hommes se furent éloignés, le vieil homme déclara :

« Ils ne diront rien... moi non plus. Mais pourquoi ne veux-tu pas qu'on sache ce que tu as fait ? »

Huck se contenta d'expliquer que l'un des deux hommes le tuerait certainement s'il apprenait qui avait lancé les Gallois et les policiers à sa poursuite.

« Mais enfin, mon garçon, comment as-tu eu l'idée de suivre ces individus-là ? » demanda le vieillard.

La question était gênante et Huck réfléchit avant de répondre.

« Voilà, dit-il. Je ne mène pas une vie bien gaie et, à force d'y penser et de chercher un moyen de m'en tirer, ça m'empêche quelquefois de dormir. Hier soir, je n'arrivais pas à fermer l'œil. Alors, je suis allé faire un tour. En passant devant la vieille briqueterie, à côté de la taverne, je me suis arrêté et je me suis adossé au mur pour penser plus à mon aise. A ce moment, les deux types sont passés tout près de moi. L'un d'eux portait une espèce de caisse sous le bras et je me suis tout de suite dit qu'il avait dû la voler. Il fumait un cigare. Son camarade lui a demandé du feu. La braise de leurs cigares leur a éclairé le visage et j'ai reconnu le sourd-muet espagnol à ses favoris blancs.

J'ai vu que l'autre était tout couvert de guenilles.

— Quoi ! Tu as pu voir ses guenilles à la lueur de son cigare ? »

Huck parut déconcerté.

« Je... je ne sais pas... Enfin, j'ai eu cette impression.

— Alors, ils ont continué leur chemin ; et toi... ?

— Moi, je les ai suivis, oui... C'est ça. Je voulais voir ce qu'ils allaient faire. Je les ai suivis jusqu'à l'entrée de la propriété de la veuve. Ils... Ils se sont arrêtés dans le noir et j'ai entendu l'Espagnol dire à son camarade qu'il voulait défigurer la veuve et que...

— Hein ! C'est le sourd-muet qui a dit tout cela ? »

Huck venait de commettre une énorme bêtise ! Il faisait tout pour que le vieux Gallois ne sache pas qui était l'Espagnol et, plus il parlait, plus il s'enferrait et accumulait les bourdes.

« N'aie pas peur, mon garçon, lui dit le vieillard. Avec moi, tu ne crains rien. Je m'en voudrais de toucher à un seul de tes cheveux. Je te protégerai... Compte sur moi. Cet Espagnol n'est donc ni muet ni sourd. Tu l'as dit malgré toi. Tu ne peux pas revenir là-dessus maintenant. Bon, tu en sais davantage sur cet Espagnol que tu n'en as l'air. Allons, aie confiance en moi... Parle. Je ne te trahirai pas. »

Huck regarda le Gallois. Son visage respirait l'honnêteté. Il s'approcha de lui et lui glissa dans l'oreille :

« Ce n'est pas un Espagnol... c'est Joe l'Indien ! »

Le vieillard se leva comme s'il avait été mordu par un serpent.

« Ça explique tout, fit-il. Quand tu m'as parlé de narines fendues et d'oreilles coupées, j'ai cru que tu inventais, parce que les Blancs ne pensent pas à des vengeances de ce genre. Mais un Indien ! C'est différent ! »

La conversation se poursuivit pendant le petit déjeuner et le Gallois raconta qu'avant d'aller se coucher, ses fils et lui avaient pris une lanterne et étaient allés examiner le sol auprès de l'allée pour voir s'il n'y avait pas de traces de sang. Ils n'en avaient pas trouvé, mais ils avaient découvert un gros sac contenant des...

« Des *quoi* ? » s'exclama Huck, les lèvres tremblantes.

Le souffle coupé, les yeux écarquillés, il attendit la réponse. Le Gallois, stupéfait, le regarda à son tour. Une, puis trois, puis cinq secondes passèrent. Enfin le vieillard répondit :

« Un sac contenant des outils de cambrioleur. »

Huck poussa un soupir de soulagement.

« Oui, un attirail de cambrioleur, répéta le Gallois sans quitter Huck des yeux. Ça m'a l'air de te faire plaisir, ce que je te dis là. Pourquoi as-tu fait une tête pareille tout à l'heure ? Que croyais-tu que nous avions trouvé dans ce sac ? »

Huck était au pied du mur. Il eût donné n'importe quoi pour pouvoir inventer une explication plausible. Mais rien ne lui venait à l'esprit et le

Gallois le regardait toujours dans le blanc des yeux. Alors, le pauvre garçon aux abois sauta sur la première idée venue.

« Des livres de prières, peut-être », risqua-t-il d'une voix blanche.

Le pauvre Huck était trop désespéré pour vouloir plaisanter, mais le vieil homme donna libre cours à son hilarité et déclara qu'une pareille rigolade valait tous les médicaments du monde.

« Mon pauvre enfant, ajouta-t-il, te voilà tout pâle et épuisé. Tu ne dois pas être dans ton assiette. Il y a de quoi d'ailleurs. Allons, après un bon somme, il n'y paraîtra plus. »

Huck était furieux contre lui-même de s'être trahi aussi bêtement ; d'un autre côté, il était ravi de penser que le paquet emporté par Joe l'Indien et son complice n'était pas le trésor, comme il l'avait cru tout d'abord, mais un vulgaire sac contenant un attirail de cambrioleur. Le coffre aux dollars devait donc être resté au numéro 2, et ce serait l'enfance de l'art de s'en emparer le soir même car, à cette heure-là, Joe et son compagnon auraient été arrêtés par les gendarmes et jetés en prison.

A peine le petit déjeuner terminé, on entendit frapper à la porte. Huck alla se cacher dans un coin. Il n'avait aucune envie d'être mêlé de près ou de loin aux événements de la nuit. Le Gallois ouvrit et fit entrer plusieurs messieurs et plusieurs dames, parmi lesquelles la veuve Douglas. Du pas de sa porte, il aperçut des groupes de villageois qui prenaient le chemin de la colline pour aller se rendre compte sur place de ce qui s'était passé. Bien entendu, la nouvelle s'était répandue dans tout le pays.

Le Gallois fut obligé de retracer à ses visiteurs les péripéties de la nuit. La veuve Douglas lui exprima très spontanément sa gratitude.

« N'en parlons plus, madame, fit le vieux. Il y a quelqu'un à qui vous devez beaucoup plus de reconnaissance qu'à mes fils ou à moi. Malheureusement, cette personne ne m'a pas permis de révéler son nom. Sans elle, nous ne serions pas arrivés à temps. »

Comme il fallait s'y attendre, cette déclaration excita une telle curiosité qu'on finit par en oublier le drame lui-même. Cependant, le vieil homme tint bon et refusa de livrer son secret.

Voyant qu'il n'y avait rien à faire pour obtenir d'autres précisions du Gallois, la veuve Douglas changea de sujet de conversation.

« Pourquoi ne m'avez-vous pas réveillée ? demanda-t-elle. Je m'étais endormie sur mon livre, sans éteindre la lumière, et je n'ai rien entendu, malgré le bruit que vous avez dû faire.

— Nous avons pensé que ce n'était pas la peine. A quoi bon vous effrayer ? Les deux bandits étaient partis et ils n'avaient sans doute pas l'intention de revenir. Mes trois nègres ont monté la garde autour de votre maison tout le restant de la nuit. Ils sont rentrés il y a un instant. »

De nouveaux visiteurs vinrent à la ferme et le

Gallois fut obligé de répéter son histoire un certain nombre de fois.

C'était dimanche. Pendant les vacances, il n'y avait pas d'école avant le service religieux, mais tout le monde se rendit de bonne heure à l'église. On ne parlait que de l'événement et l'on s'étonnait que les deux bandits n'eussent pas encore été arrêtés.

Après le sermon, comme la foule se dispersait, Mme Thatcher s'approcha de Mme Harper.

« Est-ce que ma petite Becky va passer sa journée au lit ? lui demanda-t-elle. Elle doit être morte de fatigue.

— Votre petite Becky ?

— Mais oui. N'a-t-elle donc pas passé la nuit chez vous ?

— Non. »

Mme Thatcher pâlit et s'assit sur un banc, juste au moment où passait tante Polly.

« Bonjour, madame Thatcher, bonjour madame Harper, dit la vieille dame. Figurez-vous que mon garçon n'est pas rentré. Je pense qu'il a couché chez l'une d'entre vous cette nuit. »

Mme Thatcher fit non de la tête et pâlit davantage.

« Il n'a pas couché à la maison », déclara Mme Harper qui commençait à se sentir mal à l'aise.

L'anxiété se peignit sur les traits de tante Polly.

« Joe Harper, fit-elle, as-tu vu Tom, ce matin ?

— Non, madame.

— Quand l'as-tu aperçu pour la dernière fois ? »

Joe essaya de se rappeler mais il n'y parvint pas.

Maintenant, les gens s'arrêtaient et entouraient le banc où Mme Thatcher s'était assise. D'autres personnes revenaient sur leurs pas pour voir ce qui se passait. Des murmures couraient dans l'assistance. On interrogeait les enfants, on posait des questions aux jeunes professeurs qui avaient pris part à l'expédition de la veille. Tous reconnurent qu'ils n'avaient vu ni Becky ni Tom sur le bac. D'ailleurs, personne n'avait songé à demander s'il y avait des manquants. Un jeune homme émit l'idée que Tom et Becky étaient peut-être restés dans la grotte. Mme Thatcher s'évanouit. Tante Polly fondit en larmes et se tordit les mains.

L'alarme donnée, la nouvelle courut de bouche en bouche, de groupe en groupe, de maison en maison. Au bout de cinq minutes, le tocsin sonnait et le village entier était sens dessus dessous. Oublié l'incident nocturne de la colline de Cardiff ! Oubliés les voleurs ! On sella les chevaux, on sauta dans les barques, on prévint le capitaine du bac d'avoir à appareiller séance tenante. Au bout d'une demi-heure, deux cents hommes se ruaient, par des moyens divers, du côté de la grotte MacDougal. Pendant tout l'après-midi, le village sembla vide et mort. De nombreuses femmes rendirent visite à tante Polly et à Mme Thatcher, et tentèrent de les réconforter. Elles pleurèrent avec elles, ce qui valait mieux que des paroles.

Toute la nuit, le village attendit des nouvelles. A l'aube, la consigne circula de rue en rue : « Envoyez d'autres chandelles. Envoyez d'autres provisions. » Mme Thatcher et tante Polly étaient à moitié folles de douleur. Le juge Thatcher eut beau leur envoyer des messages optimistes de la grotte, il ne réussit pas à les rassurer.

Le vieux Gallois rentra chez lui au petit matin, couvert de taches de suif et d'argile. Il trouva Huck couché dans le lit qu'il avait mis à sa disposition. Le gamin avait la fièvre et délirait. Comme tous les médecins étaient à la grotte, la veuve Douglas vint soigner le malade. Elle déclara que Huck pouvait être ce qu'il voulait mais qu'il n'en restait pas moins une créature du Bon Dieu et qu'elle se dévouerait à lui de toute son âme, qu'il fût bon ou méchant. Le Gallois lui dit que Huck avait ses bons côtés. La veuve abonda dans son sens :

« Vous pouvez en être sûr. C'est la marque du Seigneur. Il ne l'oublie jamais et la met sur toute créature qui sort de ses mains. »

Tôt le matin, des hommes exténués commencèrent à revenir au village. Les plus robustes étaient restés à la grotte. Ceux qui rentraient chez eux n'avaient pas grand-chose à raconter. Toute la partie connue de la grotte avait été fouillée de fond en comble et les recherches continuaient. Dans toutes les galeries, au bord de chaque crevasse, on apercevait la chandelle d'un sauveteur. A chaque instant, on entendait lancer un appel ou tirer un coup de pistolet. Dans un couloir, souvent fréquenté par les touristes, on avait trouvé sur la paroi les mots « Becky et Tom » tracés avec la fumée d'une chandelle et, tout près, sur le sol, un bout de ruban. Mme Thatcher reconnut ce ruban et éclata en sanglots. Elle dit que ce serait la dernière relique qu'elle aurait de son enfant. Trois journées effroyables passèrent ainsi et le village peu à peu sombra dans le désespoir. Les gens n'avaient plus aucun goût à l'existence. Malgré l'importance du fait, on ne s'occupa guère de la découverte d'un débit clandestin à la taverne où Tom avait vu Joe vautré sur le sol. Dans un intervalle de lucidité, Huck demanda à la veuve Douglas si par hasard on n'avait rien découvert là-bas. Le cœur battant, il attendit la réponse.

« Si », fit l'excellente dame.

Huck se dressa sur son séant, une expression de terreur dans le regard.

« Qu'est-ce qu'on a trouvé ?

— De l'alcool, et l'on a fermé l'auberge. Recouche-toi, mon enfant. Tu m'en donnes, des émotions !

— Dites-moi encore une chose... rien qu'une seule, murmura Huck. Est-ce Tom Sawyer qui a découvert cela ? »

La veuve Douglas éclata en sanglots.

« Tais-toi, mon enfant, tais-toi. Je t'ai déjà dit qu'il ne faut pas parler. Tu es très, très malade. »

Alors, on n'avait trouvé que de l'alcool. Si l'on

avait trouvé autre chose, quel charivari ! Le trésor n'était donc plus là... Il était perdu, irrémédiablement perdu ! Au fait, pourquoi la veuve pleurait-elle ? Oui, pourquoi ? Ces pensées s'agitèrent confusément dans l'esprit de Huck qui, sous l'effet de la fatigue, ne tarda pas à s'assoupir.

« Allons... Il dort, le pauvre petit. Tom Sawyer, découvrir de l'alcool à la taverne ! En voilà une idée ! Ah ! si seulement on pouvait retrouver ce malheureux Tom ! Mais, hélas ! les gens n'ont plus beaucoup d'espoir, ni de forces, pour continuer à le chercher. »

32

Revenons maintenant à Tom et à Becky que nous avions laissés à l'entrée de la grotte. Mêlés au reste de la bande joyeuse, ils visitèrent en détail les célèbres merveilles cachées au flanc de la falaise et pompeusement appelées « Le Grand Salon », « La Cathédrale », « Le Palais d'Aladin ». Bientôt, la partie de cache-cache commença. Tom et Becky s'y adonnèrent de toute leur âme jusqu'à ce que le jeu finît par les lasser.

Alors, tenant leur chandelle au-dessus de leur tête, déchiffrant les noms, les dates, les adresses et les devises écrites à la fumée contre les parois, ils s'engagèrent dans un couloir sinueux. Marchant et bavardant, ils remarquèrent à peine qu'ils se trouvaient désormais dans une partie de la grotte dont les murs ne portaient plus de graffitis. Ils tracèrent leurs propres noms sur une

Tom et Becky visitèrent les célèbres merveilles cachées au flanc de la falaise.

pierre en saillie et poursuivirent leur chemin. Ils arrivèrent à un endroit où un petit ruisseau, franchissant un barrage, avait entraîné pendant des siècles et des siècles des sédiments calcaires et formé une chute du Niagara en miniature dont les eaux pétrifiées scintillaient lorsqu'elles recevaient de la lumière. Tom se glissa derrière la cascade et l'illumina, à la plus grande joie de sa compagne. Il s'aperçut que le barrage dissimulait une sorte d'escalier naturel à pente très raide, et aussitôt il conçut l'ambition de se muer en explorateur. Becky partagea son désir et, après avoir laissé une marque à l'entrée de l'escalier, ils se lancèrent dans l'inconnu. Ils se faufilèrent ainsi dans les profondeurs secrètes de la grotte et, laissant derrière eux un nouveau point de repère, ils poursuivirent leurs investigations.

300

Un étroit passage latéral les amena dans une large caverne dont la voûte s'ornait d'une multitude de stalactites scintillantes. Ils en firent le tour en admirant ces beautés et quittèrent la caverne par l'un des innombrables couloirs qui y débouchaient. Une seconde caverne, plus vaste que la première, s'offrit à leurs yeux émerveillés. Au centre jaillissait une source qu'entourait un bassin cristallin. De gigantesques stalactites et stalagmites, que le temps avait jointes, servaient de supports à la voûte. Sous celle-ci, des chauves-souris par centaines avaient élu domicile. La lumière des chandelles les arracha à leur quiétude et, poussant de petits cris, battant furieusement des ailes, elles fondirent sur les enfants. Tom n'ignorait pas les dangers d'une telle attaque. Il saisit Becky par la main et l'entraîna dans le premier couloir qui se présenta. Il était temps, car déjà une chauve-souris avait éteint d'un coup d'aile la chandelle de la petite.

Les chauves-souris pourchassèrent les fuyards pendant un certain temps et les obligèrent à accumuler les tours et les détours pour se soustraire à leur fureur. Bientôt Tom découvrit un lac souterrain dont les contours imprévus se perdaient dans l'obscurité environnante. Le jeune garçon voulut en explorer la rive mais il se ravisa et décida qu'il valait mieux s'asseoir un instant pour se reposer.

Alors, pour la première fois, le profond silence de la grotte exerça son effet déprimant sur l'âme des deux enfants.

« Je n'ai pas fait très attention, dit Becky, mais il me semble que nous n'avons pas entendu les autres depuis bien longtemps.

— Nous nous sommes enfoncés dans la grotte et d'ici il est impossible de les entendre. D'ailleurs, j'ignore absolument dans quelle direction ils se trouvent maintenant. »

Becky commençait à s'inquiéter.

« Je me demande depuis combien de temps nous les avons quittés. Nous ferions mieux d'aller les retrouver.

— Oui, je crois que tu as raison.

— Tu reconnaîtras le chemin, Tom ?

— Certainement, mais il y a les chauves-souris. Si jamais elles éteignent nos chandelles, ce sera une catastrophe. Tâchons de découvrir un autre parcours pour les éviter.

— Oui, à condition de ne pas nous perdre. Ce serait épouvantable ! »

Et, à cette pensée, Becky ne put réprimer un frisson.

Le garçon et la fillette s'engagèrent dans un long couloir qu'ils suivirent en silence, examinant chaque crevasse, chaque allée latérale, pour voir s'ils ne la reconnaissaient pas.

Chaque fois, Becky guettait un signe d'encouragement sur le visage de Tom et, chaque fois, celui-ci déclarait d'un ton optimiste :

« Ça va, ça va. Ce n'est pas encore le bon couloir, mais nous n'en sommes pas loin. »

Cependant, à mesure qu'il avançait, Tom sentait le découragement s'emparer de lui. Les couloirs succédaient aux couloirs. Tom s'y engageait, rebroussait chemin et ne cessait de répéter : « Ça va, ça va » avec de moins en moins de conviction. Becky ne le quittait pas d'une semelle et s'efforçait en vain de refouler ses larmes.

« Oh ! Tom ! finit-elle par dire. Tant pis pour les chauves-souris. Revenons par la caverne, sans quoi nous allons nous perdre pour de bon. »

Tom s'arrêta.

« Ecoute ! » fit-il.

Le silence était impressionnant, bouleversant. Tom lança un appel. L'écho lui répondit et alla se perdre au fond des couloirs obscurs en une cascade de ricanements moqueurs.

« Oh ! ne recommence pas, Tom, supplia Becky. C'est horrible.

— Peut-être, Becky, mais ce serait un moyen d'attirer l'attention de nos camarades. »

Ce « serait » était encore plus terrible à entendre que l'écho fantôme. Il traduisait trop bien l'affaiblissement de leurs derniers espoirs.

Tom recommença. En dehors de l'écho, aucune voix ne lui répondit. Entraînant Becky, il revint sur ses pas et, au bout d'un moment, la petite, horrifiée, s'aperçut qu'il hésitait et allait tout simplement à l'aventure.

« Tom, Tom ! Mais tu n'as laissé aucune marque derrière nous ! »

— Becky, c'est de la folie ! J'aurais dû penser à cela. Maintenant, je ne peux plus retrouver mon chemin. Je ne sais plus où je suis.

— Tom, nous sommes perdus, perdus ! Nous

ne pourrons jamais sortir de cette terrible grotte !
Oh ! pourquoi avons-nous quitté les autres ? »

Becky s'allongea par terre et fut secouée de sanglots si violents que Tom, épouvanté, crut qu'elle allait mourir ou perdre la raison. Il s'assit à côté d'elle et la prit dans ses bras. Elle blottit sa tête dans le creux de son épaule, se cramponna à lui, confia tout haut ses erreurs et ses regrets inutiles, et l'écho répétait chacun de ses mots comme s'il avait voulu se moquer d'elle. Tom la supplia de reprendre espoir, mais elle déclara que tout était fini. Alors, il changea de tactique. Il s'accusa en termes violents d'avoir entraîné Becky dans une telle situation. Cette méthode eut plus de succès. Becky promit de ne pas se laisser aller et de suivre Tom où il voudrait, à condition qu'il ne se traitât plus comme il venait de le faire.

Alors ils se remirent à errer à l'aventure, marchant, marchant, car c'était là tout ce qu'il leur restait à faire. Pendant un court instant, l'espoir parut renaître — sans raison, simplement parce que c'est dans sa nature de « se remettre en marche » quand le ressort n'en a pas été brisé par l'âge ou les échecs répétés.

Bientôt Tom souffla la chandelle de sa compagne. Ce geste était significatif et se passait de mots. Becky comprit, et son espoir retomba. Elle savait que Tom avait une chandelle entière, et deux ou trois morceaux dans ses poches. Pourtant il fallait économiser.

Puis la fatigue se fit sentir, mais les enfants ne voulaient pas s'arrêter, comme si la mort, qui rôdait, eût guetté ce moment-là pour fondre sur eux.

Pourtant, les frêles jambes de Becky refusèrent de la porter davantage. La petite s'assit et Tom l'imita. Ils se mirent à parler de leurs maisons, de leurs amis, de lits confortables et surtout de la lumière. Becky pleurait et Tom s'efforçait de la consoler, mais tous les mots qu'il trouvait sonnaient à ses oreilles comme de sinistres railleries. Becky était si lasse qu'elle finit par s'endormir. Tom lui en fut reconnaissant. Il regarda son joli visage se détendre peu à peu sous l'effet d'un rêve agréable. Un sourire erra sur les lèvres de son amie. Il se sentit réconforté à cette vue. Ses pensées s'évadèrent alors vers le passé, un passé qui se perdait dans des souvenirs désormais vagues et indistincts.

Tandis qu'il était plongé dans sa rêverie, Becky s'éveilla avec un petit rire léger qui se figea vite sur ses lèvres et fut suivi d'un gémissement.

« Je m'en veux d'avoir pu dormir ! s'écria-t-elle. Et pourtant, j'aurais voulu ne jamais me réveiller.

— Ne dis pas cela, Becky. Il ne faut pas désespérer. Tu es reposée maintenant. Essayons de retrouver notre chemin.

— Je veux bien, Tom, mais j'ai vu un si beau pays dans mon rêve. C'est là que nous allons, n'est-ce pas ?

— Peut-être, Becky, peut-être. Allons, courage, il faut continuer. »

Ils se levèrent et, la main dans la main, se remirent en route. Ils avaient l'impression d'avoir passé des semaines et des semaines dans la grotte, et pourtant c'était impossible puisque leurs chandelles n'étaient pas toutes usées.

Longtemps après — mais ils avaient perdu la notion du temps —, Tom demanda à Becky de faire le moins de bruit possible en marchant, et d'écouter, elle aussi, afin de surprendre éventuellement le murmure d'une source. Quelques minutes plus tard, ils en trouvèrent effectivement une. Les deux enfants étaient morts de fatigue, mais Becky voulait avancer quand même. Elle fut très surprise d'entendre Tom s'opposer à son désir. Tom l'obligea à s'asseoir et, avec une poignée d'argile, fixa sa chandelle contre la paroi rocheuse.

« Tom, j'ai si faim ! » dit Becky au bout d'un moment.

Tom sortit quelque chose de sa poche.

« Te rappelles-tu ceci ? demanda-t-il.

— Oui, c'est notre gâteau de mariage, répondit-elle avec un pauvre sourire.

— C'est exact et je regrette drôlement qu'il ne soit pas gros comme une barrique. C'est tout ce que nous avons à manger.

— Tu te rappelles, c'est moi qui te l'ai donné pendant le pique-nique. J'aurais tant aimé que nous le gardions comme souvenir. Toutes les grandes personnes qui se marient font cela. Mais, pour nous, ce gâteau sera... notre... notre... »

Becky ne continua pas sa phrase. Tom partagea le gâteau en deux. Becky y mordit à belles dents, Tom grignota sa moitié. Ensuite, les deux enfants se désaltérèrent à la source. Un peu réconfortée, Becky voulut se remettre en route. Tom ne répondit rien tout d'abord, puis il demanda :

« Becky, j'ai quelque chose de très sérieux à te dire. Auras-tu le courage de m'écouter ? »

Becky pâlit mais pria Tom d'exprimer sa pensée.

« Eh bien, voilà, Becky. Il nous faut rester ici où nous avons de l'eau. Songe que nous n'avons plus que ce petit bout de chandelle pour nous éclairer. »

Becky éclata en sanglots.

« Tom ! murmura-t-elle d'un ton déchirant.

— Oui ?

— Nos amis vont se rendre compte que nous avons disparu et se mettre à notre recherche.

— Mais oui, sûrement.

— Ils doivent même être en train de nous chercher en ce moment.

— Probablement. En tout cas, je l'espère.

— Quand se seront-ils aperçus de notre absence, Tom ?

— En remontant sur le bateau, je pense.

— Mais, Tom, ils n'ont pas dû arriver au bateau avant la nuit et ils n'ont peut-être pas remarqué que nous n'étions pas là.

— Je n'en sais rien. N'importe comment, ta mère verra bien que tu n'es pas rentrée. »

L'expression terrifiée de Becky fit comprendre à Tom qu'il venait de commettre une sottise.

Becky ne devait pas coucher chez elle ce soir-là !
M. et Mme Thatcher risquaient de ne s'apercevoir de l'absence de Becky que le dimanche
après-midi quand ils sauraient que leur fille
n'était pas chez Mme Harper. Les enfants se
turent et regardèrent brûler la chandelle. Bientôt,
la mèche grésilla, vacilla, fuma et s'éteignit, faute
de suif. Alors régna l'obscurité totale dans toute
son horreur.

Combien de temps Becky dormit-elle, pelotonnée dans les bras de Tom avant de se réveiller
en larmes ? Les enfants eussent été incapables de
le dire. Ils comprirent seulement qu'après un
temps infini, ils s'éveillaient tous deux d'un
sommeil hébété pour retrouver leur malheur
inchangé. Tom essaya de faire parler Becky, mais
elle était submergée par le chagrin et elle avait
perdu tout espoir. Il lui dit que tout le monde
devait être à leur recherche et qu'on allait les
retrouver d'un moment à l'autre. Il se leva et, les
mains en porte-voix, lança un appel rendu si
lugubre par le silence et les ténèbres qu'il n'osa
pas recommencer.

Becky était inconsolable. Les heures s'écoulaient avec une lenteur désespérante. Les enfants
mouraient de faim. Tom n'avait mangé que la
moitié de son gâteau. Il partagea le reste avec
Becky, ce qui ne fit qu'augmenter leur fringale.
Tout à coup, Tom saisit sa compagne par le bras.

« Chut ! murmura-t-il. Entends-tu ? »

Ils retinrent leur souffle et écoutèrent. Quelque
part, dans l'obscurité, on distinguait de temps en

temps un cri à peine perceptible. Tom, à son tour, cria de toutes ses forces, prit Becky par la main et l'entraîna à tâtons dans la direction d'où venait cet appel. Il s'arrêta pour écouter encore. Le cri monta, plus rapproché cette fois.

« Ils sont là ! Ils arrivent ! s'exclama Tom. Viens, Becky. Nous sommes sauvés ! »

La joie des captifs était presque trop forte pour eux. Ils auraient voulu courir mais ils n'y voyaient pas et le sol était semé d'embûches. Ils arrivèrent au bord d'une crevasse qui barrait le couloir. Etait-elle profonde ? Pouvait-on la franchir d'une seule enjambée ? A plat ventre, Tom essaya d'atteindre le bord opposé de la faille. Impossible. Becky et lui étaient condamnés à attendre que les sauveteurs vinssent de leur côté. On entendait encore appeler, mais la voix se faisait de moins en moins distincte. Finalement, on n'entendit plus rien. Tom hurlait à pleins poumons. Rien ne lui répondit. Il s'arrêta, épuisé.

Les enfants, découragés, retournèrent auprès de la petite rivière. La fatigue aidant, ils s'endormirent. Quand ils se réveillèrent, la faim se mit à les tenailler cruellement. Ils n'avaient rien à manger. Tom estima que trois jours avaient passé depuis leur disparition.

Bientôt, une idée germa dans le cerveau du jeune garçon : un couloir s'ouvrait non loin de là ; il estima qu'il valait encore mieux voir où il menait que de rester inactif. Il sortit une pelote de ficelle de sa poche, l'attacha à une pierre en saillie et, tirant Becky par la main, il avança en déroulant sa corde. Après une vingtaine de mètres, le couloir se terminait brusquement dans le vide. Tom se remit à plat ventre et tâta le terrain autour de lui. Il eut l'impression que l'obstacle qui l'avait arrêté n'était pas infranchissable. Il s'avança avec précaution et contourna une roche. A ce moment, droit en face de lui, au détour d'une autre galerie, apparut une main d'homme brandissant une chandelle. Tom poussa une sorte de rugissement et aussitôt le propriétaire de la main se montra tout entier. C'était Joe l'Indien ! Tom en resta littéralement paralysé. Un instant plus tard, le pseudo-« Espagnol » décampait et Tom, soulagé, bénit le Ciel que le bandit n'eût pas reconnu sa voix déformée par l'écho, sinon il n'eût pas manqué de le tuer pour avoir déposé contre lui au tribunal.

Lorsque Tom se fut un peu remis de ses frayeurs, il rejoignit Becky et, sans lui souffler mot de sa découverte par crainte de l'alarmer, lui dit qu'il avait crié à tout hasard. Mais à la longue la faim et l'accablement finirent par l'emporter sur la peur. Après une interminable attente, les enfants s'endormirent. Quand ils se réveillèrent, torturés par une faim atroce, Tom eut l'impression que Becky et lui étaient dans la grotte depuis près d'une semaine et qu'il leur fallait désormais renoncer à tout espoir d'être secourus. Dès lors, peu lui importait d'affronter Joe l'Indien et il proposa à sa compagne d'explorer un autre passage. Becky, épuisée, refusa. Elle avait sombré dans une sorte d'apathie dont rien ne pouvait la tirer. A l'entendre, la mort n'allait pas tarder et elle l'attendrait là où elle était. Elle dit à Tom de partir tout seul faire ses recherches, mais elle le supplia de revenir bavarder avec elle de temps en temps et lui fit promettre d'être auprès d'elle au moment fatal et de lui tenir la main jusqu'à ce que tout soit fini.

Tom l'embrassa, la gorge serrée par l'émotion et lui laissa croire qu'il avait l'espoir de trouver les sauveteurs ou du moins une issue. Alors, rongé par la faim et le pressentiment d'une mort prochaine, il prit sa pelote de ficelle et s'engagea sur les mains et sur les genoux dans un couloir qu'il n'avait pas encore exploré.

33

La journée du mardi passa. Le village de Saint-Petersburg continuait à être plongé dans l'affliction. On n'avait pas retrouvé les enfants. Malgré les prières publiques, aucune nouvelle réconfortante n'était parvenue de la grotte. La plupart des sauveteurs avaient abandonné leurs recherches et s'étaient remis au travail, persuadés que les enfants étaient perdus à jamais.

Mme Thatcher était très malade et délirait presque continuellement. Les gens disaient que c'était atroce de l'entendre parler de son enfant, de la voir se dresser sur son séant, guetter le moindre bruit et retomber inerte. Tante Polly se laissait miner par le chagrin et ses cheveux gris étaient devenus tout blancs. Le mardi soir, les villageois allèrent se coucher, tristes et mélancoliques.

Au beau milieu de la nuit, les cloches sonnèrent à toute volée et les rues s'emplirent de gens qui criaient à tue-tête : « Levez-vous ! Levez-vous ! On les a retrouvés ! » Des instruments de musique improvisés ajoutèrent au vacarme et, bientôt, la population entière s'en alla au-devant des enfants assis dans une carriole, tirée par une douzaine d'hommes hurlant de joie. On entoura l'attelage, on lui fit escorte, on le ramena au village où il s'engagea dans la rue principale, au milieu des clameurs et des vociférations.

Saint-Petersburg était illuminé. Personne ne retourna se coucher. Jamais le village n'avait connu pareille nuit. Pendant plus d'une demi-heure, une véritable procession défila chez les

Une véritable procession défila chez les Thatcher.

Thatcher. Chacun voulait embrasser les rescapés, serrer la main de Mme Thatcher et dire une phrase gentille que l'émotion empêchait de passer.

Le bonheur de tante Polly était complet et celui de Mme Thatcher attendait pour l'être que le messager envoyé de toute urgence à la grotte eût annoncé l'heureuse nouvelle à son mari.

Tom, allongé sur un sofa, racontait sa merveilleuse odyssée à un auditoire suspendu à ses lèvres et ne se faisait pas faute d'embellir son récit. Pour finir, il expliqua comment il avait quitté Becky afin de tenter une dernière exploration. Il avait suivi un couloir, puis un second et s'était risqué dans un troisième, bien qu'il fût au bout de sa pelote de ficelle. Il allait rebrousser chemin quand il avait aperçu une lueur qui ressemblait fort à la lumière du jour. Abandonnant sa corde, il s'était approché et, passant la tête et les épaules dans un étroit orifice, il avait fini par voir le grand Mississippi rouler dans la vallée ! Si cela s'était passé la nuit, il n'aurait pas aperçu cette lueur et n'aurait pas continué son exploration. Il était aussitôt retourné auprès de Becky qui ne l'avait pas cru, persuadée qu'elle était que la mort allait répondre d'un moment à l'autre à son appel. A force d'insister, il avait réussi à la convaincre, et elle avait failli mourir de joie quand elle avait aperçu un pan de ciel bleu. Tom l'avait aidée à sortir du trou. Dehors, ils s'étaient assis et avaient sangloté de bonheur. Peu de temps après, ils avaient aperçu des hommes dans une barque et les

avaient appelés. Les hommes les avaient pris à
leur bord, mais s'étaient refusés à croire leur
histoire fantastique parce qu'ils se trouvaient à
une dizaine de kilomètres de l'endroit où s'ouvrait
la grotte. Néanmoins, ils les avaient ramenés chez
eux, leur avaient donné à manger, car ils
mouraient de faim, et, après leur avoir fait
prendre un peu de repos, les avaient reconduits au
village, en pleine nuit.

Au petit jour, le juge Thatcher et la poignée de
sauveteurs qui étaient restés avec lui furent
prévenus et hissés hors de la grotte à l'aide de
cordes qu'ils avaient eu le soin de dérouler
derrière eux.

Tom et Becky devaient s'apercevoir qu'on ne
passe pas impunément trois jours et trois nuits
comme ceux qu'ils avaient passés. Ils restèrent au
lit le mercredi et le jeudi. Tom se leva un peu ce
jour-là et sortit le samedi. Becky ne quitta sa
chambre que le dimanche, et encore avec la mine
de quelqu'un qui relève d'une grave maladie.

Tom apprit que Huck était très souffrant. Il
alla le voir le vendredi, mais ne fut pas admis
auprès de lui. Le samedi et le dimanche, il n'eut
pas plus de succès. Le lundi et les jours qui suivirent, on le laissa s'asseoir au pied du lit de son
ami, mais on lui défendit de raconter ses aventures et d'aborder des sujets susceptibles de fatiguer le malade. La veuve Douglas veilla elle-
même à ce que la consigne fût observée. Tom
apprit chez lui ce qui s'était passé sur la colline de
Cardiff. Il apprit également qu'on avait retrouvé

le corps de l'homme en haillons tout près de l'embarcadère où il avait dû se noyer en voulant échapper aux poursuites.

A une quinzaine de jours de là, Tom se rendit auprès de Huck, assez solide désormais pour aborder n'importe quel sujet de conversation. En chemin, il s'arrêta chez le juge Thatcher afin de voir Becky. Le juge et quelques-uns de ses amis firent bavarder le jeune garçon. L'une des personnes présentes demanda à Tom d'un ton ironique s'il avait envie de retourner à la grotte. Tom répondit que cela lui serait bien égal. Alors le juge déclara :

« Il y en a sûrement d'autres qui ont envie d'y retourner, Tom. Mais s'ils y vont, ils perdront leur temps. Nous avons pris nos précautions. Personne ne s'égarera plus jamais dans cette grotte.

— Pourquoi ?

— Parce que j'ai fait cadenasser et barricader l'énorme portail qui autrefois en interdisait l'entrée. Et j'ai les clefs sur moi », ajouta M. Thatcher avec un sourire.

Tom devint blanc comme un linge.

« Qu'y a-t-il, mon garçon ? Que quelqu'un aille vite lui chercher un verre d'eau ! »

Le verre d'eau fut apporté et le juge aspergea le visage de notre héros.

« Allons, ça va mieux maintenant ? Qu'est-ce que tu as bien pu avoir, Tom ?

— Oh ! monsieur le juge, Joe l'Indien est dans la grotte ! »

34

En l'espace de cinq minutes, la nouvelle se répandit dans le village. Une douzaine de barques, chargées d'hommes, se détachèrent du rivage et furent bientôt suivies par le vieux bac rempli de passagers. Tom Sawyer avait pris place dans la même embarcation que le juge Thatcher. Dès que l'on eut ouvert la porte de la grotte, un triste spectacle s'offrit à la vue des gens réunis dans la demi-obscurité de l'entrée. Joe l'Indien gisait, mort, sur le sol, le visage tout près d'une fente de la porte comme s'il avait voulu regarder la lumière du jour jusqu'à son dernier souffle. Tom fut ému car il savait par expérience ce que le bandit avait dû souffrir ; néanmoins, il éprouva une telle impression de soulagement qu'il comprit soudain au milieu de quelles sourdes angoisses il avait vécu, depuis sa déposition à la barre des témoins.

On retrouva près du cadavre le couteau de Joe brisé en deux. Le grand madrier à la base du portail présentait des marques d'entailles multiples et laborieuses. Labeur bien inutile, car le roc où il s'appuyait formait un rebord sur lequel le couteau avait fini par se briser. Si la pierre n'avait pas fait obstacle, et si le madrier avait été retiré, cela n'eût rien changé car jamais Joe l'Indien n'aurait pu passer sous la porte, et il le savait. Il avait taillé le bois pour faire quelque chose, pour passer le temps interminable, pour oublier sa torture. D'ordinaire, on découvrait toujours dans la grotte des quantités de bouts de chandelle laissés par les touristes. Cette fois, on n'en trouva aucun, car Joe les avait mangés pour tromper sa faim. Il avait également mangé des chauves-souris dont il n'avait laissé que les griffes.

Non loin de là, une stalagmite s'élevait, lentement édifiée à travers les âges par l'eau qui coulait goutte à goutte d'une stalactite. Le prisonnier avait brisé la pointe de la stalagmite et y avait placé une pierre dans laquelle il avait creusé un trou pour recueillir la goutte précieuse qui tombait là toutes les trois minutes avec la régularité d'une clepsydre. Une cuillerée en vingt-quatre heures ! Cette goutte tombait déjà lorsque les Pyramides furent construites, lorsque Troie succomba, lorsque l'Empire romain fut fondé, lorsque le Christ fut crucifié, lorsque Guillaume le Conquérant créa l'Empire britannique, lorsque Christophe Colomb mit à la voile, lorsqu'eut lieu le massacre de Lexington. Elle tombe encore. Elle continuera de tomber lorsque tout ce qui nous entoure aura sombré dans la nuit épaisse de l'oubli. Tout sur cette terre a-t-il un but, un rôle à jouer pour le futur ? Cette goutte n'est-elle tombée patiemment pendant cinq mille ans que pour étancher la soif d'un malheureux humain ? Aura-t-elle une autre mission à accomplir dans dix mille ans ? Peu importe. Bien des années se sont écoulées depuis que le malheureux métis a creusé la pierre pour capter les précieuses gouttes. Mais ce sont désormais cette pierre, cette goutte d'eau auxquelles s'attarde le plus le touriste, quand il vient voir les merveilles de la grotte MacDougal. La « Tasse de Joe l'Indien » a évincé le « Palais d'Aladin » lui-même.

Joe l'Indien fut enterré à proximité de la grotte. On vint pour l'occasion de plus de quinze kilomètres à la ronde. Les gens arrivèrent en charrettes, à pied, en bateau. Les parents amenèrent leurs enfants. On apporta des provisions, et les assistants reconnurent qu'ils avaient pris autant de bon temps aux obsèques du bandit qu'ils en eussent pris à son supplice.

Ceci eut au moins un avantage, celui de mettre fin à la demande de pétition adressée au gouverneur pour le recours en grâce du criminel. Cette pétition avait déjà réuni de nombreuses signatures et on avait formé un comité d'oies blanches chargées d'aller pleurnicher en grand deuil auprès du gouverneur, de l'implorer d'être un généreux imbécile et de fouler ainsi son devoir aux pieds. Joe l'Indien avait probablement le meurtre de cinq personnes sur la conscience. La belle affaire ! S'il avait été Satan lui-même, il y aurait encore eu assez de poules mouillées prêtes à griffonner une pétition de recours en grâce et à tirer une larme de leur fontaine toujours disposée à couler.

Le lendemain de l'enterrement, Tom emmena Huck dans un endroit désert afin d'avoir avec lui une importante conversation. Grâce à la veuve Douglas et au Gallois, Huck était au courant de tout ce qu'avait fait Tom pendant sa maladie, mais il restait certainement une chose qu'il ignorait et c'était d'elle que son ami voulait l'entretenir. La tristesse se peignit sur le visage de Huck.

« Tom, dit-il, je sais de quoi tu veux me parler. Tu es entré au numéro 2 et tu n'y as vu que du whisky. Je sais bien que c'est toi qui as découvert le pot aux roses et je sais bien aussi que tu n'as pas trouvé l'argent, sans quoi tu te serais arrangé pour me le faire savoir, même si tu n'avais rien dit aux autres. Tom, j'ai toujours eu l'impression que nous ne mettrions jamais la main sur ce magot.

— Tu es fou, Huck. Ce n'est pas moi qui ai dénoncé l'aubergiste. Tu sais très bien que la taverne avait l'air normale le jour où je suis allé au pique-nique. Tu ne te rappelles pas non plus que cette nuit-là tu devais monter la garde ?

— Oh ! si. Il me semble qu'il y a des années de cela. C'est cette nuit-là que j'ai suivi Joe l'Indien jusque chez la veuve.

— Tu l'as suivi ?

— Oui, mais tu ne le diras à personne. Il se peut très bien que Joe ait encore des amis et je ne veux pas qu'on vienne me demander des comptes. Sans moi, il serait au Texas à l'heure qu'il est. »

Alors Huck raconta ses aventures à Tom qui n'avait entendu que la version du Gallois.

« Tu vois, fit Huck, revenu par ce détour au sujet qui les occupait, celui qui a découvert du whisky au numéro 2 a découvert aussi le trésor et l'a barboté... En tout cas, mon vieux Tom, je crois que nous pouvons en faire notre deuil.

— Huck, je vais te dire une chose : cet argent n'a jamais été au numéro 2 !

— Quoi ! Aurais-tu donc retrouvé la trace du trésor, Tom ?

— Huck, le coffre est dans la grotte. »

Les yeux de Huck brillèrent.

« Tu en es sûr ?

— Oui, absolument.

— Tom, c'est vrai ? Tu n'es pas en train de te payer ma tête ?

— Non, Huck. Je te le jure sur tout ce que j'ai de plus cher. Veux-tu aller à la grotte avec moi et m'aider à en sortir le coffre ?

— Tu penses ! J'y vais tout de suite. A une condition pourtant. C'est que tu me promettes que nous ne nous perdrons pas.

— Mais non, tu verras. Ce sera simple comme bonjour.

— Sapristi ! Mais qu'est-ce qui te fait dire que l'argent...

— Huck, attends que nous soyons là-bas. Si nous ne trouvons pas le coffre, je te jure que je te donne mon tambour et tout ce que je possède. Je le jure !

— Entendu... J'accepte. Quand y vas-tu ?

— Maintenant, si le cœur t'en dit. Te sens-tu assez fort ?

— Est-ce que c'est loin à l'intérieur de la grotte ? Je me suis levé il y a trois jours et j'ai encore des jambes de coton. Je ne pourrais pas faire plus d'un kilomètre ou deux.

— Il y a une dizaine de kilomètres en passant par où tout le monde passe. Mais moi, je connais un fameux raccourci. Je suis même le seul à le connaître. Tu verras. Je t'emmènerai et te ramènerai en bateau. Tu n'auras pratiquement rien à faire.

— Alors, partons tout de suite, Tom.

— Si tu veux. Il nous faut du pain, un peu de viande, nos pipes, un ou deux petits sacs, deux ou trois pelotes de ficelle à cerf-volant et une boîte de ces nouvelles allumettes qu'on vend chez l'épicier. »

Un peu après midi, les deux garçons « empruntèrent » la barque d'un brave villageois absent et se mirent en route. Lorsqu'ils furent à quelques kilomètres au-delà du « creux de la grotte », Tom dit à Huck :

Les deux garçons « empruntèrent » la barque...

« Tu vois la falaise en face. Il n'y a ni maison, ni bois, ni buisson, rien. Ça se ressemble pendant des kilomètres et des kilomètres. Mais regarde là-bas, cette tache blanche. Il y a eu là un éboulement de terrain. Ça me sert de point de repère. Nous allons aborder. »

C'est ce qu'ils firent.

« Maintenant, mon petit Huck, fit Tom, cherche-moi ce trou par lequel je suis sorti avec Becky. On va voir si tu y arrives. »

Au bout de quelques minutes, Huck s'avoua vaincu. Tom écarta fièrement une touffe de broussailles et découvrit une petite excavation.

« Nous y voilà ! s'écria-t-il. Regarde-moi ça, Huck ! C'est ce qu'il y a de plus beau dans le pays. Toute ma vie, j'ai rêvé d'être brigand, mais je savais que pour le devenir il me fallait dénicher un endroit comme celui-là. Nous l'avons maintenant et nous ne le dirons à personne, à moins que nous ne prenions Joe Harper et Ben Rogers avec nous. Bien entendu, il va falloir former une bande, sans quoi ça ne ressemblerait à rien. La bande de Tom Sawyer... Hein, avoue que ça sonne bien ! Avoue que ça a de l'allure, non ?

— Si, tout à fait. Et qui allons-nous dévaliser ?

— Oh ! presque tout le monde. Tous ceux qui tomberont dans nos embuscades. C'est encore ce qu'il y a de mieux.

— Et nous les tuerons ?

— Non. Nous les garderons dans la grotte jusqu'à ce qu'ils paient une rançon.

— Qu'est-ce que c'est que ça, une rançon ?

— C'est de l'argent. Tu obliges les gens à demander à leurs amis tout ce qu'ils peuvent donner et, au bout d'un an, s'ils n'ont pas réuni une somme suffisante, tu les tues. En général, c'est comme cela que ça se passe. Seulement, on ne tue pas les femmes. On s'arrange pour les faire taire. C'est tout. Elles sont toujours belles et riches et elles ont une peur bleue des voleurs. On leur prend leur montre et leurs bijoux, mais toujours après avoir enlevé son chapeau et en leur parlant poliment. Il n'y a pas plus poli que les voleurs. Tu verras ça dans n'importe quel livre. Alors, elles tombent amoureuses de toi et, après deux ou trois semaines dans la grotte, elles s'arrêtent de pleurer et ne veulent plus te quitter. Si tu les chasses, elles reviennent. Je t'assure que c'est comme ça dans tous les livres.

— Dis donc, Tom, mais c'est épatant cette

vie-là. Je crois que ça vaut encore mieux que d'être pirate.

— Oui, ça vaut mieux dans un sens parce qu'on n'est pas loin de chez soi et qu'on peut aller au cirque. »

Sur ce, les deux camarades, ayant débarqué tout ce qu'il leur fallait, pénétrèrent dans le trou. Tom ouvrait la marche. Ils fixèrent solidement leur ficelle et, après avoir longé le couloir, arrivèrent au petit ruisseau. Tom ne put réprimer un frisson. Il montra à Huck les restes de sa dernière chandelle et lui expliqua comment Becky et lui avaient vu expirer la flamme. Oppressés par le silence et l'obscurité du lieu, les deux garçons reprirent leur marche sans mot dire et ne s'arrêtèrent qu'à l'endroit où Tom avait aperçu Joe l'Indien. A la lueur de leurs chandelles, ils constatèrent qu'ils étaient au bord d'une sorte de faille, profonde de dix mètres à peine.

« Huck, fit Tom à voix basse, je vais te montrer quelque chose. Tu vois là-bas ? Là, juste sur le gros rocher. C'est dessiné avec de la fumée.

— Tom, mais c'est une croix !

— Et maintenant, où est ton numéro 2 ? Sous la croix, hein ? C'est exactement là que j'ai vu Joe brandir sa chandelle. »

Huck contempla un instant l'emblème sacré et finit par dire d'une voix tremblante :

« Tom, allons-nous-en !

— Quoi ! Tu veux laisser le trésor ?

— Oui, ça m'est égal. Le fantôme de Joe l'Indien rôde sûrement par ici.

— Mais non, Huck, mais non. Il rôde là où Joe est mort. C'est à l'entrée de la grotte, à une dizaine de kilomètres d'ici.

— Non, Tom, le fantôme n'est pas loin. Il doit tourner autour du trésor. Je m'y connais en fantômes, et toi aussi pourtant. »

Tom commença à redouter que son ami n'eût raison, mais soudain, une idée lui traversa l'esprit.

« Ecoute, Huck, nous sommes des idiots, toi et moi. Le fantôme de Joe ne peut pas rôder là où il y a une croix. »

L'argument était de poids. Huck en fut tout ébranlé.

« J'avoue que je n'avais pas pensé à cela, Tom. Mais tu as raison. Nous avons finalement de la chance qu'il y ait cette croix. Allons, il faut essayer de descendre et de dénicher le coffre. »

A l'aide de son couteau, Tom se mit en devoir de tailler des marches grossières dans l'argile. Les deux garçons finirent par atteindre le fond de la faille. Quatre galeries s'ouvraient devant eux. Ils en examinèrent trois sans résultat. A l'entrée de la quatrième, tout contre le rocher marqué d'une croix, ils découvrirent un réduit qui leur avait échappé tout d'abord. Sur le sol était étendue une paillasse avec des couvertures. Une vieille paire de bretelles gisait dans un coin ainsi qu'une couenne de bacon et un certain nombre d'os de volaille à demi rongés. Mais nulle trace de coffre ! Tom et Huck eurent beau chercher, ils ne trouvèrent rien.

« Dis donc, Huck, fit notre héros, Joe avait dit :
« sous la croix ». Or, nous ne pouvons pas être
plus près de la croix que nous le sommes en ce
moment. D'un autre côté, je ne pense pas que le
trésor soit enfoui sous le rocher, parce que ça doit
être impossible de creuser dans la pierre. »

Ils cherchèrent une fois de plus, puis s'assirent,
découragés.

« Hé, Huck, fit Tom au bout d'un moment, il y
a des empreintes de pied par ici et des taches de
suif. Ça fait presque le tour du rocher mais ça
s'arrête brusquement. Il doit bien y avoir une
raison à cela. Moi, je parie que le coffre est
enterré au pied du rocher. Je vais creuser l'argile.
On verra bien.

— Ce n'est pas une mauvaise idée », fit Huck.

Tom sortit son couteau. A peine avait-il creusé
quelques centimètres que la lame heurta un
morceau de bois.

« Huck ! Tu as entendu ? »

Huck se mit à creuser à son tour. Les deux
compères eurent tôt fait de découvrir et de
déplacer les quelques planches qui formaient
comme une trappe. Cette trappe, elle-même,
dissimulait une excavation naturelle sous le
rocher. Tom s'y faufila, tendit sa chandelle aussi
loin qu'il put, mais sans apercevoir l'extrémité de
la faille. Il voulut aller plus avant, passa sous le
rocher ; l'étroit sentier descendait par degrés.
Tom en suivit les contours, tantôt à droite, tantôt
à gauche, Huck sur ses talons. Soudain, après un
tournant très court, Tom s'exclama :

« Mon Dieu, Huck, regarde-moi ça ! »

C'était bien le coffre au trésor, niché dans un joli creux de roche. A côté, on pouvait voir un baril de poudre complètement vide, deux fusils dans leur étui de cuir, deux ou trois paires de mocassins, une ceinture et divers objets endommagés par l'humidité.

« Enfin, il est à nous ! s'écria Huck en se précipitant vers le coffre et en enfouissant les mains dans les dollars ternis. Nous sommes riches, mon vieux Tom !

— Huck, j'étais sûr que nous mettrions la main dessus. C'est presque trop beau pour être vrai, hein ? Dis donc, ne nous attardons pas ici. Essayons de soulever le coffre. »

Le coffre pesait bien vingt-cinq kilos. Tom réussit à le soulever, mais il fut incapable de le déplacer.

« Je m'en doutais, dit-il. J'ai bien vu que c'était lourd à la façon dont Joe et son complice l'ont emporté quand ils ont quitté la maison hantée. Je crois que j'ai eu raison d'emmener des sacs. »

L'argent fut transféré dans les sacs et déposé au pied du rocher marqué d'une croix.

« Maintenant, allons chercher les fusils et les autres affaires, suggéra Huck.

— Non, mon vieux. Nous en aurons besoin quand nous serons des brigands. Laissons-les où ils sont, puisque c'est là que nous ferons aussi nos orgies. C'est un joli coin pour faire des orgies !

— Qu'est-ce que c'est, des orgies ?

— Je ne sais pas, mais les brigrands font

toujours des orgies, et nous en ferons. Allez, viens, nous sommes restés ici assez longtemps. Il est tard, je crois. Et puis, je meurs de faim. Nous mangerons un morceau et nous fumerons une pipe dans la barque. »

Après avoir émergé des buissons de sumac et jeté un regard prudent alentour, ils trouvèrent le champ libre et regagnèrent la barque où ils se restaurèrent. Ils repartirent au coucher du soleil. Tom longea la côte pendant le long crépuscule, tout en devisant gaiement avec Huck. Ils accostèrent à la nuit tombée.

« Maintenant, dit Tom, nous irons cacher le magot dans le bûcher de la veuve. Demain matin, je monterai te retrouver.

« Nous compterons les dollars, nous les partagerons et nous dénicherons une cachette dans les bois où ils seront en sûreté. Pour le moment, reste ici à surveiller notre trésor. Moi, je vais filer et « emprunter » la charrette à bras de Benny Taylor. Je serai de retour dans une minute. »

En effet, Tom ne fut pas long. Il revint avec la charrette, y chargea les deux sacs, les dissimula sous de vieux chiffons et se mit en route en remorquant sa précieuse cargaison.

Comme ils passaient devant la ferme, le Gallois parut sur le pas de sa porte et interpella les deux compères.

« Hé ! qui va là ?

— Huck et Tom Sawyer.

— Ah ! tant mieux. Venez avec moi, les

enfants. Tout le monde vous attend. Allons, plus vite ! Je vais vous aider à tirer votre voiture. Tiens, tiens, mais ce n'est pas aussi léger que ça en a l'air, ce qu'il y a dedans. Qu'est-ce que c'est ? Des briques ? De la ferraille ?

— De la ferraille, dit Tom.

— Je m'en doutais. Les gars du village se donnent plus de mal à trouver des bouts de fer qu'ils vendront dix sous, qu'ils ne s'en donne-raient à travailler et à gagner le double. Mais quoi, la nature humaine est ainsi faite. Allons, plus vite que ça ! »

Les garçons auraient bien voulu savoir pour-quoi le Gallois était si pressé.

« Vous verrez quand vous serez chez la veuve Douglas, leur déclara le vieil homme.

— Monsieur Jones, risqua Huck, un peu inquiet. Nous n'avons rien fait de mal ? »

Le Gallois éclata de rire.

« Je ne sais pas, mon petit Huck. Je ne peux pas te dire. En tout cas, la veuve Douglas et toi vous êtes bons amis, n'est-ce pas ?

— Oui, elle a été très gentille pour moi.

— Alors, ce n'est pas la peine d'avoir peur, pas vrai ? »

Huck n'avait pas encore répondu mentalement à cette question que Tom et lui étaient introduits dans le salon de Mme Douglas par M. Jones.

La pièce était brillamment éclairée et toutes les notabilités du village se trouvaient réunies. Il y avait là les Thatcher, les Harper, les Rogers, tante Polly, Sid, Mary, le pasteur, le directeur du

Toutes les notabilités du village se trouvaient réunies.

journal local. Tous s'étaient mis sur leur trente et un. La veuve accueillit les deux garçons aussi aimablement qu'on peut accueillir deux individus couverts de terre glaise et de taches de suif. Tante Polly rougit de honte à la vue de son neveu et fronça les sourcils à son intention. Néanmoins, personne ne fut aussi gêné que les deux explorateurs eux-mêmes.

« Tom n'était pas encore rentré chez lui, déclara M. Jones, et j'avais renoncé à vous les ramener, quand je suis tombé par hasard sur Huck et sur lui. Ils passaient devant chez moi et je les ai obligés à se dépêcher.

— Vous avez joliment bien fait, fit la veuve. Venez avec moi, mes enfants. »

331

Elle les emmena dans une chambre à coucher et leur dit : « Maintenant, lavez-vous et habillez-vous proprement. Voilà deux complets, des chemises, des chaussettes, tout ce qu'il faut. C'est à Huck... Non, non, Huck. Pas de remerciements. C'est un cadeau que nous te faisons, M. Jones et moi. Oui, c'est à Huck, mais vous êtes à peu près de la même taille. Habillez-vous. Nous vous attendrons. Vous descendrez quand vous serez devenus élégants. »

Sur ce, Mme Douglas se retira.

35

« Dis donc, Tom, fit Huck. La fenêtre n'est pas bien haute. Si on trouve une corde, on file. Tu es d'accord ?

— Chut ! Pourquoi veux-tu te sauver ?

— Moi, tu sais, je n'ai pas l'habitude du beau monde. Je ne veux pas descendre, il n'y a rien à faire.

— Oh ! ne te frappe pas. Ce n'est rien du tout. Moi, je n'y pense même pas. Descends et je m'occuperai de toi. »

Sid apparut.

« Tom, dit-il. Tante t'a attendu tout l'après-midi. Mary a préparé tes habits du dimanche. Tout le monde était encore aux cent coups. Mais, ajouta-t-il, qu'est-ce que je vois là ? Ce sont bien des taches de suif et de glaise que vous avez sur vos vêtements tous les deux ?

— Mon cher, répondit Tom, tu es prié de te mêler de ce qui te regarde. En attendant, je voudrais bien savoir à quoi rime tout ce tralala.

— Tu sais bien que la veuve aime beaucoup recevoir. Cette fois-ci, elle donne une réception en l'honneur du Gallois et de ses fils. Mais je peux t'en dire davantage si tu y tiens.

— De quoi s'agit-il ?

— Voilà. Le vieux Jones veut réserver une surprise aux invités de la veuve. Il a confié son secret à tante Polly, et moi j'ai tout entendu. Mais je crois la mèche un peu éventée à l'heure qu'il est et que pas mal de gens savent déjà à quoi s'en tenir, à commencer par la veuve Douglas elle-même. Elle fera celle qui ne sait rien, évidemment, mais le petit effet du père Jones sera raté. Tu sais que le vieux cherchait Huck partout parce que sans lui sa grande surprise aurait manqué de sel.

— Mais enfin, qu'est-ce que c'est, cette surprise ?

— Eh bien, le Gallois dira à tout le monde que c'est Huck qui a découvert la trace des bandits.

— Et c'est toi qui as vendu la mèche ? demanda Tom, agacé par les ricanements de son frère.

— Qu'est-ce que ça peut bien te faire ? Quelqu'un a parlé, ça doit te suffire.

— Sid, il n'y a qu'une personne assez méchante dans le pays pour faire un coup comme ça. C'est toi. A la place de Huck, tu te serais sauvé comme un lapin et tu n'aurais jamais donné l'alarme. Tu n'as que de mauvaises idées en tête et tu ne peux pas supporter de voir féliciter les autres pour leurs bonnes actions. Tiens... et pas de remerciements, comme dit la veuve, fit Tom en giflant son frère et en le reconduisant à la porte à coups de pied. Maintenant, va te plaindre à tante Polly si tu en as le toupet et, demain, tu auras de mes nouvelles. »

Quelques minutes plus tard, les invités de Mme Douglas s'asseyaient à la grande table, tandis qu'une douzaine d'enfants prenaient place à une autre plus petite, dressée dans la même pièce selon les coutumes du pays. En temps voulu, M. Jones se leva pour prononcer un petit discours dans lequel il remercia la veuve de l'honneur qu'elle lui faisait, ainsi qu'à ses fils, et déclara qu'il y avait une autre personne dont la modestie, etc.

Avec un talent dramatique qu'il était seul à posséder, le vieux Gallois révéla le rôle joué par Huck au cours de cette nuit fertile en incidents. Malheureusement, la surprise que causèrent ses paroles sonna faux et n'engendra ni les clameurs ni les effusions qui n'eussent pas manqué de les accompagner en des circonstances plus favorables. Néanmoins, la veuve manifesta un étonnement du meilleur aloi et abreuva Huck d'une telle quantité de compliments que le brave garçon en oublia presque la gêne que lui causaient ses vêtements neufs et le fait d'être la cible de tous les regards et de l'admiration générale.

Mme Douglas annonça qu'elle entendait désormais offrir un gîte au vagabond sous son propre toit et pourvoir à son éducation. Plus tard, quand elle aurait économisé un peu d'argent, elle lui achèterait un petit commerce.

C'était le bon moment pour Tom. Il se leva.

« Huck n'a pas besoin de tout ça, dit-il. Huck est riche ! »

Le sens des convenances empêcha les invités de répondre à cette plaisanterie. Ils se continrent tant bien que mal et un silence gêné pesa un instant sur l'assistance. Tom se chargea de le rompre.

« Huck a de l'argent, reprit-il. Vous ne me croyez peut-être pas, mais il en a des tas. Oh ! inutile de sourire. Attendez un peu, je vais vous en donner la preuve. »

Tom sortit comme une flèche. Les gens se regardèrent et regardèrent Huck qui ne soufflait mot.

« Sid, qu'est-ce qui arrive à ton frère ? demanda tante Polly. On peut s'attendre à tout avec ce garçon. Jamais je... »

Tom rentra à ce moment, courbé par le poids des deux sacs. Tante Polly n'acheva pas sa phrase. Tom répandit les pièces d'or sur la table et dit :

« Hein ! qu'en pensez-vous ? Dire que vous ne vouliez pas me croire ! La moitié appartient à Huck. L'autre moitié à moi-même. »

Muets de stupeur, le souffle coupé, les spectateurs contemplèrent un instant ce monceau d'or. Puis chacun voulut avoir des explications. Tom ne se fit pas prier longtemps. Son récit fut si palpitant que personne ne l'interrompit.

Lorsqu'il eut fini, M. Jones déclara :

« Moi qui avais cru vous faire une petite surprise, je m'aperçois que ce n'était pas grand-chose à côté de celle-ci. »

On compta l'argent. Il y en avait pour un peu plus de douze mille dollars. C'était plus qu'aucun des assistants n'avait jamais vu dans sa vie, même si certains d'entre eux possédaient bien plus que cela en terres et en immeubles.

Tom... courbé par le poids des deux sacs.

36

Le lecteur devine sans peine quelle sensation
produisit au village la bonne fortune de Tom et de
son ami Huck. Il y avait quelque chose d'in-
croyable dans une somme aussi importante en
espèces sonnantes et trébuchantes. Les langues
allèrent leur train, les imaginations aussi et la
raison de quelques habitants eut à pâtir de cette
émotion malsaine. Toutes les maisons « hantées »
de Saint-Petersburg et des villages environnants
furent « disséquées » planche par planche, non pas
par des enfants, comme on serait tenté de le
croire, mais bel et bien par des hommes dont
certains étaient pourtant, auparavant, de réputation aussi sérieuse que peu romanesque.

Partout où Tom et Huck se montraient, on les
accablait de compliments, on les admirait, on ne

les quittait pas des yeux. On notait et on répétait chacune de leurs paroles. Tout ce qu'ils faisaient passait pour remarquable. Ils avaient apparemment perdu la faculté de dire et de faire des choses banales. On fouilla leur passé et on y découvrit la trace d'une originalité manifeste. Le journal du pays publia une biographie des deux héros.

La veuve Douglas plaça l'argent de Huck à six pour cent et le juge Thatcher en fit autant pour celui de Tom à la requête de tante Polly. Chacun des deux compères jouissait désormais d'un revenu tout simplement considérable : un dollar pour chaque jour de la semaine et pour un dimanche sur deux. C'était exactement ce que touchait le pasteur, ou tout au moins ce que lui promettaient ses fidèles. Or, en ces temps lointains où la vie était simple, il suffisait d'un dollar et vingt-cinq *cents* par semaine pour entretenir un enfant, payer son école, lui acheter des vêtements et même du savon pour faire sa toilette.

Le juge Thatcher avait conçu une haute opinion de Tom. Il se plaisait à dire que n'importe quel garçon n'aurait pas réussi à faire sortir sa fille de la grotte. Lorsque Becky raconta à son père, sous le sceau du secret, la façon dont Tom s'était fait punir à sa place, le juge fut manifestement ému et déclara qu'un garçon aussi noble et généreux pouvait marcher fièrement dans la vie et figurer dans l'histoire à côté d'un George Washington. Becky trouva que son père n'avait jamais paru aussi grand et beau qu'en ponctuant cette déclaration d'un vigoureux coup de pied au plancher. La petite alla tout droit raconter cette scène à son ami Tom.

Le juge Thatcher caressait l'espoir de voir Tom devenir un jour un grand avocat ou un grand général. Il annonça qu'il s'arrangerait pour le faire entrer à l'Académie nationale militaire, puis dans la meilleure école de droit du pays, afin qu'il fût également préparé à embrasser soit une carrière, soit l'autre, soit même les deux.

La fortune de Huck et le fait qu'il était désormais le protégé de la veuve Douglas lui valurent d'être introduit dans la société de Saint-Petersburg. « Introduit » d'ailleurs n'est pas le mot. Il vaudrait mieux dire tiré, traîné, ce serait plus exact. Cette vie mondaine le mettait au supplice et il pouvait à peine la supporter.

Les bonnes de Mme Douglas veillaient à ce qu'il fût toujours propre et net comme un sou neuf. Elles le peignaient, elles le brossaient, elles le bordaient le soir dans un lit aux draps immaculés. Il lui fallait manger avec un couteau et une fourchette, se servir d'une serviette, d'une tasse et d'une assiette. Il lui fallait apprendre des leçons, aller à l'église, surveiller son langage au point que sa conversation perdait toute sa saveur. De quelque côté qu'il se tournât, il se heurtait aux barreaux de la civilisation.

Il supporta stoïquement ses maux pendant trois semaines, puis, un beau jour, il ne reparut plus. Durant quarante-huit heures, Mme Douglas, éplorée, le chercha dans tous les coins. Les gens du village étaient profondément peinés de sa disparition et allèrent même jusqu'à draguer le lit du fleuve à la recherche de son corps. Le troisième jour au matin, Tom Sawyer eut l'astucieuse idée d'aller fureter dans une étable abandonnée derrière les anciens abattoirs et découvrit le fugitif. Huck avait couché là. Il venait d'achever son petit déjeuner composé des restes les plus divers qu'il avait dérobés à droite et à gauche. Il était allongé sur le dos et fumait sa pipe. Il était sale, ébouriffé et portait les guenilles qui le

Il était allongé sur le dos et fumait sa pipe.

rendaient si pittoresque au temps où il était heureux et libre. Tom le fit sortir de son antre, lui dit que tout le monde était inquiet de son sort et l'incita vivement à retourner chez la veuve. La mélancolie se peignit sur les traits du brave Huck.

« Ne me demande pas ça, Tom, dit-il. J'ai essayé, il n'y a rien à faire. Rien à faire, Tom. Je ne pourrai jamais m'habituer à cette vie-là. La veuve est très bonne, très gentille pour moi, mais qu'est-ce que tu veux ? Elle me force à me lever tous les matins à la même heure et elle ne me permet pas de dormir dans les bûchers. Ses bonnes me lavent, me peignent, m'astiquent et me font enfiler de satanés vêtements dans lesquels j'étouffe parce que l'air ne passe pas. Mes habits sont si beaux, si chic, que je n'ose ni m'asseoir, ni m'allonger, ni me rouler par terre. Je ne suis pas entré dans une cave depuis... Oh ! je n'ose pas calculer tellement ça me paraît loin. On me traîne à l'église et je transpire ! j'ai chaud ! Je déteste ces sermons prétentieux, pendant lesquels on ne peut même pas attraper une mouche. C'est effrayant. Je n'ai pas le droit de chiquer et je suis forcé de porter des souliers toute la sainte journée du dimanche. La veuve mange à la cloche, se couche et se lève à la cloche... Tout est réglé d'avance. Non, je t'assure, ça n'est plus tenable.

— Mais tout le monde en fait autant, Huck.

— Ça m'est égal, Tom. Moi, je ne suis pas tout le monde et je ne peux pas me faire à cette vie-là. C'est épouvantable d'être vissé comme ça. Et puis, c'est trop facile. Il y a toujours tout ce

342

qu'il faut sur la table et ça ne devient même plus drôle de chaparder un morceau. Je dois demander la permission de pêcher à la ligne ou de me baigner dans la rivière... Quand on ne peut rien faire sans autorisation, c'est le commencement de la fin ! Il faut aussi que je surveille mes paroles. J'en suis malade, et si jen'étais pas monté tous les jours au grenier pour jurer un bon coup, j'en serais déjà mort. La veuve me défend de fumer. Elle me défend également de bâiller, de m'étirer ou de me gratter devant les gens... Je ne pouvais pas faire autrement, Tom, il fallait que je fiche le camp. N'oublie pas non plus que l'école va bientôt rouvrir et que je serai forcé d'y aller. Ça, mon vieux, je te garantis que je ne le supporterai pas ! Ecoute, Tom, quand on est riche, ce n'est pas aussi drôle que ça devrait être. On n'a que des embêtements par-dessus la tête et on n'a qu'une idée, c'est de casser sa pipe le plus tôt possible. Les guenilles que je porte maintenant me plaisent et je veux les garder. Je veux continuer à coucher dans cette étable. Je m'y trouve très bien. Tom, sans ce maudit argent, tous ces ennuis ne me seraient pas arrivés. Alors, tu vas prendre ma part et tu me donneras une petite pièce de temps en temps. Oh ! pas trop souvent parce que je n'aime pas les choses qu'on obtient sans se donner de mal ! Je te charge d'aller expliquer tout ça à la veuve, mon vieux.

— Voyons, Huck, tu sais très bien que je ne peux pas faire ça. Ce ne serait pas juste. Je suis persuadé que si tu y mets de la bonne volonté, tu

343

t'habitueras très vite à cette vie-là, et que tu finiras même par l'aimer.

— L'aimer ! L'aimer comme j'aimerais un poêle chauffé au rouge si j'étais forcé de m'asseoir dessus ! Non, non, Tom, je ne veux pas être riche, je ne veux pas vivre dans ces maudites maisons bourgeoises ! Moi, j'aime les bois, le fleuve et les étables où je couche. Je ne veux pas les quitter ! C'est bien là notre veine. Juste au moment où nous avons des fusils, une grotte et tout ce qu'il nous faut pour devenir des brigands, il y a ce maudit argent qui vient tout gâcher ! »

Tom saisit la balle au bond.

« Dis donc, Huck, ce n'est pas d'être riches qui va nous empêcher de devenir des brigands.

— Sans blague ! Oh ! ça c'est chouette, mais tu n'es pas en train de te payer ma tête, mon vieux Tom ?

— Non, je te jure, seulement, Huck, nous ne pourrons pas t'accepter dans la bande si tu n'es pas un type respectable. »

Le visage de Huck s'assombrit.

« Comment ! Vous ne m'accepterez pas ? Vous m'avez bien accepté, Joe et toi, quand vous êtes devenus des pirates.

— C'est différent. En général, les brigands sont des gens bien plus distingués que les pirates. Dans la plupart des pays, ce sont tous des aristocrates, des ducs, des... enfin, des types dans ce goût-là.

— Voyons, Tom, tu resteras toujours mon ami, n'est-ce pas ? Tu ne vas pas me tourner le dos ? Tu ne peux pas faire une chose pareille, hein ?

— Que veux-tu, mon vieux, ça me serait très dur, mais que diraient les gens ? « La bande de « Tom Sawyer ! Peuh ! Un joli ramassis ! » Et c'est à toi qu'ils feraient allusion, Huck. Tu ne voudrais pas de ça, hein ? et moi non plus. »

Huck se tut et se mit à réfléchir.

« Allons, finit-il par dire, je veux bien faire un effort, Tom, à condition que tu me laisses entrer dans ta bande. Je retournerai passer un mois chez la veuve pour voir si je peux m'habituer à la vie qu'elle me fait.

— D'accord, mon vieux. C'est entendu. Suis-moi. Je demanderai à la veuve de te laisser un peu la bride sur le cou.

— Vraiment, Tom ! Tu vas faire ça ? C'est rudement chic. Tu comprends, si elle n'est pas tout le temps sur mon dos, je pourrai fumer, jurer dans mon coin et sortir un peu, sinon je vais éclater. Mais dis-moi, quand vas-tu former ta bande et commencer à faire le brigand ?

— Ça ne va pas tarder. Nous allons peut-être nous réunir ce soir et faire subir à tous les membres les épreuves de l'initiation.

— Hein ? qu'est-ce que tu dis ? Qu'est-ce que c'est que ça, l'initiation ?

— Eh bien, voilà. On jure de ne jamais se quitter et de ne jamais révéler les secrets de la bande, même si l'on se fait couper en petits morceaux. On jure aussi de tuer tous ceux qui ont fait du mal à l'un des membres de la bande et de tuer également tous les membres de leur famille.

— Ça, par exemple, c'est génial, mon vieux.

— Je pense bien ! Et ce n'est pas tout. Il faut prêter serment à minuit dans l'endroit le plus désert et le plus effrayant qu'on puisse trouver. Une maison hantée de préférence ; mais, aujourd'hui, on les a toutes rasées.

— Oh ! tu sais, Tom, du moment que ça se passe à minuit, ça doit marcher.

— Bien sûr. Et il faut jurer sur un cercueil et signer avec du sang.

— Ça, au moins, ça ressemble à quelque chose, parole d'homme !... C'est mille fois plus chouette que d'être pirate. Je vais retourner chez la veuve, Tom, et je resterai chez elle. Si je deviens un brigand célèbre, je parie qu'elle sera fière de m'avoir tiré de la misère. »

Conclusion

Ainsi s'achève cette chronique. Elle ne pourrait guère aller plus loin car ce serait alors l'histoire d'un homme. Le romancier qui écrit une histoire d'adulte sait exactement où et comment s'arrêter, c'est le plus souvent par un mariage. Quand il s'agit d'un enfant, il s'arrête où il peut.

La plupart des personnages de ce livre vivent toujours*. Ils sont prospères et heureux. Peut-être aura-t-on envie de reprendre un jour ce récit et de voir quel type d'hommes et de femmes sont devenus les enfants dont nous avons parlé. Il est donc plus sage à présent de ne rien révéler d'autre sur cette partie de leur vie.

---

* Le livre a été écrit, rappelons-le, en 1876.

IMPRIMÉ EN FRANCE PAR BRODARD ET TAUPIN
7, bd Romain-Rolland - Montrouge - Usine de La Flèche.
LIBRAIRIE GÉNÉRALE FRANÇAISE - 14, rue de l'Ancienne-Comédie - Paris.
ISBN : 2 - 253 - 03115 - 1

DATE DUE	
1 8 OCT. 2013	
2 3 OCT. 2013	
1 9 SEP. 2016	